騎士ランドルフと白き魔羊
侯爵令嬢ティルと流れ星
服飾師ルチアとオレンジマフィン
JN015863

高等学院魔導具科の学友

商人見習いイヴァーノと銀の腕輪
護衛騎士ヨナスの熱い夜
騎士ドリノと金目の友

侯爵子息ジルドの婚約
侯爵子息グラートの結婚
学院生オズヴァルドと灰と銀

魔導具師ダリヤはうつむかない ～今日から自由な職人ライフ～ 番外編

甘岸久弥
Amagishi Hisaya

CONTENTS

魔物討伐部隊編

prologue
魔物討伐部隊の乾杯

「討伐の成功を祝い、明日からの幸運を祈って乾杯！」

「明日からの幸運を祈って、乾杯！」

明るい声と共に、グラスをぶつけ合う高い音が響く。

丸テーブルを囲み、エールやワインで喉を潤すのは、オルディネ王国騎士団、魔物討伐部隊の騎士達だ。本日早朝から夕暮れまでの任務で、少し疲れを滲《にじ》ませた顔が並んでいる。

「ようこそ、『黒鍋《くろなべ》』へ！　この時期一番人気、海鮮と野菜の串揚げ、串焼きです。揚げたて焼きたてなのでお気をつけて！」

黒いベストを着た副店長が、笑顔でテーブルに皿を載せた。店員達がそれに続くように、同じものを各テーブルに運んでいく。

ここは王都南にある食堂だ。『黒鍋』の名前通り、店の外観は大きな黒い鍋のような黒レンガの三階建て、メニューの多さと味の良さには定評がある。

副店長が元魔物討伐部隊員ということもあり、隊員達がよく利用する店の一つである。

「ダリヤ先生、よろしければクラーケン焼きをどうぞ！」

「ありがとうございます」

まだ熱さを感じさせる焼き串を二本、近くの騎士が小皿に取って勧めてくれた。

クラーケンはその姿は巨大なタコといった感じなのだが、味は限りなくイカ寄りである。魔物とはいえ、不思議なものだ。

前世、串に刺さったイカはあったが、クラーケンはいなかった——そんなふうに、前世と今世を頭の中で比べてしまう自分は転生者である。

ダリヤ・ロセッティ——職業は魔導具師。主に生活関係、前世の家電に近い魔導具を中心に作っている職人だ。

そして、隊員達から『ダリヤ先生』と呼ばれているように、魔物討伐部隊の相談役、そして、隊と取引をするロセッティ商会の商会長という肩書きもある。

春までは一介の魔導具師として地味に地道に魔導具制作をしていたのだが、偶然と縁《えん》が続いてこの場にいる。

「ダリヤ、海老《えび》とアスパラの串もどう？」

「ありがとうございます、こちらを食べたら頂きますね。ヴォルフもクラーケン焼きはどうですか？」

「ありがとう。じゃあ、こっちの一本をもらうよ」

隣でクラーケン焼きを持つ笑顔の美青年こそ、いろいろな縁の始まりであるヴォルフ——ヴォルフレード・スカルファロットである。

彼はオルディネ王国でも有名なスカルファロット伯爵家の四男であり、魔物討伐部隊員では危険な先陣や殿《しんがり》を務める『赤 鎧《スカーレットアーマー》』という役目を担っている。

長身痩躯《ちょうしんそうく》に鴉《からす》の濡《ぬ》れ羽《ば》色の髪、彫刻家でも彫れぬと言われる美しい顔立ちに、人の目を一身に集める黄金の目。

その見た目は王国一の美青年とも堕天使とも称されるのだが、本人には女性関係で面倒事に巻き込まれるばかりの、厄介なものであるらしい。

彼とダリヤは、偶然が重なって親しい友人となり、今では仕事仲間ともなっている。

出会いと縁というものは本当にわからない――ダリヤがそんなことを考えつつクラーケンを味わい終えると、再び副店長達が大皿を持ってやってきた。

「当店自慢のこんがりチキンが焼き上がりました。ソースはお好みでどうぞ！」

「待ってた！」

「これはうまそうだ！」

それぞれのテーブルで湯気を上げるそれに、隊員達から歓声が湧く。

皿の上、丸焼きの鶏は一口サイズに切られ、外側の皮は濃いキツネ色、内側はつやりと透明な肉汁をにじませている。

刻みレモンの見えるソースと、唐辛子入りの辛そうな赤いソースを、好みでかける形だ。

「ダリヤはレモンソースの方がいいよね？」

ヴォルフが、カットされたチキンを二つ、取り皿に盛って尋ねる。

「はい。ヴォルフは唐辛子入りですね」

互いの料理の好みがしっかりわかるほどには、飲み仲間、食べ仲間にもなっていた。

「それにしても、今日の『巨大鼠《ジャイアントラット》』は、ネズミと名乗っていい大きさではなかったな」

料理を味わいつつ、本日討伐した魔物の話が始まった。

「まったくだ。あれでは猫も逃げるだろう」

本日の討伐対象は巨大鼠《ジャイアントラット》。港の倉庫に出たものを十数人の隊員と冒険者が、連携して討伐したそうだ。

巨大鼠《ジャイアントラット》は魔物の一種である。その身体は濃灰で短い牙があり、通常のネズミの三、四倍の大きさ――〝巨大《ジャイアント》〟という名ではあるが、魔物図鑑には子猫ほどの大きさと記されていた。

魔導具の素材としては、その牙が硬質化の付与に使えるが、それほど強い効果はない。むしろ、服飾関連で人気の素材で、その柔らかい皮が手袋や室内履きに人気なのだという。

実際の巨大鼠《ジャイアントラット》を見たことのないダリヤは、気になって尋ねる。

「どのぐらい大きかったんですか？」

「俺は追い出し役だったけど、猫ぐらいの大きさだった」

「自分の行った倉庫では、一匹だが、夜犬《ナイトドッグ》に近い大きさのものがいた」

「あれはネズミを名乗っていい大きさじゃないよな！　俺、二度見したもん」

ヴォルフに続き、その友人であるランドルフ、その横のドリノが続けて教えてくれる。

夜犬《ナイトドッグ》は前世のシェパードほどの大きさだ。それに近い大きさのネズミがいたら、猫どころか、自分が逃げたい。

ふるりとしていると、ヴォルフがさらに説明をしてくれる。

「巨大鼠《ジャイアントラット》は餌によってはかなり大きくなることがあるんだけど、今回のは特別で、倉庫の魔物素材を食べていたんだって。頭が良くて、今まで罠《わな》に全然かからなかったから、気づかれなくて」

「倉庫で雨漏りがあって、保管用の木箱の確認をしたら巣が見つかったたって。幸運だったよな」

「ネズミ算で増えなくてよかったと言うべきだろう」

その雨漏りがなかったらシェパード並みの巨大鼠《ジャイアントラット》が順調に増えていたということである。想像するほどに怖い。

そして、もう一つ気になることがあった。

「魔物素材って、巨大鼠《ジャイアントラット》は何を食べていたんですか？」

「王蛇《キングスネーク》の抜け殻だったそうですよ」

そう答えてくれたのは、隣のテーブルの神官だ。本日の討伐に、巨大鼠《ジャイアントラット》に囓《かじ》られた際の治療役として同行したそうだ。ありがたくも出番はなかったらしい。

「王蛇《キングスネーク》の抜け殻、ですか……」

王蛇《キングスネーク》は砂漠に棲《す》む大きな蛇型の魔物だ。砂漠の多いイシュラナという国からの輸入品がほとんどである。

その抜け殻は魔導具の素材としては欠かせない。ダリヤも魔導ランタンの芯によく使っている。

しかし、あれを巨大鼠《ジャイアントラット》が食べるというのは初めて聞いた。

「きっと歯ごたえがあったのでしょう」

「確かに。王蛇《キングスネーク》は抜け殻でも硬そうだ。巨大鼠《ジャイアントラット》は顎《あご》が強いのだろうな」

「そういや、輸出用の一角獣《ユニコーン》の角と、防水布もちょっと囓られてたって」

「殲滅《せんめつ》する以外ないよね」

言い切ったヴォルフに、周囲の隊員達がうなずく。

確かに高級品の一角獣《ユニコーン》の角を齧られるのは痛い。防水布も穴が開いてしまっては使えない。

「見つかったのは倉庫二つでだけど、これからは定期的に夜犬《ナイトドッグ》に見回りをさせるって」

ダリヤの家の近所には、家の穀物倉庫のネズミ避《よ》けに猫を飼っている家がある。しかし、巨大鼠《ジャイアントラット》に対しては夜犬《ナイトドッグ》でなければ無理だろう。

そこからは巨大鼠《ジャイアントラット》を鉄線入りの網で捕まえたことや、夜犬《ナイトドッグ》達が連携して追い込んだことなど、本日の討伐に関する話に移っていった。

ダリヤは興味深く彼らの話を聞き続けた。


しばらく後、店の者ではなく、ランドルフが皿を持ってきた。

「ダリヤ嬢、ヴォルフ、アップルパイはどうだろう？　これはリンゴが多めでうまい」

「ありがとうございます」

彼から渡された皿には、なかなか大きな一切れが載っていた。受け取ると、ずしりと重い。

カットされた部分に見えるのは、黄金色のたっぷりのリンゴのフィリングだ。確かにこれは多めである。食べごたえがありそうだ。

ヴォルフには、半分の大きさのものが渡されていた。甘いもののあまり得意ではない彼には、ちょうどいい量かもしれない。

ダリヤはありがたく大きなアップルパイを頂くことにする。

たっぷりのフィリングは甘すぎず、リンゴの味が凝縮された感じだ。それを包む皮はしっかり焼かれ、少し焦げている部分もある。だが、パリパリとした食感があって、それも楽しい。

「リンゴの味がしっかりして、とてもおいしいですね」

「甘すぎなくて、これは俺も好みだ」

「それはよかった」

ランドルフが二切れ目を手に、赤茶の目を細めて笑った。

その横、アップルパイを齧っていたドリノが首を少しだけ傾ける。

「あー、なんか高等学院の試験であったよな。『アップルパイは初恋の人と食べたものが一番おいしい』、だっけ？」

唐突な話の切り換えに、ランドルフが咳《せき》をし、ヴォルフがむせる。

ダリヤは無言で咀嚼《そしゃく》しつつ、話の続きを待った。

「諺《ことわざ》だろう。エリルキア語の書き取り問題だ」

「あー、俺のときもあった。なんてものを試験に出すんだって思ったから覚えている」

話をつないだのは、隣のテーブルの先輩騎士達だ。

「不勉強ながら、神官の試験にはありませんで。どんな意味なのですか？」

「エラルド様、不勉強などとおっしゃらないでください。高等学院の狭い世界の話ですので。意味は確か——『若い頃の思い出はきれいに思える』といったものだったかと」

「なかなか含蓄《がんちく》のある諺ですね……」

神官服を黒いローブで隠した神官は、酒の匂いがする息を吐いた。

「当時は、夢多き高等学院生に何を教えるのだと思ったが。今の学院生達は、あの諺をどう受け止めているのだろう？」

「あれ？　僕のときにはなかったと思いますが……ヴォルフ先輩の頃はありました？」

緑髪の若い隊員が、記憶をたどっていた視線をずらす。

「ああ、書き取りをしたから覚えてる。ダリヤのときはどうだった？」

「なかったと思います」

自分の記憶にはないので、もしかしたらヴォルフと自分の学年のちょうど合間に、エリルキア語の教科書が変わったのかもしれない。

「教本が変わったのか、エリルキアでそういう言い方が古くなったのかはわからないが。なくなっているのは、年代差を感じるな」

「なくなった諺といえば、『花と恋文は早く、返事は遅く』というのもそれにあたるな」

中年の騎士がそう言うと、周囲の騎士が首を傾《かし》げる。

「『花と恋文は早く、返事は遅く』……初めて聞きましたが、どういう意味なんですか？」

「良い女性は早くに相手が決まってしまう、だから、この方と思ったらすぐに打診しろ、逆に、打診された女性は、男性の家と身元をよくよく確認してから返事をしろということだ。昔は男性が女性に花や恋文を送って、先に意思表示をするのが主流だったかららしい」

「なるほど。今は恋文も告白も、男女関係ないですからね」

「そうだな。高等学院だと、女性の方が積極的で、よく初恋のハンカチを渡していたな……」

時代の流れで、諺も告白の形も変わるらしい。

そんな話をしつつ、そこからは高等学院時代の思い出話になった。

「俺は地理学が毎回赤でなぁ。これでは魔物討伐部隊に受かっても、目的地にたどり着けないだろんは鮮やかなものだ……」

「デザートの追加を希望してくる」


に入るようになった感じだな」

「先輩、遠征でよく道を先導してくださるのに。がんばって勉強して克服なさったんですね！」

「いや、入ってからは実際の道と地形で覚えた。命が懸かるようになって、ようやく地図が頭に入るようになった感じだな」

魔物討伐部隊員として、切実なお話である。

「座学だけでは、なかなかわからないことは多いですからね」

「確かに。魔物学の教科書と実際の魔物に乖離《かいり》がありすぎます。沼蜘蛛《マーシュスパイダー》が水を吐くとか、どこにも書いてありませんでしたから」

「わかる！　実際に討伐に行ってみたら変異種だったとか、よくあるもんな。あ、カーク、お前のときの魔物学の教科書ってどうだった？　変異種が増えているとかの記載あった？」

「ないです。『変異種は稀《まれ》である』って書かれていただけで。でも、討伐だとよくいますよね。しかも余計に厄介なのが多い気がします」

そのうち魔物学の教科書の改訂が必要かもしれない。

「しかし、『アップルパイは初恋の人と食べたものが一番おいしい』、か。確かに、この年になるとわからなくもないが。最初にもらった恋文、最初に行った食事に歌劇。物忘れが進んでも、そのへんは鮮やかなものだ……」

壮年の先輩の独り言は、部屋によく通った。

「デザートの追加を希望してくる」

がたりと椅子を鳴らし、ランドルフが部屋を出ていく。

甘いものが好きな彼のことだ。食後はお酒よりもデザートの方がいいのだろう――ダリヤがそんなことを考えていると、ドリノが深いため息をついた。

「恋文ー！　なんて甘い響き！　俺に縁はないけど！」

「ドリノ、嘆くな。お前なら、いつでも見合い相手を紹介するぞ」

「ありがとうございます。でも、俺は恋愛派なので」

「夜空の星もいいが、近くの花もいいものだぞ」

先輩騎士に勧められる見合い話を、ドリノは笑顔で流していた。

ダリヤがアップルパイを食べ終える頃、カークがテーブルにワインを勧めに来た。

グラスに赤ワインを注いでもらいながら、彼と目が合う。

「ダリヤ先生は、恋文に思い出はありますか？」

話の流れでさらりと聞かれたが、何も思い浮かばない。

「いえ、私はもらったことも書いたこともないので……」

振り返れば、婚約していたにもかかわらず、恋文を一度も書いたこともらったこともない。

元婚約者と渡し合ったのは魔導具の仕様書と設計書と注文書だけ――そう思い出し、つい遠い目になってしまった。

前世と今世を合わせれば四十年以上でラブレターの一通もなし。この縁遠さはもはや、自分の基本設定なのではなかろうか？

深く考え込みそうになっていると、見合い話から逃げ切ったドリノが、自分の隣へ話を振る。

「ヴォルフは、高等学院時代に恋文を山ともらっただろう？」

「……それなりに」

一片の自慢もうれしさも感じられぬその声に、同情を禁じ得ない。

『もてる』というと聞こえはいいが、多数の女性から好意をもたれ、度の過ぎた愛情表現を受け続け、男性には嫉妬《しっと》され、孤立してきたという。

その中での恋文は、きっと心を重くさせるものが多かったのだろう。

「お前、高等学院は寮だっけ？　部屋に毎日届けられてそうだな」

「いや、手紙は家で確認してもらって、必要なものだけを受け取ってたよ」

「まさか、一日で読めないほどの量が届いていたとか？」

「いや、そうじゃなく――手紙の中にあったカミソリで指をちょっと深く切って、ポーションを使うことになってしまったことがあって。以後は家で管理するからと……」

「うわぁ……いろいろと痛い……」

恋文のほか、カミソリ入りの嫌がらせの手紙までとなると、手紙そのものが恐怖になるレベルだ。

周囲がちょっと静かになってしまった中、先輩騎士が切り換えるように尋ねる。

「ヴォルフ、せめて一通くらい、うれしいのとか、返事を書きたい恋文はなかったのか？」

「もらってうれしかったことも、返事を書いたこともありません」

「違う意味でも同情するぞ……」

きっぱり言い切ったヴォルフに、尋ねた先輩騎士はため息をついた。

「ヴォルフ、もしかして、今も家に確認を頼んでいるのか？」

「はい。俺が兵舎で開けるのは、家とダリヤからの手紙だけです」

「っ……！」

けほり、空気が喉からこぼれた。ここで自分の名を挙げないでいただきたい。

友人に対して、カミソリを含め危ういものなど絶対に入れないし、文体も失礼にならないように気をつけ――そこで思い出す。

伯爵家のご子息に対し、次の食事は魚と肉のどちらがいいかとか、夕食は市場に見に行ってから考えましょうとか、手紙にはヴォルフ以外に読まれたくないことが山とある。

いや、それを言うなら彼も似たようなものかもしれない。肉を買っていくから冷蔵庫を空けておいてほしいとか、この黒鍋で新メニューが出たから食べに行こうとか、貴族らしさはまるでない。

手紙の内容を反芻《はんすう》し、自分達の飲食に関する情熱――意地でも食い意地とは言わない――に納得する。

ダリヤは全力で何も聞こえなかったふりをし、乾きかけた唇をワインで湿らせた。

「だー！　お前の性格も状況も知ってるけど、あえて言いたい。ちゃんとした恋文欲しい！　うらやまねたましいっ！」

「変な造語をしないでくれないかな、ドリノ！」

静かになりかけた空気は、ドリノが壊してくれた。

「ヴォルフ先輩もそのうち、もらってうれしい恋文を手にできるといいですね！」

「ヴォルフ、お前にそのうち、大事に箱にしまっておくような恋文が届くよう祈っておく」

「そんな日が来るとは思えないけど……」

ヴォルフであれば恋文をもらう機会はこれからもたくさんあるだろう。けれど、本人が恋愛を望まぬ以上、喜ぶ恋文というものは難しそうだ。

なお、自分には恋文を書く才はきっと皆無である。

「アルフィオ先輩、先輩の恋文のお話を聞かせてください！」

そのまま隣のテーブルに進んだカークが、目をきらきらさせて尋ねている。

そんな彼を横に、中年の騎士が無表情で言った。

「恋文か……妻は、私からの恋文をすべて保管しているそうだ」

「思い出と愛の記録ですね！」

「くっ、まさかここでアルフィオ先輩の惚気《のろけ》を聞くことになるとは！」

ベテラン騎士であり、四人の娘を持つアルフィオは、奥様ととても仲がいいようだ。

ダリヤが素直に感心していると、言葉が続けられた。

「いや、悪いことをしたら娘達に読ませると言われている。こう、若気の至りで熱のある文面を三《み》桁《けた》ほど綴《つづ》っていてな……悪いことをする予定はないが、万が一、公開されたら失踪しようと思う」

冗談だとは思うのだが、その遠い目に笑っていいのかがわからない。

周囲も固まった笑みとなっていた。

「み、三桁の手紙はすごいですね……」

「妻が死んだら、棺《ひつぎ》に全部入れてくれと言われている。なので、意地でも妻より長生きさせねばならん……」

「棺を埋める恋文！　やっぱり愛ですね！」

カークが無邪気な笑顔で締めていた。本当にいい後輩である。

彼はそのままアルフィオの隣、エラルドのグラスに赤ワインを注ぐ。

「エラルド様は恋文を――」

神殿に勤める神官に尋ねていいものか、ちょっと迷ったらしい。言葉はそこで止まり、グラスだけが満たされた。

「よく頂きますよ。老若男女問わず、治癒のお礼、神への愛のお手紙を！」

銀襟の神官は、とてもいい笑顔で言い切った。


「ランドルフ、その皿は？」

ドリノが顔を上げると、ランドルフが笑い声をかき分け、大皿二枚を持って戻ってくるところだった。

「アップルパイと、こちらはベリーのタルトだそうだ」

両方ともなかなか重そうなので、ドリノは各テーブルへ配るのを手伝うことにする。

「ランドルフ、ホントに虫歯に気をつけろよ」

「歯磨きは丁寧にしている」

少しだけ唇を尖《とが》らせて答えられた。この話題になると、ちょっとだけムキになる友人だ。

希望者にパイとタルトを配ると、ランドルフはアップルパイとベリーのタルトを一切れずつ、ドリノはベリーのタルトの一切れを手に、椅子に座り直す。

さっきまで向かいにいたヴォルフとダリヤは、現在、隣のテーブルで先輩騎士達の話に聞き入っている。

昔、出没したという珍しい魔物、天狼《スコル》が話題らしい。その特徴や魔法についていろいろと尋ねたり、魔導具の素材の取り方をメモしていたり――すっかり騎士と魔導具師の表情《かお》になっている二人である。

彼らを視界に入れつつ、ドリノは隣の友へ尋ねる。

「なあ、ランドルフは恋文って、書いたことある？」

酔いのせいか、目元に少しばかり朱を宿した友が、ぴたりと動きを止めた。

「――子供時分に、児戯《じぎ》程度なら」

まだ自分達は若いのだ。子供時分でもそんなに昔のことではないだろうに、遠い記憶を掘り起こしたような表情《かお》で言われた。

これはもしかすると、『一緒に食べたアップルパイ』なのかもしれない。

「ランドルフ、その子に、もっかいお手紙書いて、縁をつなげるというのは？」

「ない」

言葉が終わると同時、ばくりとアップルパイが囓られた。

黙々と咀嚼する彼を横に、ドリノはベリーを一粒、フォークで口にほうり込む。赤い宝石のようなそれは、思いのほか、酸味が強かった。

つい酸っぱい顔になっていると、ランドルフが一段低い声をこぼす。

「――『花のような初恋は成就しない』、エリルキアの諺だ」

「なるほど、納得した。俺も憧れのお姉さんへの初恋は、木っ端微塵《こっぱみじん》だったたっけ」

幼い頃の初恋は実らず、その後の憧れも長く続くことはなく――現在、想う者にいたっては、夜空の星のごとく遠い。それでも想いを断ち切れないのだから、どうしようもないが。

「ドリノは、恋文を書かぬのか？」

「俺はそれより、花かお菓子を持って会いに行くよ」

届かぬ相手でも、会いに行けるだけいいだろう。今は、そう思うことにする。

ランドルフは浅くうなずくと、今度はベリーのタルトを食べはじめた。

「ここ、邪魔をしてもいいか？」

「ジスモンド様！　どうぞ！」

空いていた椅子にやってきたのはジスモンド——グラートといつも一緒にいる護衛騎士であり、魔物討伐部隊の先輩でもある。

グラートの参加しない飲み会に出てくることは珍しい。つい、隊長の姿を目で探してしまった。

「グラート様は本日、ご友人のところへ泊まりでな。護衛はいらないから飲んでこいと言われたのだ」

何も言っていないのに筒抜けだった。頭をかいていると、副店長がワインの瓶を手にやってきた。

「ジスモンド様、お久しぶりです！」

「いい店だな、サミュエル。流行《はや》るのに納得していたところだ」

「ありがとうございます。本日、グラート隊長は？」

副店長はドリノと同じ疑問をもったらしい。ジスモンドは苦笑しつつ繰り返す。

「本日は別行動だ。あちらはご友人と飲んでおられるだろう」

それに相槌《あいづち》を打ちながら、副店長がワインを開け、そのまま酌をする。

「魔物討伐部隊に、今年は新人が多く入ったと伺いました」

「そうだな。どのぐらい残ってくれるかはまだわからないが」

「自分が退職の際は、ご迷惑をおかけし――」

「何を言っている？　お前は前も今も変わらず、しっかり働いているだろう」

少しだけ低くなったサミュエルの声を、ジスモンドが笑って流した。そして、今度は彼がワインの瓶を持つ。

「一杯付き合ってくれないか、副店長殿？」

「ありがとうございます」

サミュエルが椅子に半分だけ腰かけ、ジスモンドの酌を受ける。

その姿はもう騎士ではなく、いかにも店の副店長らしく――ドリノはそこで身体の向きを変えた。

隣のテーブルだが、自分のすぐ後ろに座っているのは親しい若手騎士だ。

「ルシュ、最近、恋人さんとはどうよ？」

「うん、休みには会ってるし、時々家まで送ってるよ」

「仕事場が一緒だといいよなー、毎日会えるんだから」

「遠征中はさみしいけどね」

魔物討伐部隊棟にお相手のいる彼が、にこやかに答える。

以前は自分と同じく片思いに揺れていたというのに、ちょっとだけ悔しいが、それ以上に喜ばしいことでもある。

その肩を叩《たた》いてグラスを持たせ、ワインをなみなみと注いでやった。彼はとてもいい笑顔でそれに口をつけていた。

自分のテーブルに向き直って視線を回すと、グラスが空《から》の者が一人いた。

ドリノは赤ワインの瓶を持ち、本日同行してくれた神官へと腕を伸ばす。

「エラルド様、やたらと進みの遅い恋があったとして、それを早くするような魔法はないですかね？」

ワインを注ぎつつ問いかけると、銀襟の神官は一つ向こうのテーブルをちらりと見た。

そこにいるのは、黒髪の騎士と赤髪の魔導具師。

何を話しているのかはわからないが、楽しげな様子はもはや恋人を通り越して家族のよう。

それでも互いを友人と言い張り続けるのはなぜなのか。

もちろん、本人達がいいならかまわないわけだが——

願わくば、ようやく素で笑えるようになった友の、さらなる幸せを祈りたい。

銀襟の神官はグラスを持ち上げ、真面目な表情《かお》で言った。

「神に祈りましょう」

騎士ドリノと金目の友

「まさか受かるとは……」

ドリノは制服に身を包み、オルディネ王国高等学院、騎士科の入学式に参加していた。

高等学院の講堂はだだっぴろい。入学生の年齢はバラバラで、女子は二、三割。

多いのは貴族の子弟だ。庶民でも騎士科に入学する者は一定数いるが、貴族に関係する家に勤める子弟、子供の頃から剣や弓を習っていた者、身体強化魔法に優れた者がほとんどだ。

高等学院騎士科の入学試験はそれなりに厳しく、筆記の他に実技もあるので、対策のできぬ者ほど不利になる。

ドリノは初等学院時代、そういった対策をろくにしてこなかった。

そもそも、自分は王都の衛兵を目指すつもりでいたのだ。

衛兵学校は高等学院の騎士科とは別で、専門的な内容を三、四年ほど学ぶ。王都の安全を守るため、護身術や捕縛術、乗馬に集団戦、それに地理と隣国の言語の授業もある。

だが、庶民にしては魔力が高めで、氷魔法持ちであるドリノは、教師から『試しに高等学院騎士科を受けないか』と勧められた。

騎士にならなくても、就職先が広がる、より給与のいいところに就職できる可能性も高くなる、勉強は決して無駄にはならないと教えられ、第一志望を騎士科に、第二志望を衛兵学校にした。

筆記試験は学校にある試験問題を三ヶ月間解き続け、面接はその先生が丁寧に指導してくれた。

実技に関しては剣も槍《やり》も経験がないので、組み手を選んだ。衛兵を目指しはじめた頃から初等学院で講習を受けていたので、組み手にそう苦労はなかった。

実際の高等学院の試験は、広い校庭をぐるぐると十周走るだけなので、身体強化をかけてそれなりの速度で走った。

次に筆記試験、なんとかなりそうな問題から解きはじめ、書けるだけ書いた。

どれもこれも、まったく自信がなかった。

だが、それで一次試験に通ってしまい、別日の二次の実技試験と面接に出向いた。

選択実技の組み手では、見上げるように大きい試験官が、『遠慮なく来い』と言うので、即、膝裏に奇襲をかけ、その場で転がしてしまった。

その後に組み合い、一度背中をつけられたので、まあ試験は落ちただろうと開き直った。

次が面接だった。一通りのやりとりをし、高等学院で何を学びたいかと聞かれたので、初等学院の教師の教え通り、『人を守る方法を学びたいです』と答えた。

すると、試験官は自分を見て尋ねた。

「君は、民を最も守っているのは誰だと思う？」

その質問の答えは用意がなかった。教師に言われたこともなかった。

おそらくは『オルディネ王』が正解なのだろうと、うっすら思う。

だが、見たこともない王族に守られている感覚は、正直、ドリノにはなかった。

脳裏に浮かんだのは、血のついた鎧《よろい》の騎士達で――自分はそのまま答えていた。

「魔物討伐部隊だと思います」

魔物討伐部隊の騎士達は下町の子供達の憧れだ。周囲で魔物討伐部隊員を見かけることは滅多にないが、魔物との戦いは豪快に格好良く脚色され、吟遊詩人が歌うのだ。

それでも、実際はそんなものではないことを、ドリノは知っている。

王都の西門近くに届け物をしに行ったとき、魔物討伐部隊の帰還の光景を見た。

人々からは歓声があがり、皆が魔物討伐部隊を褒め、ねぎらっていた。

だが、近くで自分が見たのは、輝かしい騎士達ではなかった。

荷馬車で運ばれてくる、とんでもない大きさの赤い熊の屍《しかばね》が二つ。

目が怖い呼吸の荒い馬、泥だらけの馬車の窓から見えた血のついた包帯。

馬の上、鎧には血が残り、目の下に隈《くま》のある騎士達が、それでも自分達に向けて笑っていた。

あれ以上に民を守っている者達を、あれ以上に強き者達を、ドリノは知らない。

「命懸けで守っていただいておりますから……もちろん、政《まつりごと》では王ですが」

自分の言葉に、質問した試験官は目を糸のように細め、隣の試験官は顔を歪《ゆが》めてうつむいた。

最後に我に返って取り繕ったものの、これは完全に落ちただろう、そう思った。

「ドリノ・バーティ君、面接は以上だ」

「ありがとうございました」

完全に落ちた。

だが、衛兵学校の試験が一週間後にあるし、それにも落ちたら、先生に就職先の相談をしなければ――そう思いつつ部屋のドアに手をかけたとき、試験官に声をかけられた。

「バーティ君、高等学院の入学までにもう少し、隣国の言語を、特に綴《つづ》りをよく学んでおきなさい」

「あ、はい！　がんばります！」

慌てて答えて一礼し、部屋を出る。

なぜか合格したらしいことを、ようやく理解した。

その後は卒業準備に入学準備にと、慌ただしい日々が続いた。

そして今日、高等学院騎士科の入学式にこうして参加している。

なぜ受かったのか思い出す度に謎だが――下町庶民の自分が騎士科に入れたのは、ありがたいと喜ぶべきなのだろう。

入学式の長い式辞と挨拶とが終わった。

この後はそれぞれに教室で、担任から授業や今後についての説明を聞かねばならない。

一年生は基礎科目なのでクラスは固定である。

周囲には貴族と思われる男子が多く、気軽に話せる者を見つけるのは骨が折れそうだ。

糊の利きすぎた制服をちょっとだけ気にしつつ、ドリノは教室へ向かって歩き出す。

「ようこそ、騎士科二組へ！」

笑顔で待っていた担任は、組み手の試験官だった。


高等学院での毎日は、覚悟していたよりは楽だった。

最初の頃は庶民と貴族、それも低位高位と微妙に分かれていたが、試験のしんどさのせいか、泥だらけの鍛錬のせいか、気が合う仲間同士へと自然に分かれていった。

ドリノが庶民、しかも下町の食堂の息子であること、剣も槍もろくにできないことを知ると、距離をとる者も一定数いた。

だが、親しく話せる者は他にいたし、氷魔法持ちであると知られてからは対応が良くなった。

貴族でも魔導師でも、氷魔法持ちは少ない。ドリノはこれ幸いと、夏には皆のグラスに小さな氷を入れてやり、ポーションのいらぬ程度の怪我《けが》にはハンカチに氷を包んでやり――菓子と授業のノートと、かりそめの友情を手に入れた。

なお、氷魔法の使いすぎで魔力を枯渇させ、二度、医務室のお世話になったのは内緒である。

二年目になると、剣や槍、弓の選択実習が入るようになった。

ドリノは一番生徒数の多い剣を選んだ。

一年生のうちに剣の自主練習会にも入っていたが、付け焼き刃だ。打ち合うのは面白いがどうやっても下手で、選択実習の度に少し気が重くなった。

実習最初の三ヶ月はクラス合同なので、大勢の生徒達がぞろぞろと校庭へ出る。そこで、周囲の視線が一斉にずれていくのに気づいた。

皆の視線の先にいるのは、少し背の高い少年だ。艶《つや》やかな黒髪に、とても整った顔立ち。何より目立つのは、胡散臭《うさんくさ》いほどに見事な金の目。

同じ練習服をまとっているのに、段違いに格好いい。

少ない女子生徒達が彼に寄っていき、笑顔で声をかけるのに納得した。

「あの金目《きんめ》、ヴォルフレード・スカルファロットだろ？」

「ああ、『女泣かせ』の……性格が最低なんだってな」

ぼそぼそと話す男子生徒にさらに納得した。

縁《えん》のない相手だ、関わることもないだろう、そう思った。

剣の実習は、意外に楽しかった。

自主練習会の成果もあったのか、ドリノは上達が早いと教師に褒められた。

『褒められると伸びます！』と冗談で返していたが、確かに、皆と打ち合える時間が長くなっていた。

とはいえ、子供の頃から騎士を目指す者達に敵《かな》うはずもなく、受け流しが下手で腕を痺《しび》れさせることは多い。

練習で打ち合う相手はぐるぐると交替する。ヴォルフレードとも、何度か模造剣を合わせた。彼は格段に強かったが、剣技の下手なドリノを適当にあしらうこともなく、きちんと打ち合ってくれた。もっとも一言も話をすることはなかったが。

いつ見てもその目は熱がなく――女達の憧れる黄金の目が、ドリノには金色のガラス玉に見えた。周囲の者達は目の表面に映ってはいるけれど、それだけ。その目は誰のことも見てはいないようだった。

その後、剣の実技は熟練度に応じてグループ分けをされ、強い彼と打ち合うことはなくなった。

だが、接点がまるでなくとも、ヴォルフレードの噂《うわさ》だけは時折聞こえてきた。

女子が勇気を出して告白したのにひどく邪険にした、婚姻につながらぬ遊びなら考えると言われた、友人の彼女に手を出した――積み重なる噂にも、遠目に見る彼は、動じているようには見えなかった。

そして、誰かが面と向かって彼に抗議したという話も聞かなかった。

スカルファロット伯爵家――王都でその名を知らぬ者はまずない。

水の魔石を国中に流通させ、歴史の教科書にまで名の載る家だ。

『あそこの家とは、どこも諍《いさか》いを起こしたくはないだろう』、友人はそう言った。

何度か、校庭の端で素振りをしているのを見かけたことがあったが、女生徒に寄ってこられると無言で移動していた。

そのときも、彼の目は金色のガラス玉だった。

高等学院の三年目から、ドリノはとても忙しくなった。

難しくなる授業に必死についていき、空いた時間は身体強化と剣の練習。加えて水魔法と氷魔法の授業が始まった。

ドリノは剣の実技を優先し、魔法関係は最低数の授業しかとっていなかった。

しかし、この夏に氷魔法の使いすぎで医務室に三度行ったところ、医師が水と氷魔法の得意な高齢の教師にドリノを売った――いや、教師に『氷魔法の指導願い』を出したのである。

初等学院では大変弱いと判定を受け、倉庫どころか部屋も冷やせない、そんなドリノの氷魔法だったが、皆のグラスに氷を出し続けていたのが効いたらしい。

白髪の教師――ランツァ先生は、練度はなかなかだと褒めてくれ、放課後に個別授業をしてくれた。とても丁寧でわかりやすかった。

通常の氷魔法の専門授業は生徒が少ないが、ほとんどが高い魔力持ち、つまりは貴族のため、教え方が異なるのだという。

庶民の自分としては、緊張少なく馬鹿にされずに受けられる授業がありがたかった。

他の生徒に、『ランツァ先生に一対一で教わるのはずるい』と言われたこともあるが、自分の氷魔法がしょぼすぎて、授業レベルに満たないのだと、笑って流した。

年の数と共に、作り笑いと流し方がうまくなっていく気がした。

貴族も庶民もいる騎士科だが、在学年が上がり、進路を決める段階になると道は様々である。

一番人気は王城騎士団だが、かなり狭き門だ。そこに国境警備隊や各地の警備の騎士、貴族の雇われ騎士、民間の護衛、冒険者、傭兵《ようへい》などの選択肢もある。

優れた文武を手に飛び級で卒業する者、家や仕事のため半年早く卒業する者、留年が決まった者、何らかの理由で学校をやめる者——入った年は同じでも、それぞれが別の道に進みはじめていた。

「ドリノ君、卒業したら王城騎士団へ入りませんか？」

放課後の個別授業に向かったとき、ランツァ先生にとんでもない提案をされた。

考えたこともなかったが、条件を聞いて心が揺れた。

ドリノは卒業後、下町の家には帰らないと決めていた。兄が結婚するので家に人が増えるからだ。

まあ他にも理由はあったが、家族の邪魔にはなりたくなかった。

王城騎士団に入れれば、兵舎に個室が与えられ、年間通して三食付く。風呂はいつでも自由に入れ、掃除洗濯は担当の者がやってくれて、給与は衛兵よりずっと高い——これより良い待遇のところなどない。

高等学院の騎士科も運と勢いで入ったようなものだ。ドリノは挑戦することにした。

そこからはひたすらに勉強と剣と魔法の学びに明け暮れる日々。青春のセの字もないような真面目な毎日をおくった。

ある友は笑い、ある友は応援し、ある友は陰で馬鹿にしていた。

黒い革筒、金色の封蝋《ふうろう》のある羊皮紙を手にしたときは、一生分の幸運を使い果たしたと思った。

王城騎士団で希望した配属先は、魔物討伐部隊。

一番給与が良く、一番競争率が少なく、一番危険な部署である。

自分が魔物から民を守れるなどと、大層なことは考えていない。騎士としては剣も魔法も中途半端、弱い自分がどこまで強くなれるのか、それを試したいと思っただけだ。

「ようこそ、魔物討伐部隊へ」

入隊挨拶で入った待機室、笑顔で声をかけてきたのは、騎士科の試験官の一人だった。

魔物討伐部隊の隊長や副隊長は、騎士科の試験に同席することがあるのだという。

ランツァ先生に魔物討伐部隊を勧められることはなかったが、案外、自分は糸を引かれてここに来たのかもしれない、そう思えた。

魔物討伐部隊の新人研修中、乗馬の訓練で馬を引いてきたうちの一人は、見覚えのある黒髪の青年だった。

「スカルファロット様、お久しぶりです」

「申し訳ありません。どちらでお目にかかったでしょうか？」

一応挨拶したところ、張り付けたような笑顔で言われた。とことんいけすかない奴だと思った。

そこから魔物討伐部隊員同士、表面だけの付き合いが始まった。

近くにいれば、嫌でもそのもてっぷりがわかった。

女性から手紙を渡されても、受け取る手すら出さない。呼び出しはすべて無視。通路での告白は最後まで聞くこともなく、急いでいると途中でへし折り、泣かれても放置。

どれだけスカした奴なのか、いくら面倒にしても、もうちょっと相手の気持ちを考えてやれ、そう思った。

だが、友でもない自分が言うことではないので黙っていた。

同じ魔物討伐部隊なのだから、ヴォルフレード様を紹介してほしい、恋文を渡してほしいと頼んでくる女達に辟易《へきえき》した。巻き込まれるのは面倒だ、ただそう思って断った。

貴族の家柄にあの容姿、秀でた剣の腕――恵まれまくった彼への嫉妬《しっと》も、正直、内にあった。

そのヴォルフレードに関する噂がどうもおかしいと気づいたのは、だいぶ経《た》ってからだ。

兵舎の部屋を移り、彼の隣室になったので、嫌でも動向がわかるようになった。

彼は自分と同じく、家にはほとんど帰らぬ兵舎暮らしだ。夕方出かけるのは隊員同士での食事か飲み、空き時間は鍛錬場で走っているか模造剣の素振り。あとはずっと部屋にいた。

言い寄る女がいても一切なびかないのは確かだが、当人から女に声をかけることもない。

たまにガストーニ前公爵夫人のところへは行っているが、呼び出されている感じで浮かれた様子もない。

決定的だったのは、重い風邪をひいても、兵舎の部屋にじっとしているだけ。誰一人、呼びもしなかった。

医務室にも行かず、医者も頼まず、兵舎の誰かに声をかけることもない。

部屋とトイレをふらふらと行き来する赤い顔。続く咳《せき》の音にこちらの方がじっとしていられず、医務室から医者を呼び、食堂に頼んでパン粥《がゆ》やリンゴジュースを運んだ。

翌日、回復した彼から、お礼の言葉と共に銀貨を渡された。

逆毛を立てて文句を言い、こういうとき、仲間には金を払うのではなく酒を奢《おご》るのだと教えた。

わかった、と神妙にうなずかれた。

その後、ヴォルフレードが完全に回復してから王都に連れ出した。

整った顔はナンパの餌にはよかったが、見慣れぬ不貞腐《ふてくさ》れ方が面白くて、そのまま飲みに行った。

なぜかとてもうれしそうに奢ってくれた。

そこから度々話すようになり——話せば話すほどにわかった。

流される噂は真っ赤な嘘《うそ》。頭はいいのにどこか子供で、あきらめはあっても融通が利かなくて、へんなところで頑固。

『ヴォルフ』は、酒が好きで、魔剣の好きな、ただの男だった。

見習いから新人隊員へ、そして赤鎧《スカーレットアーマー》へ。『黒の死神』の名をほしいままにするほど強いヴォルフレード、その背中を追うように、ドリノは進んでいた。

赤鎧《スカーレットアーマー》には、国境伯次男のランドルフもいた。

ぽつぽつとしか話さぬ寡黙な男だったが、重い大剣も大盾も、ものともせぬ豪腕だった。

赤鎧《スカーレットアーマー》の先輩方はさらに強かった。

一番弱いのは確実に自分で——あせりとあきらめを呑《の》みながら、ドリノはただ鍛錬に向かった。

自分が自主鍛錬に向かうと、なぜかヴォルフとランドルフもついてくるようになった。

誘いもしないのに行動は重なり、会話は徐々に増えた。互いに笑い合うことも増え、自分達はようやく仲間になれたのだと思えた。

だが、それはドリノだけだったのかもしれない。

ある遠征の帰り、ヴォルフは傷と出血を隠し、馬上で魔物の警戒をしていた。彼より軽い怪我だった自分は、のうのうと馬車で寝ていた。

王城に戻って鎧を脱ぎ、赤く染まる背、その青い顔を見て、ドリノはキレた。

「馬鹿野郎！　仲間だろ、心配ぐらいさせろ！」

「ごめん……」

ヴォルフは叱《しか》られた子犬のような表情《かお》でうなだれた。

黒の死神が黒い子犬になってどうする？

「ドリノ……」

ランドルフは道に迷った小熊のような表情《かお》で小さく袖をつかんできた。

熊のような巨体で小熊になるのをやめろ。

もう、何をどう言っていいかわからないではないか。

とりあえずヴォルフの腕をつかんで医務室に連行した。ランドルフも無言でついてきた。

このときから自分は、彼らへの遠慮——伯爵家の子息だとか、貴族だとか、自分より騎士として強いことだとか——を、全部投げ捨てることにした。


しかし、俺も含め、皆、一体ヴォルフのどこを見ていたのだ？

きらきらした金の目は確かにきれいだけれど、一人遊びのガラス玉のよう。

誰も傷つけたくはないと、己も傷つきたくはないと、いつ割れるかわからない脆《もろ》さではないか。

だが、ドリノではそのガラス玉を本物の黄金に戻すことはできないらしい。

時折、素を見せたかと思えば、いまだ作った笑顔を向けられることもある。共に戦い、飲みに出て馬鹿話をしても、その壁は消えぬように感じる。

意地と虚勢を張るのが男だと言われればそれまでだが、どうにもやるせない。

本日も酒場の魔導ランタンの下、整いすぎた笑顔の隣で飲んでいる。

周囲が好みの女の話で盛り上がる中、伏せられた金目《きんめ》は酒のグラスしか映していない。

ああ、まったく！　どこぞの黄金の女神でも、聖なる乙女でも、この際、おっちょこちょいの魔女でもかまわない。

金の柊《ひいらぎ》が要るなら探してこよう。銀の薔薇《ばら》が要るなら作らせよう。

悪い魔法を解く接吻《せっぷん》が要るなら、ランドルフと二人でこいつをしっかり押さえておくから。

だからどうか――友の金色のガラス玉を、本物の黄金に戻してやってくれないか。

魔物討伐部隊員と紫の二角獣

初夏、ようやく紫の二角獣《バイコーン》の討伐を終えた魔物討伐部隊員三十名は、水場の近くにある馬止めに移動した。平らで少し開けた場所で、馬もつないでおける、野営に最適な場所である。

ここは馬を早駆《はやが》けさせれば、夜には王都に戻れる距離だ。通常、この時間であれば帰路につく。

だが、本日はここで泊まり、明日早朝に帰ることとなった。

その理由は、隊員達の深い精神的ダメージである。

「二角獣《バイコーン》の大馬鹿野郎ーっ！」

「滅べ、紫っ！　魔物の分際で……」

「本当に、未練がましいことよ……」

地面に敷いた防水布に座る隊員達の表情《かお》は、大変に暗い。

討伐後、これから疲れを癒やす食事となるはずなのだが、あちこちから怒りと怨《うら》みと嘆きが入り交じって聞こえてくる。

「これは、仕方がありませんね……」

「はい、紫の二角獣《バイコーン》ですので……」

副隊長のグリゼルダのため息に、壮年の騎士が革袋のワインを渡しつつ答えた。

紫の二角獣《バイコーン》は変異種の一つであり、戦闘力は通常の黒い二角獣《バイコーン》と変わらない。

しかし、その性質がすこぶる悪質である。敵対者の大切な者の幻覚を己に重ねる――よって、紫の二角獣《バイコーン》の姿は、各自の妻子や家族、恋人などに見えることが多い。

その上、紫の二角獣《バイコーン》は魔法防御力が高く、遠距離魔法が効きづらい。

結果、物理の接近戦中心となるのだが、剣で斬る、あるいは弓で射るのは、愛《いと》しい、あるいは大切な者の姿で――精神に大変悪い。

このため、紫の二角獣《バイコーン》の討伐は、魔物討伐部隊員に蛇蝎《だかつ》の如く嫌われている。

「本日の紫の二角獣《バイコーン》の討伐、お疲れ様でした」

「明日は帰るだけだ、持ってきた酒は全部飲んでかまわん。いろいろと思うところがあるなら、ここで吐き出して忘れろ！　今日言ったことは互いに他言無用、持ち帰り厳禁だ！　以上、乾杯！」

「「乾杯！」」

討伐の成功も明日の幸運も祝わぬ乾杯に、各自がワイン入りの革袋を持ち上げる。そこにいつもの任務完了の明るさや解放感はない。

「まさか、妻に弓を向ける日がくるとは……」

「そこは混ぜるな、お前が射たのはただの馬だ！」

「王城騎士団員失格です、子供達が見えて魔法がずれるなど、情けないことを……」

「きっと位置迷わせの幻覚も入ってたんですよ。お気になさらず、さあ、まずはこの酒を――」

決めてはいないのだが、落ち込む者と支援に回る者に分かれつつあった。

皆が座る防水布の上には、干し肉やドライフルーツもあるのだが、本日は酒の減りの方がはるかに早そうだ。

「うわぁ……」

ワインの革袋を配って、自分の場に戻ったドリノは、思わず声を出してしまった。

隣のヴォルフが両手で革袋を持ち、中の白ワインをちゅうちゅうと啜《すす》り続けていた。

すでに一つ、カラになった革袋が膝の前に転がっている。その金色の目がとても虚《うつ》ろで、話しかけられない。

前回の紫の二角獣《バイコーン》の討伐では、二角獣《バイコーン》にしか見えなかったと言っていたが――どうやら今回は『大事な人』が見えたらしい。

向かいのランドルフは、手のひらにドライフルーツをごっそりとのせて口に含み、その後に革袋のワインを飲んで咀嚼《そしやく》していた。

ごくりと飲み込んだ後、どこかさびしげなため息をこぼしたので、こちらは遠慮なしに声をかける。

「で、ランドルフ、お前、ホントに誰が見えた？」

「……黙秘する」

「ランドルフ、たまには吐けー、楽になるぞ」

仲間の隊員の声に、革袋をつかむ指に力が入ったのが見えた。

「……楽になどならん」

苦さを含んだ低い声に、からかいの主は次の言葉を飲み込む。

「まあ、口にしたくない相手というのはあるものだ。家族だけではなく、いなくなったり、亡くした者だったりすることもあるからな」

他の隊員が、ランドルフに干し肉を差し出す。

彼は礼を言ってそれをひたすらに噛《か》みはじめた。黙る理由にちょうどいいものを与えられたようだ。

視線をずらすと、向かいの防水布に座る若い騎士が、片手で目を覆っていた。こちらはワインの革袋にまだ手をつけていない。

「大丈夫か？　具合が悪いなら早めに横になって――」

「婚約者の顔を見ずに初恋の人を見たなど、申し訳なくて、戻っても会いに行けぬ……」

「飲め！　そして完全に忘れろ！」

彼にワインの革袋を押しつけつつ、ドリノは強く言い切った。

「まったく、今日は大変そうだ……ん？」

防水布の端、遠い目で夕闇を見る隊員に、ドリノは自分と重なるものを感じた。

自分が紫の二角獣《バイコーン》に重なったのは、花街、『宵闇《よいやみ》の館《やかた》』の一番人気の美女、ファビオラ。

夢に見るほど深い想いはあるが、届かぬことも承知している。

この隊員は二角獣《バイコーン》を前にして、『……どうしよう、いつも部隊棟で会うメイドさんに見える』と、こぼしていた。

自分の恋の成就は無理そうだが――この者は、自分より可能性があるだろう。

「ルシュ！　戻ったらそのメイドさんの名前を調べようぜ」

名を呼んで声をかけると、彼はびくりと肩をふるわせた。

「メイドさん……あんなにかわいいんだから、きっと恋人がいるよ……」

「お前、さっきと同じこと言ってるぞ。いっそ、明日、花束を買って話しに行ったらどうだ？」

「い、いきなりそんなことをして、嫌われたらどうするのさ!?」

思いきり慌てだす彼に納得する。思い入れがすでに深いらしい。

「そんなこと言って、他の男に先に告白されたり、見合いに行かれたりしたら後悔しないか？」

「絶対嫌だ……」

「ところで、そのメイドさんって、どんな人？」

「背があまり高くなくて、肩までの黒に近い紺の髪をこう、後ろで結っていて……」

魔物討伐部隊棟で働いているということで、なんとなくその『メイドさん』の見当がついた。

しかし、ドリノは挨拶以外、言葉を交わしたことがない。

「一目惚《ひとめぼ》れか？」

「うん。それと、誰にでも態度が同じで、鍛錬の後の泥だらけのときも、きちんと挨拶をしてくれて、その声がとてもきれいで……討伐で怪我《けが》して戻ったときも声をかけてくれて――笑顔がかわいくて……」

「あー、わかったわかった」

一目惚れどころか、完全に惚れきっているのがよくわかった。

ドリノは次のワインの革袋を彼に渡し、ぽんぽんとその肩を叩《たた》く。

なんとかこの恋路を応援したいものだが——そう思ったとき、けふりと隣で音がした。

黒髪の友が、二つ目の革袋のワインを啜《すす》りきっていた。

「ヴォルフ、もう一つ、いや、二つ、白ワインはいるか？」

「赤がいい……」

「今取ってきてやるから、ちょっとこれ食ってろ」

ヴォルフにナッツを渡すと、素直にそれを食べはじめる。両手でナッツを持って囓《かじ》る様が、まるでリスだ。しかし、からかう気にはなれなかった。

今日は、どうにも放っておけない者が多そうだ。

ドリノは苦笑しつつ、新しい酒の革袋を取りに向かった。


ドリノが移動した後、白髪交じりの先輩隊員が、チーズをのせた黒パンを持ってやってきた。

「ルシュ、悪酔いしないように食べておけ」

「ありがとうございます……」

メイドについて語っていた若い隊員——ルシュロイスは、素直にそれを受け取る。

確かに、何も食べずに飲むと、今日は悪酔いしそうな気がする。いまだ瞼《まぶた》の裏、魔物討伐部隊棟にいるメイドの、きれいな笑顔が消えない。

「ところで、さっきの話だが――」

「お恥ずかしいことです。先輩のところまで聞こえてましたか？」

「私は耳がいいのでな。そのメイドだが、背が低めで、光によって青さの出る黒髪、鼻の左右にそばかすが少しあり、口元の右に黒子《ほくろ》のある女性か？」

ずいと近寄り耳元でささやかれた言葉に、ルシュは目を丸くする。

「先輩、なんでそんなに詳しいんですか……？」

先輩は既婚、自分とは年代も違う。まさか同じように想っている人ということはないだろうが、つい不安が募ってしまう。

「心配するな、姪《めい》だ。それと、王城勤務の保証人が私だ」

先輩に見透かしきった笑顔を向けられ、思わず固まった。

「すみません！　その、けして、浮ついた思いでは……！」

「ああ、聞いている限りで理解した。姪は実家暮らしの独身で、恋人もおらん。紹介してもいいが、その前に――お前、トカゲは平気か？　ちょっと大きめだが……」

「トカゲ、ですか？　特になんとも思いませんが……」

なぜメイドさんからトカゲの話に飛ぶのかわからず、首を傾《かし》げてしまう。

「そうか、ならよかった。その――メイドゥーラ、ああ、姪の名だ。メイドゥーラがとてもかわいがっているペットが、少々大きいトカゲでな……嫁ぎ先に連れていくのが条件なのだ。それで、どうも男性側が引くらしい。今までも見合いの話はあったのだが、まとまらなくてな。ルシュも一度、トカゲを見てから判断を――」

こんな機会は二度とない。トカゲが馬を超える大きさでもかまわない。

ルシュは拳を硬く握って願った。

「ぜひ、メイドゥーラ嬢のご紹介をお願いします、『おじ様』！」


数日後、ルシュは先輩隊員と共に、とある男爵家を訪れた。

憧れのメイドゥーラは、目と同じスミレ色のドレスを着て、笑顔で出迎えてくれた。

メイド服以外の姿を見たのは初めてだ。あまりのかわいさに、これだけでも勇気を振り絞った甲斐《かい》があったと思った。

顔合わせの茶会中、ご家族の他、ペットであるトカゲの紹介も受けた。

彼女の飼う、青い舌で濃灰のトカゲ『タカラ』は、なかなかに大きく、ルシュの身長の三分の二ほどあった。

真横に来てせっせと威嚇されたり、その青い舌を伸ばされたりしたが、実害がないので笑顔で受け流した。

爬虫類《はちゅうるい》は苦手ではないし、魔物討伐部隊員として戦ってきた魔物達と比べれば、じつにかわいいものである。

何より、憧れのメイドゥーラの番犬ならぬ番トカゲである。今まで彼女を守ってきたのだ、尊重したい。そう思っていたところ、タカラは自分の足元にごろりと寝そべり――茶会の間中、そこにいた。

その後、ルシュはメイドゥーラとの交際を無事に許された。

『タカラ』は、『宝物』から名前をとったというだけあって、メイドゥーラが大変にかわいがっていた。夜は同じ部屋で眠っているという話に、少し妬《や》けたのは内緒である。

会う度に彼女と共に餌をやり、庭を散歩するうちに、タカラはルシュにもよくなつくようになった。

一度、タカラに後ろからじゃれつかれて軽く噛まれたが、メイドゥーラが――そのときにはもう愛称の『メイドさん』と呼んでいたが――珍しく烈火《れっか》の如く怒り、濃灰のトカゲは一回り小さくなるほど縮こまって反省していた。

ちょっとかわいそうだった。

なお、タカラと同種のトカゲ、その求愛行動が噛むことだとルシュが知るのは、しばらく先。

その話を『メイドさん』にし、頬を赤く染めて噛む真似をされ――婚約腕輪を買いに全力疾走するのは、さらに先の話である。

騎士ランドルフと白き魔羊

王城の訓練場、ランドルフ・グッドウィンは、青い空に浮かぶ綿のような雲を眺めていた。

その白い雲に思い出すのは、学生時代の羊の毛刈りだ。

隣国エリルキアでは、夏の暑さが厳しくなる前に羊の毛を刈る。

エリルキアは『牧畜の国』と呼ばれるだけあって、羊はそれなりに数が多い。一定年齢以上の学生達は郊外実習の名のもと、労働力となる。

貴族であるランドルフは不参加も選べたが、喜んで加わった。

羊のもふもふとした毛並みに触れるのは楽しい。伸びて弾力の違うそれもなかなかだ。

毛刈りの初めから大人しくしているもの、じたばたした後にあきらめるもの、最後まで逃げようとするもの、それぞれの性格がにじむ。

毛刈り中、羊に蹴られたり体当たりをされたりする生徒もいた。

だが、ランドルフの担当した羊は、そういった乱暴なことは一切しなかった。

身体の大きい自分では羊も怖かろうと、膝をついて視線を下げ、毛刈りをすることを羊にゆっくり告げる。あとは軽く撫《な》で、ひたすらに専用バサミとカミソリで刈っていく。

あちこち土に汚れ、毛並みの脂がぺたぺたと手に付き、それでも楽しかった。

今でも、緑の香りがする風の中、級友達と羊の毛を刈っていたあの日を鮮やかに思い出せる。

もしかすると、自分は騎士より、羊飼いが向いていたのかもしれない。

オルディネ王国に戻り、王都に来て魔物討伐部隊員になってから、毛刈りどころか、羊をゆっくり眺める機会にすら恵まれていない。

そのうち、王都外の羊牧場へでも見学に行ってみようか、最近はそう考えはじめた。

毛足の長い動物全般が好きだと周囲に知られたところで、どうということもないだろう。

「ん？　なんだ、あれ？」

隣で休憩をとっていた友が、訓練場の端を指さした。

「羊か？」

「羊だね……」

どこからやってきたのか、訓練場の端を、白い毛並みの羊がタカタカとリズミカルに走っている。

若い雌の羊だ。なかなかに毛艶《けづや》が良く、赤みを帯びた黒の目はつぶらでとてもかわいらしい。

まだ短くまっすぐな金の角が、太陽の光をきらきらと反射している。その独特な輝きに、ランドルフはただの羊ではないことを確信した。

「あれは魔羊《まよう》だな」

「げっ！　なんで魔羊《まよう》がここに……」

友がそう驚くのも無理はない。

魔羊《まよう》はかわいらしく見えるが、身体強化魔法が使え、脚力に特化した羊型の魔物だ。その毛並みは羊より少しやわらかで、大変手触りが良い。

隣国では一部の牧場で飼われており、自分も見に行ったことがあった。

それにしても、白くふかふかとした見事な毛並みである。

見惚《みと》れていると、魔羊《まよう》はぴたりと動きを止める。つぶらな黒い目が、じっとこちらを見た。

自分は身体が大きいので、怖がらせてもかわいそうだ。

しかし、できれば少しだけ、あの白い毛並みに触れさせてはもらえないだろうか？

「おいで」

ランドルフは膝をつき、武器も捕獲の網も持っていないことを示すように両手を広げる。

すると、真っ白な魔羊《まよう》は、とことこと寄ってきた。

「おい、ランドルフ！　それ魔羊《まよう》なんだろ？　蹴られたらやばいだろ！」

「ランドルフ、近づけない方が……」

「大丈夫だ、羊には慣れている。一応下がっていてくれ、怖がらせたくない」

仲間達がしぶしぶ下がると、魔羊《まよう》はそのまま自分の手が届くところまでやってきた。

「魔羊《まよう》殿、見事な毛並みだな。撫でてもいいだろうか？」

言葉はわからずとも、意味合いが通じることはある。

魔羊《まよう》が目を丸くしつつも動きを止めたので、目より下の高さで手を伸ばし、その肩から背をゆっくり撫でた。

よく手入れされたもふもふの毛並み、温かな身体。蹄《ひづめ》もきれいに揃《そろ》えられており、艶がある。

気持ちよさげに横に狭まる瞳孔に、ランドルフはつい笑んでしまった。

「抱き上げてもいいか？」

魔羊《まよう》が右の前足を了承するように伸ばしたので、ひょいと抱き上げる。

毛足が長めなのか、見た目よりも軽かった。そして、ぬくぬくと温かい。

つぶらな目がじっと自分を見つめてくるのが、大変にかわいい。とても賢く、大人しい魔羊だった。

「待て、魔羊《まよう》！」

「おのれ、家畜！　いや、王城畜？」

そこへ、王城警備隊員数名が息を切らしてやってきた。

こんなにかわいく大人しい羊に、一体どんな対応をしているのだ？　そのように大声で追い立てては、怖くて逃げるに決まっているではないか。

「メエー、メエー……」

腕の中、怯《おび》えたように鳴く魔羊《まよう》を、ランドルフはそっと抱き直す。

「大丈夫だ。自分から話をしよう」

王城警備隊員達はランドルフを見て、ぎょっとした表情《かお》をした。

けして無理に捕らえたわけでも、晩餐《ばんさん》にしようとしているわけでもないので、構えないでほしい。

「捕獲していただき、ありがとうございます！　魔導具制作部三課の囲いから逃げ出したそうで、捕獲のために追っておりました」

魔導具制作部の三課は、学術的魔導具研究を目指す課と言われている。

もっとも、魔物討伐部隊が世話になっているダリヤのように生活に有用な魔導具開発をするのではなく、夢物語のような魔導具を目指しているらしい。

高位貴族で高魔力、それでいて魔導師・文官などの職務に就けぬ者――扱いの難しい者達のための場所づくりとも噂《うわさ》されているが、ランドルフは関わることのない課だった。

もしや、三課は興味本位で魔羊《まよう》を飼っているのではと不安になったが、世話は行き届いていた。

毛艶は良く、洗浄もブラッシングもきっちりしてある。世話係が別途いるのかもしれない。

「毛艶が良い。よく世話をしてもらっているのだな」

「メエー」

待遇は悪くはないようだ。案外、狭い柵の中で運動量が足らずに脱走しただけかもしれない。

「魔羊《まよう》は警戒心が強い。大きな声で追いかけると、怖がってより懸命に逃げるのではないだろうか？」

「はい……しかし、前回、この魔羊《まよう》はワイバーンの舎へ入り、騒ぎになりまして――」

とても言いづらそうな警備隊員の声に納得する。

ワイバーンにしてみれば、おいしそうな餌にしか見えない魔羊《まよう》が目の前にいるのだ、大騒ぎもするだろう。

このかわいい羊が、万が一にもワイバーンの餌になってはたまらない。警備隊としては、早めに捕獲したいわけである。

話の流れで、ランドルフはちょっと気になったことを尋ねてみる。

「伺いたいのだが、この魔羊《まよう》に名前はあるだろうか？」

「ええと、『フランドフラン』だそうです」

「フランドフラン――白の中の白か。良い名をもらっているな」

「メエェー」

腕の中の魔羊《まよう》が、小さく鳴いた。名前はおそらく気に入っているのだろう。

「フランドフラン、危ないから、ワイバーンには近づいてはいけない」

「メエェー」

わかってくれたかどうかはわからないが、鳴き声もかわいい。

その頭を撫でると、気持ちよさそうに黒い目を細められた。

このままこうしていたいところだが、警備隊員達は仕事である。フランドフランは、三課に返さねばならない。

「フランドフランは怖がっているようなので、優しくしてやってくれ」

「はっ！　気をつけます！」

名残惜しくはあったが、ランドルフはそっと魔羊《まよう》を地面に下ろした。

フランドフランは首輪と縄をつけられ、大人しく警備隊員達に連れていかれる。

途中、一度だけ振り返り――こちらを見るつぶらな目が、少しさみしそうだった。

「兵舎で飼えたらよかったのだが……」

無理だとわかってはいるが、つい小さくつぶやいてしまう。

友二人が、自分の肩を軽く二度叩《たた》いた。


「メエー」

硬い首輪と鉄線入りの縄でつながれた魔羊《まよう》は、高い空を見上げて小さく鳴いた。

本来、自分達は群れで暮らすのに、この地にいるのはわずか二匹。

その一匹はとても臆病で、雄でありながら縄張りを広げる気概《きがい》がない。

それならば自分が周辺を確認するべきであろう、そう思って、先日、柵を跳び越えた。

しかし、少し歩いた先にはワイバーンの棲《す》み処《か》があった。これは縄張りに不向きだ、そう思ったときに人間に捕まった。

ここの人間達は自分達の毛だけが欲しいらしく、餌はきちんとくれるし、手入れもしてくれる。

近くにいたワイバーンも、自分と同じように人間から餌をもらっていた。

どうやら、ここでは我々もワイバーンも、人の群れに組み込まれているらしい。

群れであれば、縄張り内に強き番候補《つがい》、あるいは、自分とわかりあえる友はいないものか？　そう思って、また柵を飛び越えた。

そうして本日、かの者と出会った。

あれは自分の心をわかってくれる者だ。たくましく温かな体躯《たいく》と、広く優しい心を持っている。

そして、少しだけさみしそうな目をしている。残念ながら同種ではないけれど。

若き魔羊《まよう》は誓う。

今度、またあの者へ会いに行く。番となれずとも、言葉は通じずとも——友になりたい。

フランドフランは蹄を土にめり込ませつつ、強く息を吐いた。


白き魔羊《まよう》の脱走は、この後も続く。

ランドルフはやってくるフランドフランを笑顔で迎え、王城警備隊が来るまで待つようになった。

その足蹴りで屈強な王城警備隊員を沈めたこともある、白き魔羊《まよう》。

それを子羊のごとく扱い、優しく声をかけるランドルフには、陰で『魔羊《まよう》使い』という二つ名が付けられた。

魔羊《まよう》の脱走時、王城警備隊が魔物討伐部隊にランドルフの居場所を尋ねるようになるのは少し先の話。しばらく共に時を過ごし、彼が魔羊《まよう》を抱きかかえて三課に送り届けるようになるのは、さらに先の話である。

黒鍋副店長と二人の客

店の多い通りでも、うちの店は特に目立つ、黒い屋根に黒いレンガの三階建てだ。

看板はなく、遠くからでも見えるよう、壁一面に白文字で『黒鍋《くろなべ》』と入っている。料理のうまさとメニューの多さが売りである。

ありがたいことにそれなりに人気があり、売上も安定している。

「お疲れ様でした、明日もよろしく頼みます」

「お疲れ様でした、サミュエル副店長！」

店の掃除後、最後の店員達が出ていくと、ドアに鍵をかける。

戸締まり確認も終わったが、今日はもう少しだけ、一人で店にいることにした。

サミュエルはここの副店長、店長は妻の父である。

妻の家へ結婚の挨拶をしに行ったとき、妻の父が出した条件は、魔物討伐部隊を辞め、この黒鍋を継ぐことだった。

「魔物討伐部隊の仕事が本当に大切なものであるのは存じております。それでも、私はいつあちらへ渡るかわからぬ方を、娘の夫としたくはありません」

そう、きっぱり言われた。彼の膝の上、握った拳は震えていた。

妻には、父の許しが得られなくても結婚はできるのだから、気にしないでと言われた。

だが、本音で話せば、やはり安全な仕事をしてほしいと思われていた。

半年悩んだ末、サミュエルは剣を手放す決心をした。

二度目の挨拶に行ったとき、妻の父に深く深く頭を下げられた。自分も下げ返した。

結婚で魔物討伐部隊を辞めると告げた日、隊長にも副隊長にも祝いの言葉を口にされた。

仲間達には結婚がうらやましいと、大きな店の婿だから安心だな、飲みに行ったら割引してくれなどと、笑顔で言われた。


結婚の報告と隊を辞める話をしたら、自分の家族もとても喜んでくれた。

魔物討伐部隊は名誉ある仕事だと、家族で祝ってくれたのはたった数年前。

十年も超えぬうちに隊を辞めるサミュエルを、誰も責めなかった。

ただ一人、残念だと言ってくれた者はいたが。

『追い出し会』という名の送別会をしてもらい、自分は笑顔で隊を辞めた。


「こんばんは、久しぶり」

店に立つ自分に声をかけてきた男に、見覚えがなかった。

「いらっしゃい……あれ、ヴォルフだよな？」

「ああ。今日は奥、空いてる？」

一拍おいてからヴォルフだとわかったが、なんともいい変装用眼鏡を見つけたものだ。

緑の目は金の目よりは目立たないが、感じる優しさが増しており、結局は男前だった。

少しふくよかになった自分と違い、その長身痩躯《ちょうしんそうく》は相変わらず、顔の艶《つや》まで上がっている。

赤鎧《スカーレットアーマー》としての剣の腕といい、魔物に向かう胆力といい――神はこの男に盛りすぎである。

奥の個室へ通そうとして、後ろにいる赤髪の女性と目が合った。会釈をしてくれたその優しげな目は、変装用眼鏡と同じ緑だった。

ヴォルフは今まで女性を伴って現れたことはない、そう考えて、訂正する。

彼が今まで、その隣に女性を自分の意志でおいているのを見たことはない。相手から声をかけられた、告白された、くっつかれたは別にして。

個室へ行った二人に、酒と料理を運ぶ。元隊員仲間なので、店員ではなく自分が行った。

ヴォルフに向かい、『妹さんに』と言ってみたら、さらりと否定された。

どうやら『いい人』らしい。

伯爵家の彼だ。赤髪の女性は貴族か、大きな商家のお嬢様あたりだろうか。口に合うか気がかりだったが、酒も飲み、料理もしっかり食べてくれているようだ。

時折、廊下まで漏れてくる、楽しげな笑い声に安堵《あんど》した。

「これはサービス。ヴォルフにはブラックペッパークラッカー。お嬢さんには、紅牛《クリムゾンキャトル》のチーズケーキ」

ヴォルフの好物と、女性向けにかわいいピンク色のチーズケーキを持っていったら、よく似たうれしげな表情《かお》が揃《そろ》った。

どうやら自分のお勧め品は当たりだったらしい。

「ありがとうございました。またどうぞ、黒鍋へ！」

夜までゆっくりとしていった二人は、笑顔で店を出ていった。

ヴォルフは、こんなにやわらかく笑うことができる男なのだと、初めて知った。

見送る自分も笑顔になった。

客の出入りを重ね、店を閉める時間となった。

片付けに掃除にと動き回り、店員を見送って店を閉めての今、身体はそれなりに疲れている。

けれど、本日このまま帰るのはまずそうだ。

妻は察しがいい。おそらくはなにかあったかと気を使わせる。

サミュエルは好きな銘柄の蒸留酒を出すと、小さなグラスに三口《みくち》分ほど注いだ。

水も氷も足すことはない。ただその辛さで、思い出を薄めたかった。

自分のように、魔物討伐部隊を辞める者は多い。命懸けの戦いに長い遠征、結婚や家を継ぐ、あるいは心身の問題もある。

辞める者を引き止めてはいけない、それは隊の暗黙の了解だ。

笑って送ってやるのが一番いい、そうサミュエルも思っていた。

けれどヴォルフが、彼だけが、自分が隊を辞めるとき、残念だと言ってくれた。

送別会、酒を注ぎに来たわずかな時間、小さな声で、『サミュエル、残念だけれど、元気で――』と。

ヴォルフは同期だが、友人と呼べるほど親しくはなかった。話した回数もそう多い方ではない。きっと深く考えての言葉でもないだろう。

伯爵家の子息で、隊でも先陣を切る赤鎧《スカーレットアーマー》。どんな魔物も一切の迷いなく斬りに行く、勇猛果敢な騎士。

どこか人を寄せ付けぬ気配のある彼は、自分にはずっと見上げるばかりの存在だった。

それでも、間違いなく仲間だった、彼にもそう思ってもらえていた、それがうれしかったなど
と——思い出すその言葉は少し痛く、それでいて忘れたくはない。

「未練、か……」

魔物討伐部隊への未練、騎士への未練、剣への未練。

内でわずかにくすぶるそれは、いつになったらきれいに消えてくれるのか。

己で決断しての今なのに、情けない話だ。

サミュエルは一人、誰にも聞かせぬ吐息をつく。

グラスの琥珀《こはく》は薄めもしない辛さ。これを飲んだら、あとはまっすぐ妻の待つ家に帰ろう。

明日もまた、副店長として『黒鍋』の切り盛りをがんばらなくては。まだまだ店の運営も料理知識も足りぬ自分だ。義父の力になるより、教えを乞うことの方がはるかに多い。

『黒鍋』という店の名は、その義父の命名だ。

客をとろけんばかりの幸せに浸らせることを目指してつけたそうだ。

自分は妻と生きるために、それを継ぐと決めたのだ。

今度、魔物討伐部隊員達が来たら、とびきりうまい料理と酒で、財布の中身をとろかしてやろう。

ついでに遠征の辛《つら》さも、魔物との戦いのしんどさも、ほんの少しは溶けるように。

ヴォルフがまたあの赤髪のお嬢さんと来たら、ハート型の器のミルクプリンに、赤い薔薇《ばら》のソースをたっぷりかけて出してやろう。

そして、二人が食べ終わってから、それが隣国の婚礼料理だと教えてやるのだ。

そのときヴォルフは、どんな表情《かお》をするだろうか？

三口で飲みきった酒の後味は、わずかに甘かった。

騎士ランドルフとアップルパイ

魔物討伐部隊の遠征後の休みの日、ランドルフは王都の中央区に来ていた。

向かうのは、焼きたての焼き菓子を出すことで有名な喫茶店である。

午前のお茶の時間が終わってから、昼食前までの時間が一番すいている——そう、緑髪の女性が教えてくれた。

先日、魔物討伐部隊の相談役であるダリヤ、そして、服飾師であるルチアと道で偶然出会い、共にこの店を訪れた。

男だから甘いものが好きだと公言できなかったランドルフに、甘いものが好きであることに性別は関係ないと、好きなものは好きでいいのだと、はっきり言ってくれた。

男らしく、魔物討伐部隊員らしく、騎士らしく、伯爵家の一員らしく——そんな自分の気負いを、あの二人はあっさりゆるめてくれた。

それでも、一人で喫茶店に入るのは少しだけ勇気を要し——ようやく店に入る。

「いらっしゃいませ！」

女性店員に笑顔で挨拶された後、お一人様ですか？　と確認された。うなずくと、呆気《あっけ》なく窓際のテーブルに案内される。

四人掛けのテーブルを一人で占領していいものかと思ったが、確かに店内はすいている。周囲には自分と同じように一人で来ている者、カップルや友人らしい二人が数組いるだけだった。

「ご注文はお決まりですか？」

「アップルパイとミルクティー——シュークリームとキャラメルプディングで」

「ありがとうございます。少々お待ちください」

一瞬迷ったが、遠慮なく食べたいもの一式を注文した。

ちょっと動悸《どうき》がしているが、椅子に座り直し、持ってきた本を開く。『魔物の生態』の最新版、著者は隣国の魔物研究家だ。

オルディネ王国と隣国エリルキアの国境には、広大な森がある。両国にかかるものなので正式な名称は付けられていないが、ランドルフは周りの者達にならい、『国境大森林』と呼んでいた。

隣国との行き来は、国境大森林を大きく迂回《うかい》した道が使われる。森には多くの魔物がおり、毒の湿地があるからだ。また、人が入れば迷い、出てこられなくなることもある。

国境と共に、国境大森林の手前で、魔物から領地を守るのが国境伯爵のグッドウィン家——ランドルフの生家だ。

王都に来てからは一度も帰っていないが、ここしばらくは魔物の大きな被害や国境での諍《いさか》いはない。

「ミルクティーとシュークリーム、キャラメルプディングです。アップルパイは間もなく焼き上がりますので、少々お時間をくださいませ」

運んできてくれた店員に礼を述べ、ミルクティーを一口飲む。予想よりちょっと熱かった。

少し痛む舌を水で鎮め、シュークリームを手に、遠慮なく、はむりといった。

王都の喫茶店では、シュークリームはナイフとフォークで食べる必要はないそうだ。魔物討伐部隊の後輩にそう聞いて、隊で食べているときと同じように手で持って食べる。

シューの皮は少し塩が多め、たっぷりのカスタードクリームは甘く、両者の混じり合う味わいがとてもいい。

食べていると反対側から少しカスタードクリームがこぼれそうになる。それだけみっちりと入っているのだろう。

しかし、皮と中身はやはり一緒に食べたい。九十度ほど角度をずらし、慎重に口に運ぶ。

目を閉じ、しみじみとおいしさの調和を楽しんでいると、周囲でシュークリームを頼む声が続けて聞こえた。やはり、ここの店のシュークリームはおいしいらしい。

続けて食べるキャラメルプディングは、色合いもソースの焦がし具合もちょうどいい、よい味だ。二層になっていて、下が一段ほろ苦い味に変わるのもいい。

それにしても、店に入る前は人目がちょっと気になったが、杞憂《きゆう》だった。

誰かに笑われることも、ひそひそとささやかれることもない。周囲の客もそれぞれ追加を頼んだり、メニュー表を見たりして話している。

そもそも、おいしいものを食べるときというのは集中するものだ。

なんとはなしに納得していると、店員が銀のトレイの上に次の菓子を載せてやってきた。

「焼きたてのアップルパイです。どうぞお召し上がりください」

笑顔の店員に礼を言い、追加のカフェオレも頼んだ。

まだ薄い湯気を立てるアップルパイに、ランドルフは隣国にいた頃を思い出した。

ランドルフは、幼少から隣国エリルキアに留学していた。別名『人質留学』とも呼ばれるものだ。

森の魔物から領地を守るのは、隣国の伯爵家も同じだった。

国境をはさんで伯爵家同士、協力しなければいけないこともある。それに、森から相手の側に魔物を追い立てれば諍いとなり、一歩間違えば国同士の戦いになる。

何が何でも友好を結ばねばならない関係だ。

貴族が信頼を与え合うには、婚姻か、互いの子供を預かるといった手法が多い。

それがグッドウィン伯爵家次男である自分に、当てはまったというだけの話だ。

だから、人質留学などと呼ばれても、ランドルフは特に思うことはなかった。

己の母は隣国の出身だった。留学については幼い頃から言い聞かされていたし、言葉も風習も学んでいた。

少しの不安はあったが、お世話になったあちらの伯爵家の人々は、皆、とても親切だった。

ただ一つだけ辛《つら》かったのは――隣国に行ってから、甘いものを食べられなくなったことだ。

隣国エリルキアでは、男が甘いものが好きだと言うと笑われる。

大人の男は塩の強い干し肉で、辛く強い酒を飲む、食事も辛いものを好む。対して、大人の女は甘いものを好み、酒をほとんど飲まない。それが普通だ――そう知ったときは絶望した。

食事にもその傾向があり、男女の皿は盛りも中身も違う。甘いデザートの代わりに、黒コショウのクラッカーやソルトバタークッキー、ナッツの盛られた皿がうらめしかった。

紅茶やコーヒーに入れる多めの砂糖だけが、自分の慰めになっていた。

そんな毎日の中、あちらの伯爵家の次女に連れていかれたのが、菓子も出す喫茶店だった。

ここのように大きな店でも、菓子の種類が多いわけでもなかったが、清潔感のあるこぢんまりとした店。そこへ案内してくれた彼女は、個室の手前、付き添いの従僕とメイドにも別のテーブルでお茶を飲むように命じた。

皆で息抜きをしましょうという彼女に、誰も異議を唱えなかった。

彼女はアップルパイとミルクティーを頼み、自分は黒コショウのクラッカーとコーヒーを頼んだ。

店員がすべてを揃《そろ》えて退室すると、彼女はランドルフへ座席の交換を申し出てきた。

「……じつは、私は、甘いものが好きではないのです……」

「……じつは、私も、辛いものが好きではありません……」

互いの利害が一致した瞬間だった。

聞けば、彼女は料理では辛いもの、そしてきりりとした塩味のものが好みだという。

料理に香辛料を多めにかけただけで淑女らしからぬと言われるのだと、ちょっと口を尖《とが》らせていた。

あのとき、小さく切り分けたアップルパイを食べていた自分と、黒コショウのクラッカーを両手で包むようにして囓《かじ》っていた彼女。

目が合って、お互いに小さく笑った。

それから二人、周囲に好みを偽ったまま、こっそりと秘密を共有した。

甘いものが好きな従僕と、辛いクラッカーが好きなメイドも巻き込み、時折、喫茶店に通った。

全員が笑顔になれた時間だった。

あるとき、友人から贈られた塩辛い干し肉を、彼女が好みそうだと、封筒に入れて借りていた本にはさんで渡したことがあった。

翌日、『本に脂がついてしまうので、次は蝋引《ろうび》きの紙で包んでもらえないか』、そう、小さな文字のメモを受け取った。とても申し訳なかった。

彼女は午後のお茶の時間、紅茶に添えられた小さな菓子を、ランドルフのカップの横に隠して渡そうとしてきた。

しかし、手元が狂って紅茶の中に入り――大きく跳ねた滴《しずく》が自分の上着を汚し、謝られた。

翌日、お詫《わ》びにと贈られた箱の中身は大瓶の蜂蜜で、とても甘かった。

毎日スプーンで一匙《ひとさじ》すくい、味わうたびに彼女の笑顔を思い出した。

学生時代のそんな思い出に、自分はきつく蓋《ふた》をしていた。

国に帰り、領地を出た日から、過去は一切振り返るまいとしてきた。

幼い日のことも、学生時代のことも忘れ、ただ騎士であろう、魔物討伐部隊員であろうとしてきた。

確かに、王城騎士団員であることも、魔物討伐部隊の赤鎧《スカーレットアーマー》であることも、己の誇りだ。

だが、甘いものが好きで、辛い酒が苦手。毛足の長い動物が好きで、蛾《が》が嫌い。そんな素の自分を偽ることはないのだと、ようやく思えるようになった。

そして、甘いものが好きだと気合いを入れて伝えた友達にはとうに筒抜けで――馬鹿らしいほどに安堵《あんど》した。

自分の甘いもの好きはもう隊でも周知され、食堂にも兵舎にも広まった。

拍子抜けするほどあっさりと納得され、悪意のあるからかいはまったくなかった。

むしろ食堂の調理人達は自分に果物や甘菓子を多めに盛りつけてくれるようになったし、仲間から菓子のお裾分けがくるようになった。

そして、王城騎士団内で、同じように甘物好きの仲間が増えた。皆で『疲れ取り』と称して、喫茶店や屋台に行き、甘いものを食べるのが最近の楽しみになっている。

食べているときの人の視線も気にならなくなった。

似合わぬと言われたところで、それはその者が思えばいいだけの話。

自分はこのままでいいのだ――そう思い切れるようになったのが、とても心地よい。

ランドルフは口元が上がりかけるのを堪《こら》え、焼きたてのアップルパイを口にする。

たっぷりと入ったリンゴのフィリングはまだ熱く、甘酸っぱく――これを食べるのは本当に幸せだ。

おそらく、もう二度と会うことはない彼女。

けれど、願わくば今、好きな黒コショウのクラッカーを遠慮なく食べられていること、そして、幸せであるように――

アップルパイの上のシナモンは、少しばかり苦かった。

魔物討伐部隊員ジスモンドと卵料理

「一人あたりベーコン二枚と卵二個、チーズ一つだ、各自持っていけ！」

青空をよぎる鳥の声より高く、食材を分ける男の声が響く。

冷蔵ケースから取り出され、魔物討伐部隊員達の皿にのせられるのは、言葉通りベーコン二枚と生卵二個、小さなオレンジ色のチーズである。

ここは王都から馬で半日の遠征地。魔物の討伐は昨日夕方で終わり、本日はこれから朝食、その後に街道確認をしつつ、帰還する予定だ。

「おはようございます！」

「おはようございます……」

魔物討伐部隊員は、ある者はいい笑顔で、ある者は夜警の疲れを残しつつ、食材を受け取った。

あとは各自が遠征用コンロの上、朝食を自分で作ることになる。

「今日はベーコンも入れて、チーズオムレツにしようかな」

「凝ってるな。俺はチーズをスープに入れて、ベーコンエッグにするか。カークは？」

「スクランブルエッグとカリカリベーコン、パンにチーズのせです！」

ジスモンドの近くで、若い隊員達が好みのメニューを作りはじめた。鍋を使うことにも慣れたものので、余裕の笑顔である。

そんな中、一人、顎《あご》を押さえつつ湯を沸かす男がいた。

「大丈夫、ランドルフ？　頬《ほお》が腫れてるみたいだけど」

「たいしたことはない……少しだけ顎が痛いので、全部スープに入れ、パンを浸して食べようと思う」

「少しじゃねえだろ、絶対。昨日、大猪《ビッグワイルドボア》に突き上げ喰《く》らったところだろ？」

昨日は大猪《ビッグワイルドボア》の討伐だった。大きさはそうでもなかったが、畑を転がるように駆け回るのを仕留めるには、少々時間がかかった。

最終的にランドルフが大盾で殴り止めたが、そのときに顎を鼻先で突き上げられたらしい。

ランドルフは赤鎧《スカーレットアーマー》の大盾持ちだ。金属の分厚い大盾を持っても、強い魔物とぶつかればただでは済まぬ。骨を折るような怪我《けが》をすることもある。

だが、遠征中はポーションも治癒魔法も貴重だ。このため、打撲や傷は王城に戻ってから治すことが多い。それを考えて治療を受けていないのだろうが、限度というものがある。

本日はこれから王都へ帰るだけ、長い遠征ではない。彼に治療を勧めよう、そう思ったときには、仲間が声をかけていた。

「ランドルフ、一度診てもらおう」

「ランドルフ先輩、首も腫れてるみたいですよ」

「大丈夫だ。自分の首は元から太い」

「だーっ、絶対違うわ！　それは腫れだ！　だから昨日のうちにポーションを飲むか、エラルド様に治癒魔法を頼めとあれほど……！」

「呼びました？」

片手に鍋を持った神官エラルドが、すたすたと歩いてきた。

森の中でこうして共に移動しているというのに、その白の神官衣と銀襟には、汚れ一つない。

揺れる馬車で遠征についてきたが、なんとも晴れやかな顔である。

昨夜は『神殿の外に泊まれてうれしいです！』と言って、グラートとたっぷり酒を飲んでいたが、案外本音かもしれない。

「エラルド様、ランドルフを診てやってはいただけませんか？」

「もちろんです、ジスモンド殿。私はそのために同行しているのですから」

ジスモンドが頼むと、神官は笑顔でうなずいた。

そのままランドルフに歩み寄ると、その顎、耳の後ろ、そして首までを丁寧に確認する。

「無理はだめですよ、ランドルフ殿。腫れていますし、筋も傷めています。昨夜はかなり痛んだのでは？」

「大丈夫です。我慢できぬほどではありません」

「おい、ランドルフ、後でちょっとお話ししような……」

紺髪の隊員の声が一段低くなったのに対し、彼は目をそらそうとする。

しかし、首を動かしたときに痛みが走ったのだろう、表情《かお》を歪《ゆが》めて固まった。声は堪《こら》えたものの、その赤茶の目がうるりと揺らぐ。

「やっぱり無理してたんじゃないか！」

「ちゃんと治してもらってください、ランドルフ先輩！」

周囲が一斉に声を高くする。

大男がちょっとだけ小さくなったように思えたとき、エラルドによる詠唱が響き、白い光がその右手から広がる。なお、左手は鍋から離さぬままだった。

治癒魔法は大変集中力を必要とすると聞く。だが、この神官には本当に朝飯前らしい。

「どうですか、ランドルフ殿？」

「ありがとうございます、エラルド様。痛みが完全にとれました」

首を動かし、すぐ頭を下げたランドルフを見ると、本当に治ったようだ。

「ランドルフ、やっぱり無理はよくないよ」

「先輩、余計ひどくなったら大変です。今度からは早めに治療を受けましょう」

「大丈夫だから、気にしないでくれ。ああ、そうだな、朝は蜂蜜入りオムレツに変更しよう――」

「じゃ、それ食べ終わったら、しっかりお話ししような……」

低い声が再び聞こえた。

逃げ切れぬらしいランドルフを視界から外すと、ジスモンドはグラートのために湯を沸かそうとしていた鍋を確認する。コーヒーを淹《い》れるには、まだ少しぬるそうだ。

薄白い湯気の向こうでは、隊員達が朝食を取りはじめていた。

笑顔で、にぎやかで、警戒は怠っていないが、和気あいあいとしている。

なんとも遠征の朝は変わったものだ――そう思いつつ、己の若い頃と今をつい比べてしまう。

喉が渇いても、限られた場でしか飲めなかった水は、水の魔石のおかげでどこでも飲める。

わずかに濡《ぬ》らした布、臭いそうなそれで顔を拭《ぬぐ》うだけの洗顔ともいえない朝の支度は、豊かな水での洗顔と手洗いになった。髭《ひげ》を剃《そ》るのも、歯磨きにも気軽に水が使える。

昔食べていた歯の立たぬような黒パンは、だいぶ柔らかく、うまいものになった。

塩辛くて喉ばかり渇く干し肉は、酒の肴《さかな》にも及第点の味になった。

ドライフルーツにカビはなく、妙なえぐみもない素直な甘さのものになった。

この夏、遠征用コンロが入ってからはさらに変わった。

短い遠征では、朝食の干し肉に代わり、味のいいベーコンと生卵が並ぶ。コーヒーにスープも熱いものが飲める。

これから冷えていく時期、こうして朝から温かい食事が得られるのは本当にありがたい。

以前、この遠征用コンロを使いながら、『もっと早くこうなっていれば』、そうグラートに愚痴ってしまったことがある。

『できなかったことを数えだすと、年寄りと呼ばれるぞ』

自分より二つ上の彼は、とてもほがらかな声で言った。


グラート・バルトローネ——王城騎士団、魔物討伐部隊長であり、バルトローネ侯爵家当主であり、ジスモンドが護衛する主《あるじ》だ。

ジスモンドの生家は代々、バルトローネ家の護衛騎士となっている。

父が先代当主の護衛騎士であり、自分も騎士となればバルトローネ家のどなたかに仕えるのであろうと思っていた。

自分が初等学院でそれなりの成績を収め、高等学院の騎士科に入ることが決まると、バルトローネ家の先代当主から、長男であるグラートの護衛役を仰せつかった。

次期当主予定の護衛役ということに、父は大層喜び、自分に拒否権はなかった。

望めるならば、『剣《けん》馬鹿どら息子』と呼ばれる長男より、『文官の極み』と言われる弟の護衛騎士になりたかった。

当時のバルトローネ家では、いずれ弟が当主になるだろうと思う者が多かったのだ。

グラートは剣の腕はあったが、高等学院の成績は地を這《は》っていた。その上、素行も悪かった。

授業は抜け出すわ、喧嘩《けんか》はするわ、父親には盾突くわで、護衛騎士というより、悪ガキの子守ではないかと思えた。

第一印象も最悪だった。

「俺に護衛騎士などいらん。どうしてもと言うなら、とりあえず打ち合ってくれ」

ひどく嫌そうに言う彼と、バルトローネ家の屋敷の庭、模造剣で打ち合った。

グラートは強かったが、自分も子供の頃から父と兄に厳しく鍛えられた身である。なんとかついていけた。

「年下なのに、やるじゃないか！」

結果、大きく笑った彼の護衛騎士に『なってしまった』。

なぜこのとき手を抜かなかったのかと、後になって思った。

翌日からのグラートの護衛任務は、とにかく大変だとしか言いようがなかった。

勉強が苦手なのは噂《うわさ》以上、文字を読むのも一苦労。そんな彼を捕まえ、基礎の教養科目は口頭で教え、剣の実技はほどほどにとなだめるか、自分かグラートの友人のジルド——今は王城財務部長の彼が相手となった。

学院だけではない。屋敷でも気が抜けなかった。

高等学院時代のグラートは感情的になりやすく、喧嘩も多く、あわや勘当かというほど父ともめたこともある。

ジスモンドと、ジルド、そしてジルドの護衛騎士の三人で、家出したグラートを捜し回ったこともあった。

そのジルドと、学院で殴り合いの喧嘩をしたと聞いたときは、もう頭を抱えるしかなかった。

喧嘩で骨折したときは肩を貸して神殿に同行し、花街の女の元で毒にあたったときは、治癒魔法に強い神官をおぶって連れてきた。

毎回、いい加減にしろと思いつつも、どうにも放っておけなかった。

その素行から、グラートは当主には絶対になれない、周囲のほとんどがそう思っていた。

けれど、バルトローネ家の魔剣は、持ち主である祖父が亡くなると、この男が手にしていた。

灰手《アッシュハンド》という名のそれは、バルトローネ家に代々伝わるものである。血族固定であり、バルトローネ家の血を引く者にしか持てない。使いこなせる者はさらに限られる。

強い火と身体強化の魔法を持ち、意志強く揺るがぬ者のみが使いこなせるとされ――今、灰手《アッシュハンド》を意のままに扱えるのは、一族でグラートただ一人だった。

「私はこの灰手《アッシュハンド》を持って、魔物討伐部隊に入りたいと思います。家は弟に継がせてください」

ある日、グラートは父であるバルトローネ家当主に、そう願った。

一族の会で集まっていた親族たちは、猛反対した。

バルトローネ家の灰手《アッシュハンド》を魔物に使うなど許されぬ、魔物討伐部隊は憧れだけでやれる仕事ではない、その身に何かあったらどうするのか。身を整え、当主の勉強をし直せ、きっちり家を守れ――

それらの声に、いつぶち切れるかと心配したが、グラートはたどたどしくも必死に説得を始めた。

「友と王都の外に遠乗りに行った際、魔物討伐部隊が戦っているのを見ました。相手は大型で変異種の大猪《ビッグワイルドボア》でした。剣がなかなか刺さらぬほど硬く、刺さってもしばらくは動いて――灰手《アッシュハンド》であれば、刺さりさえすれば中から焼けるので、大型の魔物を倒すのに有効だと思います」

声を荒らげることはなく、必死に、けれど丁寧に話そうとする声は続いた。

貴族の友人の領地では、毎年、果実に多くの魔物の被害があり、収穫が不安定で後継者不足になっていること、さらに人的被害も出ていること。

王都から遠い畑では魔物の被害が増え、じりじりと穀物や野菜の値段が上がっていること。花街には、魔物被害の金策のために働いている者も多くいること――

グラートと共にいることが多く、同じものを見て、同じことを聞いたはずの自分は、どれも気にかけてはいなかった。

いいや、グラート自身のことも『侯爵家嫡男』としてしか見ていなかったのかもしれない。そう気づいた。

次期当主と魔剣の扱いに関する話し合いは、なかなか進まなかった。

結局、次回の話し合いへと持ち越された。

まとまらぬままに何度目の話し合いか――その日は、希望により初めて参加したグラートの弟の姿もあった。

「兄上は、魔物討伐部隊に入ってください」

二つ下の弟は、グラートを応援したいのだろう。声変わり前の少しだけ高い声に、胸が痛んだ。

だが、その声は一切の迷いなく続いた。

「父上から代替わりしたら、私が当主の実務を担いますので、名だけお貸しください。あと、兄上はさっさと火魔法の強い女性と結婚してください。子供が何人か生まれたら、素質と希望が合う者を騎士として育てれば、灰手《アッシュハンド》が使える確率が上がりますから」

「待て、それではお前が犠牲に――」

父そっくりだと言われるグラートに対し、弟は母親似だ。

輝く金髪と赤い目、優しげでやわらかな顔立ち――夫人そっくりの優雅な笑みが、それを覆った。

「犠牲になるつもりなどありませんよ、当主の実権は取りますから。それに、バルトローネ家としてはその方が利になります。鉱山管理と、一族が王城に騎士や文官として入るだけでは、家は今のままです。家宝である魔剣の灰手《アッシュハンド》を持ち、魔物討伐部隊でその身を賭《と》して戦う次期当主――戦時でもない今、これ以上の名声はないでしょう？」

その場の一同が絶句した。

この年にしてこの提案、これぞ侯爵当主の器ではないか、ジスモンドもついそう思ってしまった。

だが、弟君は子供らしからぬ整った笑顔で続けた。

「子供が灰手《アッシュハンド》を使いこなせるようになるまでは、『あちら』に渡らないでくださいね、兄上」

この者の護衛騎士にならなくてよかった――ジスモンドがそう確信した瞬間だった。

そうして、グラートは父である当主から、魔物討伐部隊に入ることを許された。

しかし、ここからは王城騎士団に入るための試験がある。家の爵位で入れるほど王城騎士団は甘くない。

グラートに剣の実技に関する訓練はいらないにしても、筆記試験の勉強は絶対に必要だ。

魔物討伐部隊に入ると言い切って、これで試験に落ちたら笑い者だ。なんとしても間に合わせねばーーグラートの自室、参考書を机に二人分並べていると、ようやく彼が父親の書斎から戻ってきた。

「ジス、すまない。これまで迷惑をかけた。私は魔物討伐部隊に行くから、お前は家の騎士になってくれ」

試験出願には家族のサインがいるので、それをもらいに行っていたのだ。

すぐ勉強を始めねばと準備をしていたら、グラートにいきなり頭を下げられた。

「は――？」

言葉は聞こえた。だが、心が認めることを拒否した。

「父上に話して、高等学院を卒業したら、ジスを我が家の護衛騎士として、いずれそれなりの地位に置いてもらうよう約束してきた……ああ、もしジスが王城の第一騎士団などを目指すのであれば、それもありだとは思うが」

自分が黙っているのを勘違いしたグラートが、とても不快だ。

ようやく腹を括《くく》ったところだというのに、横道にそれる話をしないでほしい。

大体、自分は結構働いていると思うのだが。いいや、これほど働いている護衛騎士はそういないと自負できる。

「グラート様、朝は寝坊すること多し、食べすぎで胃薬、酒を飲めば寝落ち、練習の模造剣は出しっぱなし、喧嘩はしょっちゅう。まあ、最近は減りましたが、魔物討伐部隊の若い隊員と飲んだら、喧嘩をする可能性がありませんか？」

「ないよう、十分、気をつける……」

句読点が多い上に、目が泳いでいる。まったく駄目ではないか。

「まったく信用できません。ご一緒します」

「気持ちはありがたいが、やめてくれ。魔物討伐は本当に危ないのだ、私のわがままに、ジスを巻き込みたくはない……」

ぶちり、不快さは完全に怒りに変換された。

今までどれだけ巻き込まれてきたと思っているのだ？　百のわがままが二百に増えたところで、もはや誤差だ。

「私が弱くて心配ですか？　年が二つ下でも、グラート様ときっちり打ち合えておりますが？」

「いや、ジスが弱いとは思っていない！　むしろ強いだろう。だが、お前は頭もいいし、もっと安全でいい仕事が――」

「グラート様は馬鹿ですか？　馬鹿ですよね？　書き取りは一枚に必ず一つは間違えますし、約束の時間は忘れますし、注意は片っ端から聞き流しますし、ジルド様と身体強化付きで殴り合いはしますし、悪い女には引っかかりましたし、いい女は泣かせかけますし！」

「ジ、ジス？」

本気で驚いたらしいグラートが、目を丸くして自分を見ている。

不敬で結構、怒るなら怒れ。俺の方が、心底怒っている。

「すっかりお忘れのようですから、よくよく言って差し上げます。このジスモンド・カフィは、グラート・バルトローネの護衛騎士です。ここまでお守りしてきて、今さら辞めるつもりはありません。魔物討伐だろうが魔境だろうがついて参ります」

「ジス……」

つうと頬に涙をこぼされるのと、背を向けられたのは同時だった。

「すまん……ありがとう……」

小さな声に返事はせず、背中からハンカチを渡しておく。従者の真似事をすることの多い自分には、こんなことも朝飯前だ。

なお、自分の目は左袖で拭った。

「ジス……後悔するかもしれんぞ」

「そのようなものは、とうの昔に済ませました」

後悔など、護衛騎士になった最初の一年だけで山とした。ここから追加分の後悔もするかもしれないが、仕方ないだろう。

自分はグラート・バルトローネの護衛騎士なのだから。

ようやく呼吸を整えたグラートが、こちらに向き直る。

差し出された手に、ジスモンドは遠慮なく手を伸ばした。

「これからも頼む。我が騎士」

「はい、我が主《あるじ》」

堪《こら》えて握手をした後、二人同時に吹き出し、腹が捩《よじ》れるほど笑った。

グラートの笑い声を聞きながら、ジスモンドは理解した。

自分はこの男の笑い顔が、結構気に入っているのだと。


王城騎士団の入団試験には、グラートとジスモンド、二人揃《そろ》って合格した。

家庭教師達が深いため息を繰り返す中、グラートに朝から晩まで勉強を教え続けた自分を褒めてやりたかった。

だが、同じく王城騎士団を目指していたはずのジルドは、王城財務部へ入った。王からの願いにディールス家が断れなかったと、後に聞いた。

グラートは本人のいないところで、我が事のように悔しがっていた。

王城騎士団に入り、魔物討伐部隊に配属が決まると、ジスモンドは父に家へ呼ばれた。

すでにグラートの屋敷に住み、彼と常に共にいる自分は、滅多に家に帰らなくなっていたからだ。

久しぶりに家族で食卓を囲み、父と兄と酒を飲み、王城騎士団入りを祝った。

夜中まで話し、ようやく自分の部屋に戻ろうとしたとき、父に呼び止められた。

「ジスモンド、いざというときは、お前がグラート様の盾となれ」

「はい、もちろんです」

即答した自分を、父はしばらく見つめ、ようやくに口を開いた。

「私もバルトローネ家の護衛騎士だ。そう言わねばならん。だが父としては、お前がグラート様の護衛騎士になって、本当によかったのかと――」

「良い主を得られたことを、神に感謝しております」

父の言葉を途中で折り、作り笑顔で返した。

父としての言葉などいらない。自分も息子としての弱音など吐きたくない。

自分は、グラートの護衛騎士になったのだ。

父は無言でそばに来ると、ジスモンドの左肩を強めに二度叩《たた》いた。

騎士の鼓舞《こぶ》の動作に、今度は素で笑い返した。


そうして、王城騎士団魔物討伐部隊での日々が始まった。

グラートには、隊にいる間は私の護衛はするな、隊員として動けと言われた。

従ったふりで、本当に危険なときだけは自分で判断して動くと決めた。

魔物討伐部隊と魔物の戦いは命懸け、遠征は過酷——何度も聞かされていたし、想像もしたが、実際はそんなものをはるかに超えていた。

遠征は魔物との戦いだけではない。疲労も空腹も、暑さ寒さも敵だった。

何より、昨日共にいた仲間があっさりあちらに渡るのだ。心を傷ませ、耐えられずに辞める者も多かった。

だが、グラートは不平一つこぼさなかった。

隊に入ってから、彼は変わった。ジスモンドが手を焼いたあの逃げ癖は、一切なくなった。

もっとも、強くなりたいと鍛錬に明け暮れ、灰手《アッシュハンド》を使いこなそうと魔力を使い果たして倒れたり、訓練試合で先輩に負けて自棄酒《やけざけ》で寝落ちしたり、仲間の死に大泣きしたりと、相変わらず手はかかったのだが。

グラートは希望しても赤鎧《スカーレットアーマー》にはなれなかったが、魔剣があるのを理由に危険な戦いに飛び込んだ。

その彼についていくのは当然、ジスモンドの役目だ。

無理も無茶もしたが、とりあえず運だけはあったらしい。二人で一つ目巨人《サイクロプス》の下敷きになっても生き残った。

「まったく、お前達は、赤くない赤鎧《スカーレットアーマー》だな！」

赤鎧《スカーレットアーマー》の先輩に、そう言って笑われた。


年を経ても魔物と戦って――勝ちもすれば負けもした。

闇が迫る遠征地、調査報告書よりはるかに多い小鬼《ゴブリン》に、撤退するしかなかったことがある。

足元には、学院騎士科からの友でもある、隊員が倒れていた。小鬼《ゴブリン》の矢を目に受け、治癒が叶《かな》わなかったのだ。

遺体を運んで帰りたくても、怪我人もいる。ここに置いたままでは奴らに喰われる、そうわかっていてもどうしようもなく――

「灰手《アッシュハンド》！」

隣でグラートの怒鳴り声がした。

その手で刺したのは、動かぬ仲間。そのまま白い灰になるまで魔剣で焼き続けた。

自分はすぐ、熱い灰を一握りだけハンカチに包んだ。

後はただ、死に物狂いで逃げるしかなかった。

命懸けの遠征から王都に戻った日、魔物討伐部隊を待っていたのは、王城のお偉い方々からの糾弾だった。

たかが小鬼《ゴブリン》に負けてきた、取り逃がした魔物で被害が増える、予算はあれほどかけているのにこの有様――『それならお前らが戦ってみろ！』、そう怒鳴りたかった。

怪我の治療を終えてすぐ、ジスモンドは友の実家に灰を届けに行った。

怒鳴られるのも殴られるのも覚悟していたのに、返ってきたのは騎士の礼だった。息子を墓に入れてやれる、ありがたいと、友の父、元魔物討伐部隊員の騎士から、礼を述べられた。

何一つ言葉は返せず、ただ深く頭を下げ、家を後にした。

ジスモンドはそのまま魔物討伐部隊がよく行く酒場に足を向けた。他に行ける場所は、一つもなかった。

「ジス、ここにいたか！」

グラスを一つ空けたとき、グラートが隊員達と共にやってきた。

皆で亡くなった仲間の話をし、当たり前に泣いて、小鬼《ゴブリン》と王城のお偉い方々の悪口を言い合い――グラスはいつしか酒瓶に持ち替えられ、テーブルに突っ伏す者も出はじめた。

そんな中、グラートが立ち上がった。

「魔導師でも神官でも、強い治癒魔法が使える者をもっと多く遠征に同行させればいいのだ！　でなければ、ポーションとハイポーションの十分な携帯を――それができれば、あちらに見送る者はきっと減る！　いつか、一人も見送らぬ隊に――」

酒瓶片手に熱く語るグラートは、あまりに眩《まぶ》しすぎた。

当時の赤鎧《スカーレットアーマー》の先輩は、笑って言った。

「夢物語だが、いい夢だな。グラート、いつか叶えてくれよ」

次の遠征、その先輩はワイバーンとの戦いで持ち去られた。

必死に探して見つけたのは、血まみれの赤い鎧《よろい》だけだった。


「ジス、大丈夫か？」

「はい、問題ありません」

その日も遠征後に酒場に来たが、酒の味も料理の味もわからない。

先輩の赤い鎧を洗った感触が、手からずっと消えない。

ひどく裂けた鎧だが、せめて一部だけでも灰の代わりになればと水洗いした。

ぬたぬたと指につく血肉が魔物のものなのか、先輩のものなのかわからない。どこまでが血の赤で、どこまでが鎧の赤なのかも、わからなかった。

自分は、自分達は、一体何をしているのか。

隊員仲間が死んだときは感情を固めるようにしてきたが、限界だった。

いっそどこかへ逃げ出したい、何もかも忘れたい。それができぬこととわかっているから、いつもより速いペースで酒をあおった。

「飛距離のある、もっといい弓があれば……」

弓騎士が悔しげにそう言ったとき、口から棘《とげ》が出た。

「いい弓があれば、ワイバーンは落とせるんですか？」

「ジス？」

「いい武器があったら、大型魔物はなんとかなるんですか？　いい馬がいたら、遠征は成功するんですか？　我々は必死に魔物を討伐しているのに、騎士団の騎士も魔導師も王城から出ないじゃないですか」

「それは……王と王都、そして国を守るためには仕方がないことだ」

自分とてわかっている。王都と王城の警備が薄くなれば、王を狙う者も国を狙う者もあるだろう。もしもがあれば、オルディネ王国自体が傾く。

だが、この日はどうにも歯止めが利かなかった。

「だからって、魔物討伐部隊だけが責められるのは違うでしょう？　ひどい中で、命懸けで戦って、評価もされず、金食い虫と責められて。王城のすべての騎士と魔導師が交替で魔物と戦えばいい、何より力を持つ王族が——」

「やめろ、ジス！」

「ジスモンド、とりあえずこれを空けろ。話はそのあと聞く」

一番年上の先輩が、琥珀《こはく》色の酒を瓶のままで渡してきた。

その夜、ジスモンドは生まれて初めて加減なく酒を飲んで、酔いつぶれた。

「……？」

気がつけば、視界がゆらゆらと揺れていた。

誰かがおぶってくれているらしい。広い背中、目の前の濃い灰色の髪にはっとする。

「グラート、様……止まって、ください……歩きます……」

「断る。時間が無駄にかかる」

ここは王城内、兵舎へ向かう道らしい。

護衛の必要がない場所だと判断すると、自分はまっすぐ歩けないであろうことに気がついた。

起こしてくれれば、酔い覚ましの薬をその場で飲んだものを、なぜグラートにおぶわれているのか。一歩ごと揺れる視界に混乱しつつ、つい本音がこぼれた。

「俺達は……このまま、いつまで続ければいいんでしょうね……」

グラートが辞めたら、自分も辞められる。

そんな卑怯《ひきょう》な言葉であることを、言葉にしてから気がついた。

「私が、絶対に変えてやる」

静かに言った主が、歩みを止めた。

「私が、魔物討伐部隊の隊長になる。そして絶対に変える。だから、ジス、付き合ってくれ」

とんでもない宣言をされたが、今度は護衛騎士からの転職は勧められぬらしい。

大変ありがたいことだ。

「しょうがないですね……俺は、グラート様の護衛騎士ですから……」

グラートがまた歩みはじめた。

背中にいるのに、彼の笑顔が見えた気がした。

そこからグラートは隊の取りまとめに奔走し、副隊長になり——隊長になった。

グラートは、元々、剣以外は器用な方ではない。書類を読むのも苦手なら、会議前の根回しも得意ではない。

ジスモンドができることはすべて手伝った。

だが、魔物討伐部隊長になったのは、終わりではなく、始まりだった。

隊長権限をもってしても変えられることはごくわずか、予算は取りづらく、悪意ある言葉は消えない。

グラートは家の力を使い、食料とポーション、そしていい馬を増やした。

バルトローネ家は有能な弟君の采配で、多大な富を手にしていた。それを寄付に代えて流し込むように魔物討伐部隊に使った。

その方策は年々実を結び、死者は減り、遠征環境は改善した。

オルディネ王、直々《じきじき》のお褒めの言葉が、当主になっていたグラートに向けられた。

その後は、王城連中も手のひらを返すようにグラートを褒め称《たた》えはじめた。

バルトローネ家の名声は、王都に、国中に広まっていった。

それでも、グラートは変わらなかった。

本来、魔物討伐部隊長は遠征に参加しなくてもいい。魔物討伐部隊棟で書類に目を通すだけでかまわない。むしろ指揮をとるという点では、その身の安全が優先される。

だが、彼は自ら遠征に参加し、大型の魔物を灰手《アッシュハンド》で倒し、王城に戻れば、会議も書類仕事もこなした。

グラートの髪がごそりと抜けたときは、引きずるように医者へ連れていった。

その後に『内密で頼む』と耳打ちされ、良い育毛剤の相談をされて力が抜けた。

胃を痛めて血を吐いた二度目は、どうかもう魔物討伐部隊を退いてくださいと願った。

大丈夫だ、酒の飲みすぎだと、いつものように笑って流された。

グラートはよく、友であるジルドのことを、意地っ張りだと言う。

だが自分から見たら、グラートの方がはるかに意地っ張りだ。

けれど、その意地は通ったのだろう。

『私が、絶対に変えてやる』——その言葉通り、魔物討伐部隊は、今こうして、青空の下で笑い合えている。

正直、最初はグラートの護衛騎士など、貧乏くじだと思っていた。

だが今は、誰よりも誇れる主、その護衛だと胸を張れる。

もしものことがあれば、喜んで自分が身代わりになろう。この主を守れるのであれば一切の悔いはない。

もっとも、そんなことを口にした日には、両手で襟をつかんで怒鳴られるだろうが。


「おっと……」

気がつけば、鍋のお湯がぐつぐつと沸き立っていた。

ジスモンドは遠征用コンロのスイッチを切る。その瞬間、ほんのわずかに悔しい思いがした。

自分はグラートに対し、友ジルドとの関係修復を三度勧めたことがある。

だが、グラートは首を縦に振らなかった。

その絆をわずか季節一つで取り戻してくれたのが、ダリヤ先生だ。

腕のいい魔導具師である彼女は、遠征用コンロの魔導回路を引くついでに、切れた二人の友情もつなぎ直してくれたらしい。

長くグラートの隣にいても、自分にはできぬことだった。

もちろん、悔しいよりはるかに重い感謝がある。

さて、このお礼はどうすればいいものか。

このところ、魔物討伐部隊《まものうちとうばつぶたい》で『黒の死神』と呼ばれている者が、夜犬《ナイトドッグ》のようにダリヤ先生の傍らにいる。

いっそ腕輪に赤い色石付きで進呈したいところだが――魔物討伐部隊の戦力低下も懸念される。

まあいずれ、時が解決してくれるだろう……たぶん。

「どうでした、隊長？」

食事場の隣、見えるところで黒馬を撫《な》でていたグラートが戻ってきた。

昨日、愛馬の調子が今一つだったらしく、詳しい者に相談していたのだ。

「そろそろ膝がきついらしい。長い付き合いだし、無理をさせ続けてきたからな」

かわいがっている愛馬だが、加齢での故障はお互い命取りになる。

そろそろ遠征からは外さねばと言いつつ、グラートは少しさびしそうだった。

話を切り替えるべく、ジスモンドはコーヒーをカップに注ぎながら尋ねる。

「本日はどうなさいます？　ベーコンエッグでも焼きましょうか？」

「自分の遠征用コンロがあるのだ。自分でやるから問題ない。ジスも朝食をとれ」

一瞬、止めるべきかと思ったがやめた。時間的にはその方がいいだろう。

違う意味では自分がした方が絶対にいいと思うが。

「……わかりました。どうぞ」

グラートの前へ、コーヒーと共に、ベーコンと生卵ののった皿を置く。

そして、自分も鍋に向かう。今日はスクランブルエッグにし、黒パンにチーズとベーコンをのせて炙《あぶ》るか——そう考えていると、横のグラートがそっと生卵を持った。

そして、とても真剣な顔で鍋の縁《ふち》に打ちつける。

「今日こそ目玉焼きを……くっ！」

魔物討伐部隊長の朝食は、本日もスクランブルエッグとなった。

魔物討伐部隊員が眠れぬ夜に数えるもの

「羊が一匹、羊が二匹……」

「ヴォルフ、なんで羊？」

突然羊を数えだした友に、ドリノは低く声をかける。

「ダリヤが言ってたんだ。眠れないときは羊の数を数えるって」

闇の中、笑みの気配でそう答えられた。

最近、ヴォルフの話の四割はダリヤのことである気がする。いや、きっと気のせいではないが。

「ヴォルフ、その場合、その羊は『毛刈り前』か、『毛刈り後』か？」

「どうしてそこにこだわるんだよ、ランドルフ？」

夜遅く、遠征先のテントの中、ヴォルフ、ドリノ、ランドルフは、毛布にくるまったままで話し合っていた。

魔物の討伐後、街道途中の街で差し入れをもらった。

温かいパンの他、紅茶クッキーがあったので、夕食後にありがたく頂くことにした。

そして、せっかくの紅茶クッキーなのだから紅茶を淹《い》れようということになり――むらし時間を誤り、揃《そろ》って渋い紅茶を飲んだ。

あとはいつものように革袋のワインをちょっと飲んで、歯磨きをして眠る。そのはずが、もぞもぞとテント内でうごめき、夜中というのに三人きっちり目が醒《さ》めているのが今である。

テントの中まで薄く照らすほどの月明かりで、互いの状況はよくわかる。

「『茶の目覚まし』か……」

ぼそりとつぶやいたのはランドルフである。

ダリヤが聞けば、カフェインの取りすぎだと納得したであろう。

今回の野営地は、馬止めのある広めの場所だ。多少話しても隣のテントまでは聞こえない。

どうやったら眠れるかと話し合い、羊を数えだしたのがヴォルフである。

ううむ、と小さくランドルフが唸《うな》った。

「羊では毛の長さが気になって眠れぬ。毛のないところで、ブルースライムが一匹、レッドスライムが二匹、というのはどうだろう？」

「だー！　瞼《まぶた》の裏がカラフルで余計に目が醒めるわ！」

疲れているのに眠れない。かつ、おかしな想像でより一層目が冴《さ》える。悪循環である。

「ならば、ブラックスライムならどうか？　瞼の裏が黒になり、より眠りやすく――」

「ランドルフ、それはやめよう。むしろブラックスライムを眠らせなければいけなくなる……」

「おい、なんか怖い声になってんぞ、ヴォルフ」

隣の彼から妙なほど冷えを感じる。

自分達は確かに魔物討伐部隊だが、ブラックスライムに個別の恨みはない。

それともヴォルフにはそんな経験があるのだろうか？　一緒に行った遠征で、ブラックスライムと死闘を演じた記憶はないのだが。

「では、動物や魔物ではなく、静物にしてみてはどうか？」

ランドルフが、なかなか的確だと思える提案をしてきた。

ドリノはうなずくと、とっさに思いついたものを数えだす。

「剣が一本、剣が二本……だめだ、完全に仕事じゃねえか……」

今日振るった剣がまっ先に思い浮かび、戦いに関する自己反省が始まりかける。

苦笑する自分の横、楽しげなつぶやきがこぼれはじめた。

「魔剣が一本、魔剣が二本、魔剣が三本……ああ、これならいいかも……」

いろんな意味で怪しい声がする。想像するのも怖いのでやめてほしい。あと、それはヴォルフがより眠れなくなるだけだ。

ため息をついていると、自分の上を問いかけの声が通った。

「なぜ静物とはいえ、二人揃ってそちらにいくのだ？　それで眠れるのか？」

「じゃあ、ランドルフは？　楽しく眠れそうなものって浮かぶ？」

「……ガラス瓶が一つ、ガラス瓶が二つ」

「それ、中身が蜂蜜だろ？　って、目をまん丸にすんな！　聞かなくてもわかるわ！」

入り口から差したわずかな月明かりで、素直に驚く顔が見えた。

結局、三人で笑ってしまう。

「この夜中に、お前らは何を盛り上がってるんだよ？」

入り口の垂れ布をひらりとめくり、先輩騎士が声をかけてきた。

「すみません、うるさかったですか？」

「いや、隣までは聞こえない。俺はトイレに行った帰りだ。何かもめているのかと思ったぞ」

そう言った先輩に、ドリノは眠れずいろいろなものを数えていたことを話した。

先輩には、見事に苦笑された。

「はぁ……お前らは子供か？　そういうときは恋人か、好きな人でも瞼に浮かべればいいだろうが。運が良ければそのまま夢に見られる」

「ごもっともです……」

そうして、先輩は去っていき、三人は揃って再び目を閉じた。

しばらくすると、すうすうと気持ちよさげな寝息が聞こえてきた。ランドルフは無事、夢の国に旅立ったらしい。

そして、反対からは本当にかすかな寝言がこぼれた。

「……ダリヤ……」

大変に予想通りだと納得しかけると、寝言はさらに続く。

「……ダリが……一人……ダリヤが……二人……三人……」

まどろみの笑みが、眉間に深い皺《しわ》を寄せるものに変わっていく――そんなヴォルフを前に、ドリノはなんとか笑いを堪《こら》える。

一体どんな夢を見ているのか。なぜか混ざってしまったようだが、絶対に起こすつもりはない。

長らく金色のガラス玉だったヴォルフの目は、ようやく輝く金となった。

友に必要だったのは、歌劇で歌われる、願いを叶《かな》えるという金の柊《ひいらぎ》でも銀の薔薇《ばら》でもなく、妖精結晶の眼鏡だったのか――いいや、黄金の女神でも、銀の魔女でもなく、赤髪の魔導具師だったのかもしれない。

今、瞼の下の黄金は、様々な表情の彼女を夢見ているのだろう。

ちょっとは己を振り返るきっかけになればいいのだ。

とりあえず、自分も愛《いと》しい女性の笑顔を思い浮かべながら眠ることにした。

商人と職人編

prologue

商業ギルド長と副ギルド長

「やはり行きたくない……」

「二週間ちょっとのことじゃない」

「長すぎる！　半月を超えるのだぞ、その間、君と離れていなくてはならないなど……」

まるで新婚のごとき台詞《せりふ》である。

しかし、切々とそれを述べているのは白い髭《ひげ》が印象的な商業ギルド長であり、ジェッダ子爵家当主のレオーネ・ジェッダ。

「お仕事ですもの、仕方がないわ」

優雅な笑顔で答えるのは、レオーネの妻であり、商業ギルドの副ギルド長ガブリエラ。

副ギルド長室に書類を確認してもらいに来たイヴァーノは、どうにも遠い目になる。

自分ははたして、ここにいていいのだろうか、そっと退室した方がいいのではあるまいか。

靴の爪先《つまさき》を迷わせたとき、レオーネがガブリエラの手を取り、その愛称を呼ぶ。

「仕方がない、行ってくる。さっさと終わらせて、なるべく早く帰ってくる、『リラ』」

「急がず行って、安全に帰ってきて、『レオ』」

「愛《いと》しの人よ、留守の間はくれぐれも気をつけてくれ」

妻の手の甲にしっかり唇を当てた後、レオーネは眉間に皺《しわ》を寄せつつ、イヴァーノに向いた。

「イヴァーノ、留守中、スカルファロット家との商談を頼む」

「はい、お預かりします。どうぞお気をつけて」

元商業ギルド職員のイヴァーノはすでにロセッティ商会の副会長。本来であれば商業ギルドの仕事はしないのだが、スカルファロット家と商業ギルドの取引の場にだけは、レオーネの補助として同席させてもらっている。

貴族対応の学びと顔つなぎ、そしてお手伝いのためだ。

レオーネは一度振り返ると、その目でガブリエラをうるりと見た。

黒にも見えるその目の色は、若い頃は濃い青だったと聞く。その頃の二人をイヴァーノは知らないが――きっと今と似たようなものだろう。

「――できるだけ早く帰る」

唇をきつく引き結び――レオーネはようやく部屋を出ていく。

イヴァーノはガブリエラと共に、行きたくなさがにじみまくる背中を見送った。

「ガブリエラさん、馬場まで見送らなくていいんですか？」

「ええ。馬場で行きたくないと嘆かれるのも、馬車の窓からずーっとこちらを見られるのも困るもの」

確かに、商業ギルド長としてはあまり職員に見せたくない姿ではある。

もっとも、レオーネの愛妻家ぶりは有名なので、ギルド内で驚く者はそうないだろうが。

「今年三度目ですよね。すっかりアテにされてますね、レオーネ様」

「ええ、二回断ったのだけれど、今回は王の名前でお願いされてしまったから」

「ああ、それは断れないわけです……」

各国の商業関係の交渉にレオーネ・ジェッダを連れていくと、大変に捗る《はかど》――そう言われている。

貴族と商人に関する知識と金銭感覚を併せ持ち、各地域の主立った商品と金の流れが常に頭に入っているのだ、確かに適役だろう。

子爵から伯爵に上がり、国の外交関連の役職についてほしい――そんな要望もきている。

だがレオーネは、商業ギルド長としての仕事がある、自分に伯爵位はふさわしくない、年齢的に辛《つら》いなど、いろいろと理由を並べて断っている。

貴族であれば国の役職も爵位が上がるのも名誉、本来であれば喜んで受けるところだ。

しかし、彼は定型の断り状を書きながら、とても嫌そうにつぶやいていた。

『これ以上忙しくなり、ガブリエラとの時間を減らされてなるか』

それが本音だと、彼と長い付き合いの自分はよく知っている。

イヴァーノ自身、それなりに愛妻家だという自負はあるが、レオーネと比べるのは無理がある。

というか、正直、比べられたくない。

「レオーネ様って、本当にガブリエラさんのことが好きですよね……」

「ええ、そうね」

ついつぶやいてしまった言葉を、あっさり肯定された。

一切の照れも形式上の否定もないところに、レオーネの愛妻家ぶりがうかがえる。

「ガブリエラさん、レオーネ様がふらつく心配をしたことなんてないでしょう？」

つい冗談交じりに聞いてしまったが、ガブリエラに真面目な表情《かお》で答えられた。

「ないわ。そもそもあの人、結婚時に浮気をしないって神殿契約をしているから」

「は？　神殿契約ですか」

貴族の場合、血筋の関係もあり、そういった契約をすることもあるとは聞いているが、そのせいだろうか。

「一欠片《ひとかけら》も愛を疑われたくないんですって」

「なるほど、愛情表現ですか……」

愛妻家による愛情表現のための神殿契約。レオーネらしいと言えばそれまでだが、ガブリエラが彼を疑うとは思えない。

しかし、そうなると目の前の副ギルド長はどうなのだろう？　レオーネに懇願され、やはり神殿契約を行ったのだろうか――尋ねるつもりはなかったが、表情《かお》には疑問が出てしまったらしい。

ガブリエラは自分から視線を外し、小さく口を開いた。

「私もしているわよ。別にあの人に願われたわけじゃないけれど、同じようにすれば、少しは安心して落ち着くかと思ったの。けれど、かえって喜ばれてしまって。粘着力が高まっただけだったわ……」

古今東西《ここんとうざい》、愛を表現する言葉はいろいろあるが、熱愛や溺愛、一途《いちず》を通り越し、粘着力というあたりがすべてを物語っている。

あと、ちょっとだけレオーネに同情した。

「夫の愛を語るのに、そんな面倒そうな顔をするのは、ガブリエラさんぐらいですよ」

「イヴァーノ。人間、度というものがあると思わない？」

否定できない質問には、苦笑だけで返した。

自分が見てきた十六年、レオーネのガブリエラに対する熱愛は変わらない。隙あらば愛情表現をし、他人に対しても妻への想いを隠さない。あと、照れも遠慮も一切ない。

いまだ週一で花束を贈られる上、油断すると高価なアクセサリーを買ってくる、もったいないというガブリエラの塩対応も、たいして変わっていない気がするが。

「こちら、ご確認をお願いします」

ようやく持ってきた書類を渡すと、彼女は手早く確認し、副ギルド長としてのサインをしてくれた。その流麗な文字は書き取りの見本のようだ。

元々、ガブリエラは庶民で筆記師――書類の清書をする仕事をしていた。

それが、本人いわく、どこでどう間違ったか、レオーネの秘書になり、商業ギルド員になり、子爵夫人になったそうだ。

庶民と貴族の結婚は、才と愛があっても厳しい道だ。

その道の乗り越え方について、自分の上司であるダリヤ会長へちょっとご教授願いたいと思ってしまうのだが――それは自分が願うべきことではないだろう。

「はい、これで全部ね」

「ありがとうございます。ああ、うちの商会員が有名店へシュークリームを買いに行ったので、よろしければいかがです？　お持ちしますよ」

「――気持ちだけ受け取っておくわ」

一拍、間が空いたことに、イヴァーノはちょっとだけ心配になる。ガブリエラにしては珍しいことだ。

「あの、もしかしてご不調ですか？」

「いいえ、元気よ。でも、あの人がいないときに、ちょっと締めておかないと、と思って」

体型を気にしてか、それともドレスを気にしてだろうか？　いや、なんだかんだと言いながらも、やはりレオーネのために美しくありたいのかもしれない——そう思ったとき、彼女に言葉を続けられた。

「体に気をつけて、あの人より長生きしないと。後を追われたら周りが迷惑するじゃない」

冗談にしてほしい内容なのだが、その紺の目はとても静かだ。

確信に近い色合いに、イヴァーノが言えることはこれしかない。

「お二人の長寿とご健康を、心よりお祈りします」

「ありがとう、イヴァーノ。そうなるよう努力するわ」

書類をまとめて整える手には、深く青い石の腕輪が光っていた。

商人見習いイヴァーノと銀の腕輪

人生とは予測がつかないものだ。

当たり前だと思っていたことが、突然、手からすべてこぼれ落ちるのだから。

血のような夕暮れが闇に変わりつつある道を歩きながら、イヴァーノは身につけていたローブのフードを深くかぶった。

間もなく、あたりは顔の判別もできぬほどの闇になる。あとは街の馬場で王都行きの馬車に乗り、この生まれ育った街から逃げるだけだ。

たった十日で、家族、住まい、商人見習いの仕事をなくした。

父が保証人となっていた商会、その商会主が、多額の借金を重ねて逃げた。

父は商会をたたみ、財産のすべてを返済に回し、母と病床の妹と共に毒を呷《あお》って亡くなった。

それでも少し残った負債は、若い頃、父に助けられたからと親戚が払ってくれた。自分には一銅貨の請求も来なかった。

父は死ぬ前日、イヴァーノを『メルカダンテ商会』から除名していた。

父が保証人となった商会が倒産したのは知っていた。自分は保証人になることに反対したが、父が友人だからと押し切ったのだ。

倒産後、取引を打ち切ってきた商会がいくつもあった。

けれど父は、仲間がいるし、次の仕事の紹介もあるから大丈夫だと言い、自分は愚かにもそれを信じた。

母が先月から自分に帳簿を見せぬのにも気づかなかった。

父に今日は帰ってこなくてもいいと、こづかいを渡され、笑顔の裏を読み取れもせずに出かけた。

叶《かな》った恋に有頂天で——何一つ、見えていなかった。

恋人の元から朝帰りをしたときは、すべてが終わっていた。

父母は病弱な妹を道連れに、毒を呷っていた。

葬儀の記憶はろくにない。ただ、『メルカダンテは、商売の負け犬だ』、そう陰口を叩《たた》いた者に殴りかかったのは自分ではなく——父の友だったのは覚えている。

葬儀の後、伯父にいくばくかの金を渡され、王都行きを勧められた。

イヴァーノは即座に了承した。

生まれ育った土地とはいえ、心中で残された者に人の噂《うわさ》は容赦がない。伯父の家にこれ以上迷惑をかけたくもなかった。

伯父からもらった金を含め、手持ちのほとんどは恋人に贈った。

正確には、恋人の実家であるバドエル家——彼女の家に謝罪に行って置いてきた。

自分が王都行きを決め、恋人のロレッタに別れを切り出したのは昨日だ。

「この街には君の家族もいる、仕事もある、全部なくした自分についてくることはない」

そう何度話しても、彼女は納得しなかった。

自分も王都へついていく、仕事は二人とも王都で見つければいいと繰り返された。

その懸命さに、イヴァーノは説得をあきらめた。というより、それにすがってしまいそうな自分を嫌悪した。

だから、しばらく考えると嘯《うそぶ》いて、今日、彼女が仕事に行っている時間に、その実家へ向かった。

ロレッタの母が出てきた玄関先で、彼女にもバドエル家にもこれ以上迷惑をかけたくないこと、今日一人で街を出ること、ロレッタを傷つけることを詫《わ》び、深く頭を下げた。

そして、金貨の入った革袋を足元に置き、そのまま外に出た。

『イヴァーノさん！』と、名を何度か叫ばれたが、振り返らぬまま、走って逃げた。

今、自分が手にしているのは、王都への片道の旅費と宿に数泊できるぎりぎりの銀貨だ。

ロレッタに贈ったのは、謝罪にもならぬ金額だ。だが、渡せるものは他に何もない。

自分を忘れて、他の誰かと幸せになってくれとも手紙に書けない、未練がましい男だけれど――王都へ逃げる自分についてきて、いらぬ苦労をかけるよりは、きっといい。

商人になりたかった。

算盤《そろばん》をはじき、いい商品を右から左に流し、誰かの笑顔と共に金貨を手にする、そんな商人になりたかった。

そして、彼女を妻とし、共に生きたかった。

商人の先輩である父は、どこで間違えたのか。商いの読みか、情けか、勝ち負けか。

長い時間がかかっても、共に借金を返そうと、なぜ言ってくれなかったのか。

いいや、なぜ一緒に死のうと、そう言ってくれなかったのか。

自分だけを残して――『お前は生きてくれ』と、なぜ手紙に願ったのか。

何もかもが納得できなかった。

けれど、自分は家族を追うことも許されないのだ。王都に着いたら、どんな仕事でもかまわない、生きられる分だけを稼げばいい。

商人にだけは、二度とならないが。

馬場の近く、横を通る八本脚馬《スレイプニル》の大型馬車を目にすると、イヴァーノの足取りは重くなる。

最後に振り返って、街並みを目に焼き付けようとして、やめた。未練が重くなるだけだ。

どうにも恋人の顔が瞼《まぶた》にちらついて——それを振り切って、ようやく馬場の待合室に入った。

「あ、イヴァーノ！　やっと来たのね」

「はぁっ⁉」

頭のてっぺんから声が出た。待て待て待て、なぜここにロレッタがいるのだ？

昨日、泣きながら別れた銀髪の恋人は、いい笑顔でそこに立っていた。

その足元に大きな革鞄《かばん》が四つ、背中にはとても大きな布包み。背が低く小柄なので、今にもひっくり返りそうだ。

「ロレッタ、どうしてここに⁉　その荷物は？」

「向こうで必要そうなものを詰めてきたの。お父さんとお母さんがあれもこれもって、増えてしまって……お父さんなんか、使い慣れた鍋の方がいいだろうって、無理矢理お鍋を詰めるんだもの。これ、とても重いの」

背中の布包みを床に下ろし、彼女は恥ずかしそうに笑う。

ロレッタから目が離せなくなりつつも、イヴァーノははっきり理解した。父母の同意も得て、彼女は自分についてくる気である。

本当にうれしいけれど、ありがたいけれど、それでも、受けるわけにはいかない。

彼女を不幸には絶対にしたくない。

なけなしの意地をかきあつめ、イヴァーノは別れの言葉を口にする。

「ロレッタの気持ちは本当にうれしい。でも、もう俺には家族がいないし、後ろ盾も財産も何もない。向こうで君に苦労をかけたくは――」

「私が家族になる！」

迷いなく声をあげ、まっすぐ見つめる薄青の目に、呼吸すら忘れた。

「私が家族になって、イヴァーノのそばにずっといるわ！」

「ロレッタ……」

驚いて、大いにあせっていて、それでもうれしくて――声が出ない。

混乱しきっているイヴァーノの手首に、彼女が腕輪をつけてくれた。

「石が間に合ってよかったわ」

己の手首、きらりと光る婚約腕輪。銀地に青月長石《ブルームーンストーン》が入ったそれは、あまりにまぶしかった。

イヴァーノは痛む両目を片手で押さえ、必死に呼吸を整える。

「……断らないわよね？　腕輪、もったいないもの……」

自分が何も言わないせいで、いきなり自信がなくなったらしいロレッタが、ぼそりと言う。

普段はこんなに強気でも勝ち気でもない、穏やかで優しい、日だまりのような彼女。

どれほどの勇気を振り絞り、ここに来てくれたのか。

ああ、まったく、どこまでも、何もかもが愛《いと》おしい。

「ありがとう……向こうでがっつり稼いで、大きな石の入った婚約腕輪を返すよ、絶対に……！」

ようやくに答えると、胸に彼女が飛び込んできた。

思いきり抱きしめ返せば、周囲からの拍手と、『おめでとう！』『お幸せに！』などの声が重なって響き――ここが馬場の待合室だと認識し、なんとも恥ずかしい。

けれど、もう彼女を離すつもりはなかった。

「この大荷物は、運ぶのが大変そうだ」

「そこはがんばって、『旦那様』……」

「え!? あ、ああ! もちろん、俺が運ぶよ」

しばしのち、照れ笑いをしつつ、ロレッタの涙をハンカチで拭き、ふと気づく。

周囲の微笑《ほほえ》ましげな、一部、妬《ねた》みと好奇心満々の視線がちくちくと痛い。

おそらく次の宿場街、もしくはその先まで、この乗客達と共に大型馬車で移動するのだ。

からかわれるか、根掘り葉掘り聞かれるか——二人揃《そろ》って寝たふりをするのは難しいかもしれない。

「あのう……皆さん、そろそろ乗車していただいてよろしいでしょうか……?」

馬場の係員には、大変申し訳なかった。

それから十六年。

イヴァーノは愛《いと》しい妻とかわいい娘達と共に、王都で楽しく暮らしていた。

ありがたいことに商業ギルド員という仕事を得て、生活は安定している。

あの日、妻が父親から持たされた『とても重い鍋』には、布包みの金貨と銀貨がぎっしり入っていた。

ロレッタに暮らしの不自由をさせたくない、どんな仕事でもいい、すぐに探そう、そう気負うであろうイヴァーノを、義父は見透かしていたのだろう。

そのおかげで、二人で部屋を借り、あせらずに仕事を探すことができた。

イヴァーノが最も条件のいい商業ギルドを受けたのは度胸試しで——貴族や大きな商会の保証人もいない自分が、まさか試験に受かるとは思わなかった。

商業ギルドに入ってからは、仕事は真面目に、ただただ懸命にやった。

けれど、ギルドの中では、そんなことも知らないのか、と呆《あき》れられることもあった。

周囲は、王都の高等学院の文官科や、商業学校を出た者達ばかりだった。貴族の家の出身や、関係者も多かった。

イヴァーノは計算や経理は得意だったが、商業法も王都の商業知識も足りなかった。貴族の関連もまるでわからない。

仕事で必要なことなのだ、無知を指摘されても、反論など一つも出ない。

ギルドの先輩方に頭を下げ、『先生』として尋ねれば、なんだかんだと言いながらも教えてくれた。

ガブリエラからは、彼女も通ったという商業学校の夜間の部を勧められた。

イヴァーノは知識の少なさを埋めるべく、仕事が終われば夜学と自習でひたすらに学んだ。

子供の頃から商人を目指していたイヴァーノにとって、商いの勉強は近しく、楽しいものだった。

そして、商人達を束ねる商業ギルドの仕事もまた、楽しくなっていった。

「バドエルさん、ちょっと話したいんだが、いいかな？」

庶民でどこの派閥にも属していない自分は、商人達には話しかけやすい存在らしい。

父の商会で商会員として働いていた経験もあり、話はよく弾んだ。

そうして、商人達の他愛《たわい》ない話や愚痴は、いつしかイヴァーノへの正式な相談になっていった。

自分で対応できないものは迷わずガブリエラへ願った。

彼女は商業関係の知識が豊富なことに加え、人脈が広く、各所への振り分けもうまかった。

ジェッダ子爵夫人でも、ギルド長の妻でもなく、商人達は『副ギルド長のガブリエラ』に相談を持ちかけていた。

商人をあきらめた以上、商業ギルド員として、彼女を目標としよう、イヴァーノは誰にも言わずにそう決め、ただただ学び続けた。

『ガブリエラの弟子』——数年後、自分がそう言われていると知ったときは、どうにも笑ってしまったが。

それなりに大変ではあるが、不満のない恵まれた職場と仕事。自分はレオーネ夫妻の元、商業ギルド員として働ける限り働き続ける。

そうして、この王都で妻子と共に穏やかに暮らしていくのだ——そう思っていた。


春の夕暮れどき、帰宅したイヴァーノは、玄関で妻に告げた。

「商業ギルドをやめて、ロセッティ商会で働きたいと思う」

安定した職を捨て、無名の商会に入る。妻と幼い子供二人がいる者がこんなことを言えば、まず止められるか、質問攻めにあうことだろう。

妻であれば認めてくれるという確信はあったが、やはりわずかな不安はある。

けれど、ロレッタはその水色の目を輝かせ、大きく笑った。

「おめでとう、イヴァーノ！　商人に戻るのね！」

商人に戻る——彼女はそう言ってくれた。

王都に来る前、交際していたときに言ったことがある。『父の商会を継ぎたいわけじゃない。自分は、いい商品を扱って、誰かの笑顔と共に金貨を手にする、そんな商人になりたいのだ』と。

王都に来てからは、一度も言ったことはなかった。

商業ギルド員として、商人達の相談に乗りながら、商売への焦がれを押さえつけ、見ないふりをしていた。

けれど、妻にはすべてお見通しだったらしい。まったく、一生敵《かな》いそうにない。

「ありがとう、ロレッタ。商人に戻ってがんばるよ」

たった今、望みは覚悟に変わった。

商人に戻る。もう一度、商いの舞台に立つ。

魔導具師ダリヤ・ロセッティ。彼女の作り上げた魔導具は、きっと人々を笑顔にする。

自分は、ロセッティ商会長、カルロの娘である彼女を部下として支え、商会を取り回し、商人として生きよう。

きっと平坦《へいたん》な道ではないだろうが——拳を握りしめたとき、妻が目を潤ませて言った。

「本当によかったわ、イヴァーノ。あなたの夢が叶いそうで……」

「ロレッタ、本当にありがとう……」

なんとか涙を流さぬ術《すべ》は、この十六年で身につけた。それでもついロレッタを強く抱きしめてしまい——と、廊下の奥からパタパタと足音が近づいてくる。

「お帰りなさい、お父さん！」

「おかえりなさい、パパ！」

自分と同じ紺藍の目を輝かせ、両手を伸ばす娘達。

大きくなってきたので、そろそろ左右に一人ずつの抱っこは厳しい。

けれど本日は気合いで抱き上げ、帰宅の挨拶をした。

「ただいま！　イリーナ、ロアーヌ！」

娘達の明るい笑い声が、左右から響く。

「今日はお祝いね。飲みすぎても止めないから」

やわらかに笑う妻の左手首には、金地に大きめの紺藍の石――慣れるまで本当に重かったと、後に言われた腕輪が光っていた。

小物職人見習いフェルモと銀の小箱

「売り物になるのが作れるようになったじゃねえか。これなら、そろそろ家に帰せるな」

白髪白髭《はくはつしらひげ》の親方は、そう言って笑った。

フェルモは小物職人の見習いをしている。

目の前の親方は、自分の父の師匠でもあった。親子二代で教わる形だ。

親方に一人前とみなされれば、実家のガンドルフィ工房に帰り、父と働くことになる。

待ち望んでいたはずのそれが、ちっともうれしくなかった。

作業テーブルの上に鈍く輝く、銀色の正方形。金属の板で、ただ蓋《ふた》を開け閉めするだけの小箱である。アクセサリーや薬など、小物入れとして使われるもので、ここオルディネ王国ではよく見かける品だ。

それをいつものように作り、親方が確認する。

毎度のごとく駄目出しをされるのを覚悟していたら、いきなり言われたのが先ほどの台詞《せりふ》である。

その後、客先からもらったクッキーの袋を自分に渡し、今日はもう上がっていいと言う親方に、ただ、『はい』と、うなずいた。

銀の小箱は、別名『力試し箱』――小物職人の基本技術を使って作るので、腕の判断がしやすいことからそう呼ばれている。

フェルモの作る小箱も、昔と比べればそれなりになったとは思う。

だが、棚から親方の作った小箱を持ってきて並べれば、その差は歴然だった。

平面の銀の艶《つや》、角の丸みの指当たり、蓋《ふた》の合わせの滑らかさ――どれも違う。

四つのときから父に教わって十年、ここで親方に教わって四年。十四年も手を動かし続けてもこの程度かと、己の腕に歯がみするしかない。

親方にそろそろ家に帰せると言われても、どうにも納得できなかった。

もう伸びしろがないと判断されたのかもしれない。ただただ悔しかった。

フェルモは工房の片付けを終えると、ふらりと外へ出た。

間もなく夕暮れどき、夏のぬるい風がまとわりつくように流れている。

数分歩くと、細い川にかかる橋があった。涼むのにいい場所で、自分のお気に入りである。

だが、本日は先客がいた。若い女性が流れる川面《かわも》を眺めている。

無造作に結った藤色の髪はほどけかけ、白いうなじにおくれ毛がこぼれていた。案外鍛えているようで、細くも太くもない白い首筋に無駄肉はなく、うっすらと通る筋が見える。なんとも画《え》になる横顔だ。

橋の欄干《らんかん》に手をかけ、じっと川を見ていた女の頰《ほお》、透明な滴《しずく》がこぼれ落ちた。

それがあまりにきれいで、それでいて放っておけなくて——こういうときはどう声をかければいいのか、自分の辞書には一文もないというのに、気がつけば足を踏み出していた。

「よう、いい天気だな」

見上げる空は見事に曇り。完全な不審者である。

濡《ぬ》れた頰を手の甲で乱暴に拭《ぬぐ》った女が、まっすぐ自分を見た。澄んだ青紫の、なかなかにいい目だった。

「何か用？」

ぶっきらぼうではあるが、まっすぐ強気で答える女の声は、むしろ好ましい。

いや、そうではなく——何を言っていいかわからずに、フェルモは口を開きかけて閉じる。

そして、持っていたクッキーの袋を開け、口側を相手に向けた。

「もらいもんだが、食わねえか？」

「え？」

「あー、腹が減ってると人間、悪い方に考えるじゃねえか。だから、食えば少しは気分転換になるかと……」

　無茶苦茶な理屈でクッキーの袋をより近づけると、女は目をまん丸にする。

「見てた？」

「何を？」

「あたしが泣いてたから同情？　別に飛び込まないわよ。ここ、浅いし」

「その心配はしてなかったが。むしろここで飛び込んだら、溺れる前に頭打って危ねえんじゃねえか？」

「違いないわね。あ、もらうわよ、ありがとう」

　苦笑した女は、素直にクッキーの袋に手を伸ばす。

　そして、二人とも欄干に背を預け、クッキーを囓《かじ》りはじめた。

「これ、家族に持ってかなくてよかったの？」

「見習い職人なんでな、月に一度しか帰らない」

「じゃあ、一緒ね。あたしも見習いだもの、ガラス職人の」

　そう言った彼女が、クッキーを噛《か》みながら、少しだけ表情をゆるめる。

　どうやら職人仲間らしい。

　見習い職人は涙の川を作る――オルディネ王国ではそんなふうに言われることがある。

　家族と別れて工房住みになるさみしさ、あるいは親方や仲間とうまくいかない、そんな悩みを持つ者も多いからだ。

　幸い、フェルモは家も近く、親方も兄弟子も厳しくはあったが理不尽ではないので、そんな思いをしたことはないが。

「仕事、大変なのか？」

「ううん、逆。先輩達が『お前、無理するな』って。身体強化魔法もないから、ガラスの箱がまとめて運べなかったり、火の魔石の箱が動かせなかったりして、迷惑をかけてる。それがちょっと不甲斐《ふがい》なかっただけ」

泣いていた原因は、物理的な非力さだったらしい。

身体強化魔法がなければ、生身で鍛えても限界がある。どうにもならぬことだろう。

「物を運ぶのは、腕も技術も関係ないだろ。掃除でも何でも、他のことでがんばりゃいい。気になるなら分けて二往復すればいいじゃねえか」

「それはそうだけど。ガラスの切り出しも遅くて……」

「得意な作業とか、好きな作業は？」

「絵付けはやっと売り物に描けるようになったから得意な方かな。色ガラスを貼るのが好き」

「んじゃ、絵付けと色ガラス貼りの腕をより上げて、切り出しは反復練習だろ。それでも下手なら、切り出しは他の職人にお願いして、得意をもっと伸ばせばいい。誰だって得手不得手はあるだろ」

きょとんとした目が自分に向いた。一段幼くなったようで、その表情《かお》がかわいい。

しかし、つい職人仲間として一気に言ってしまったが、気を悪くされるのでは――そう心配しかけたとき、彼女が思いきり破顔した。

「ありがとう！　なんかふっ切れた！」

「いや、ふっ切れたんならよかったが――じつは俺が、人に物を言える立場になくってな……」

言いながら、がりがりと頭をかく。思い出すのは、先ほどの銀の小箱だ。

「何？　そっちは親方が大変とか？」

「いや、親方はいい人なんだが、俺の技量がない。金属で小箱を作ってたんだが、一人前とか言われて実家に帰されそうだ」

「一人前として認められたならすごいじゃない」

「違う。親方みたいな面のきれいさもなければ、角の丸み取りも下手だ。底面の水平も完全じゃない。アラだらけなんだ」

「そりゃあ、熟練職人と比べたら、年季が違うもの」

積み上げた年季は確かに違う。だが、親方の腕と大きく隔たりがあって家に帰されるのは、別の話だ。

「本当に見込みがあるんなら、手元に置いて親方に追いつくようにうまくなれって言われるもんだろ？　家に帰れと言われるのは、伸びしろがなくてここまでだ、っていう意味だろうな」

「あ……そういうこともあるんだ……」

その青紫の目が、困惑と痛みを同時に宿す。

「いや、悪い、おかしなこと愚痴って」

「ううん、こっちも聞いてもらったから。でも——自分の腕が気に入らないなら、親方にお願いしてみたら？　もうちょっとうまくなるまで教えてくれって」

「何から何まで面倒見てもらってるのに、迷惑だろ？」

「弟子を名乗らせるんだから、何年かかっても一人前になれって、うちの親方は言うんだけど

「……」

けほり、そこで彼女が咳《せき》をした。

飲み物なしでクッキーを食べたせいかもしれない。自分も少し喉が渇いていた。

ちょっとだけ困ったように自分を見る彼女と、どうしても、もう少し話をしたくて――フェルモは今まで一度も言ったことのない誘いの言葉を口にする。

「これから、茶でも飲まないか？」

「ええ、いいわよ」

即答だった。

「近いから家でもいいかな？　お茶代が浮くし」

「あー……それはありがたい」

見習いの給金は高くない。腹一杯食えて、工具も教本も親方持ちなので不満はないが、しゃれた店での茶代はちょっと大きい。

しかし、彼女は普段からこうなのか、会ったばかりの男を家に呼ぶのは危ないと思わないのか、警戒心が薄すぎやしないか。最初にお茶を誘った本人が心配になってどうするという話ではあるのだが。

「じゃ、お祖父《じい》ちゃん家《ち》がすぐそこだから。行こう！」

先に進む彼女は、フェルモが歩いてきた道をそのまま戻る。

しばらく先、立ち止まったのは工房の隣――親方の家の前。

「名前、まだ言ってなかったわね。あたしはバルバラ・アガッツィ」

『アガッツィ』、つくづく聞いたことがある姓である。自分がいる工房の名、間違いなく親方の姓だ。

確か、美人でかわいく気立てのよい孫娘がいると自慢されたことはあったが――ああ、間違いなく当たっている。

「俺はフェルモ・ガンドルフィ。隣のアガッツィ工房でお世話になってる……」

「お祖父ちゃんのお弟子さんだったんだ！　すごい偶然ね。じゃあ、お茶だけじゃなくて、夕食も一緒に食べてってって」

とてもうれしげに笑う彼女に、フェルモは覚悟を決めた。

親方の家のドアは、過去最高に重かった。


「バルバラ、男の友達ってのは!?」

孫娘が友達を連れ、久しぶりに家にやってきた、もとい、かわいいかわいい孫娘が男連れでやってきた――そう聞いた親方は、家の奥からすっ飛んできた。

「あ……？」

そして、つい先ほどまで工房にいたフェルモを見て、目を大きく見開いた後、無言のままに細くする。完全に不良品探しの目であった。

「あ、お祖父ちゃん！　道で話したら楽しくて、連れてきちゃった。お祖父ちゃんのお弟子さんなのね。あ、フェルモさん、ここに座ってて、今、お茶を淹《い》れてくるから」

彼女がお茶を淹れている間、居間のテーブルで、親方と向き合って座ることになった。

『道で話したら楽しくて』？　……おい、フェルモ、お前、道端でナンパするような奴だったか？」

「……生まれて初めて、自分から女性に声をかけました」

ここで取り繕っても仕方がない。背筋を正し、自白のごとく答えたが、完全に敬語になってしまった。

「そうか……お前、見る目はあるな……」

空気が重い、あと薄い。

「お前はバルバラと会ったことはないんだったな。他の弟子達は顔見知りなんだが、フェルモは休みの日は実家に帰ってて、すれ違ってたからな……」

職人見習いの休みは少ない。夏祭り、冬祭り、そして月に一度の二日続きの休み。

フェルモが実家に帰っている間に、彼女は親方の家に遊びに来ていたらしい。自分はバルバラに一度も会ったことがなかった。

「ううむ……性格は融通は利かんがまっすぐ、物づくりの腕はいい。身体は健康、女遊びも賭け事も浪費もしない、ガンドルフィ工房の跡継ぎ、家族親戚も問題なし。何より家が近い……まあ、及第点か……」

ぼそぼそと独りごちている親方が、作業ミスで怒られているときより怖い。

「フェルモ、さっきもうすぐ一人前の話をしたが、撤回させろ」

「は？」

「余裕で売れるものが作れるぐらい腕は上がったし、実家の工房が忙しそうだったから、あとはお前の親父《おやじ》に教わるよう、早く帰そうと思ったんだが——やめだ」

自分の評価と実家に帰そうとしていた理由がわかったが、同時にお流れになったらしい。

うれしさと不安が同量で、心の天秤《てんびん》がまったく動かない。

「この先の『もしや』を考えると、何が何でも本当の一人前、女房子供に絶対に不自由させない力量はいるわな。せめて、俺を超える腕になってもらわないと……」

親方の濃い紫の目が、らんらんと光っている。

フェルモは額から汗が噴き出すのを感じた。

『せめて』で超えねばならぬのが親方、それにとても不条理を感じるが言えない。

あと、この先の『もしや』の意味合いについて、聞くに聞けない。

わかるのは――明日からの親方の指導が、間違いなく大変に厳しくなるだろうことだけだ。

「はい、お茶！」

バルバラが紅茶のカップをトレイに揃《そろ》えて戻ってきた。

「お祖父ちゃん、今、『俺を超える腕』って聞こえたんだけど、それって、フェルモさんがお祖父ちゃんの自慢の弟子だから？」

「は？　自慢の弟子？」

聞いたことのない言葉に、つい聞き返した。

「お祖父ちゃん、すごく腕のいい新弟子が入ったって自慢してたから。関節が痛いから、もう弟子はとらないって言ってたのに、その人が持ってきた小物入れを見て、その場で弟子にするって決めたって。あれ、フェルモさんのことだったのね」

四年前、父に弟子入り先として勧められ、己が作った銀の小箱を持ち、一人で工房を訪れた。

挨拶もそこそこに小箱を手にした目の前の親方は、つなぎが甘い、底がきっちり平らではない、指触りがひっかかると、あれこれ注意してきた。

これは見込みなしだと思った自分に、『フェルモ、明日から荷物をまとめて工房に来い』、そうぶっきらぼうに言った。

「まあ、そんなこともあった、かな……」

濁し損ねた親方が、熱い紅茶のカップを持ち、飲むに飲めないでいる。

その顔をじっと見返せば、濃い紫の目が泳いだ。

「見込みがある、俺を超える腕にしたいって言ってたのに、フェルモさんを家に帰すの？　もしかして、お祖父ちゃん、関節の調子が悪い？」

「いや、俺は元気だ！　フェルモの実家の工房が忙しいって聞いてな、それなりの腕になったから早めに帰そうと思ったんだが、気が変わった。やっぱり俺が教えて、俺よりいい腕になってもらうじゃないか――なあ、フェルモ」

「よかったわね、フェルモさん！」

「ああ、ありがたいことで……」

無駄に四年も一緒にいない。余計なことは言うなと、親方に目で釘《くぎ》を刺されているのがよくわかる。

「そうだな、『孫』ほどかわいくなりそうなんでな、これからもがんばれよ、フェルモ！」

「はい！　親方」

互いに半ば自棄《やけ》であった。

しかし、目の前でにこにこと笑うバルバラに、共に何も言えない。

お茶はいつしか酒になり、夕食をご馳走《ちそう》になることとなった。

親方の絡み酒を警戒したが、ご夫婦にバルバラが幼い頃、いかにかわいかったかを教えてもらう、貴重な機会となった。


翌日以降、親方の望む高い技量と厳しい指導に、フェルモは必死に食らいついていくことになる。

だが、周囲から同情されるほどのそれにも、不平不満をこぼすことはなかった。

親方の家に時々来るようになったバルバラと励まし合い、揃って職人としての腕を磨いていると、辛《つら》さもそう感じなかったのだ。

むしろ早く本物の一人前になりたいと、相手には負けられぬと、互いの想いに火がついた。

フェルモが実家のガンドルフィ工房に帰れるのは、ここからたっぷりと三年後。

そのまた半年後には、藤色の髪の妻を迎えることとなるが——今はまだ見えぬ話である。

副会長の算盤

「うちの会長は、また何をどうやって捕まえ——いや、一体どのようにして、前侯爵当主に効果的な売り込みをなさってきたのか……」

ロセッティ商会副会長であるイヴァーノは、手元の封筒に頭を抱えていた。

ここは商業ギルド、ロセッティ商会で借りている部屋だ。

机の上、本日も手紙は山であるが、手元の一通は別格である。

純白の封筒にある封蝋《ふうろう》は大剣の紋章、赤に銀を散らした凝った色合いだ。

濃灰の三つ揃《ぞろ》えの従僕が、この部屋まで直《じか》に届けに来た手紙と濃茶の革袋――中身は魔導具、携帯温風器の代金だという。銀貨で済むはずのそれは、目に眩《まぶ》しい金貨となっていた。

差出人はベルニージ・ドラーツィ。

ドラーツィ侯爵家の前当主で、王城騎士団魔物討伐部隊の元副隊長。

手紙には魔物討伐部隊の遠征見学に行った際、寒さに震える老体をダリヤが気遣い、携帯温風器を渡してくれたとして、深い感謝の言葉、そして、家の者達にも使わせてやりたいと追加購入の相談が綴《つづ》られていた。

流麗な筆跡のインクは黒。だが、手紙を斜めにすると赤茶にも見える。偽造されづらいこの特殊インクは、高位貴族ならではのものである。

「俺じゃ、まだ手も足も出なさそうだ……」

イヴァーノは浅く息を吐く。

商業ギルドのジェッダ子爵夫妻には、長く世話になってきた。

服飾ギルドのギルド長であるフォルトとは紆余曲折《うよきょくせつ》あって友人になった。

魔物討伐部隊の隊長を兼任するグラート、王城財務部のジルド、二人の侯爵当主にも目をかけてもらっている。

しかし、彼らはイヴァーノに強く礼儀を求めない。ある意味、礼儀知らずを見逃してもらっているようなものだ。

だが、このドラーツィ前侯爵相手にそうはいくまい。

ドラーツィ家はオルディネ建国以来の侯爵家、騎士と魔導師を多く輩出している家柄だ。

奥様は『準備万端』の二つ名を持ち、各種の相談にのる親切なご夫人とのことだが——その人脈の広さは、貴族界隈《かいわい》で有名である。

今、その二つ名は現ドラーツィ侯爵夫人に受け継がれているという。

そして、最も気にかかるのは、商会員であるマルチェラとのことだ。

ロセッティ商会員、そして、スカルファロット家の騎士である彼の血縁上の父は、ベルナルディ・ドラーツィ。ベルニージの末の息子である。

家名を見た瞬間、マルチェラに関することかと思ったが、それについては何も記載はなかった。

ダリヤとの出会いが偶然であれば奇跡的だが、おそらくは青い目の氷蜘蛛《アイススパイダー》あたりが糸を引いているのだろう。

グイードの不透明な笑みを思い出し、イヴァーノは季節故ではない冷えを感じる。

まだまだ、自分では酒を酌み交わす相手にもなれそうにない。

それにしても、商会が大きくなれば貴族とのやりとりは必須。自分は息を切らしつつ、階段を駆け上がる思いで対応しているというのに、うちの会長は段どころか階を飛ばして上に行く。

それでも、その隣にあると決めた以上、何がなんでもついていくつもりだが。

「おはようございます、イヴァーノ」

ノックの後、明るい声でダリヤが部屋に入ってきた。

「おはようございます、会長。各所からお手紙が来ていますが、最初にこちらをご確認ください」

封蝋付きの封筒と濃茶の革袋。それを見た彼女は、緑の目を丸くした。

「金貨じゃないですか！　ドラーツィ様に、携帯温風器の金額はちゃんとお伝えしたんですけど……」

多すぎると慌てるダリヤに、つい笑ってしまった。慌てるのはそこではない気がするのだが。

メーナは最近体重が一目盛り減ったと言っていたが――彼にも、一段強い胃薬を渡すべきかもしれない。

マルチェラに関しては、自分から尋ねるのはやめておこう。

彼から相談を受ければ全力で対応するが、知られたくないならこのままでいい。

しかし、慣れぬ騎士の学びにダリヤの護衛、妻は双子を妊娠中――やはりマルチェラへも胃薬は渡すことにする。

「これ、代金を多く頂いた分は、どうやってお返しすればいいでしょうか？」

「お礼の気持ちですから、これはこのまま受け取りましょう。代わりに、発注の相談を頂いているので、数量割引でこれぐらいは色をつけようかと」

眉を寄せているダリヤの前、算盤《そろばん》をはじきつつ答えると、安堵《あんど》の吐息が聞こえた。

慌てる方向は違えども、彼女にも新しい胃薬が必要かもしれない、そう思ったとき、その手にある大きな布袋に気づいた。

「会長、大きな買い物袋をお持ちのようですが、重いものならメーナに運ばせてくださいね」

「いえ、今日の帰りに、ルチアと刺繍《ししゅう》糸を買いに行く予定なんです」

思わず耳が立った。

貴族女性が刺繍、もしやそれは恋を告げるハンカチに刺すものでは？　淡い期待を抱いた自分の前、ダリヤがぴらりと紙を差し出す。

「あの、これをロセッティ商会の『商会紋』にしたいと思っているんですが、イヴァーノはどう思いますか？」

紙に描かれた図柄は、赤い花を背にした黒い犬――誰がどう見ても思い当たるのは特定の二人である。

イヴァーノは、ふりかぶってうなずいた。

「じつにいいと思います！」

これを見る限り、ヴォルフは魔物討伐部隊を辞めてうちの商会に入り、ダリヤの隣にいてくれるらしい。

思わぬ進みぶりで二人に春が来たか！　思いきり笑顔になりかけたとき、予測不能の上司は続けた。

「これ、元々はヴォルフの『背縫い』――シャツの背中に刺す、遠征の安全祈願の刺繍なんです」

「……遠征の、安全祈願、ですか……」

勝手に期待をかけて申し訳なかった。平時そのままのダリヤとヴォルフだった。

しかし、その安全祈願の刺繍をするのに、大袋がいるほどの糸がいるのか、一体何枚縫うつもりなのか、イヴァーノはわかっていることを確認のように尋ねる。

「会長、今、一番成功させたい魔導具って何ですか？」

「ヴォルフの魔剣です。あ！　でも、安全性と守秘には気をつけますし、グイード様にもちゃんと相談していますので！」

慌てつつも、どうか止めないで――懸命な思いが透ける彼女に、イヴァーノはうなずく。

「ヴォルフ様のために、がんばってください」

「はい！」

ダリヤは優しくも強い笑顔を自分に返してきた。

彼女の安全を最優先にするならば、魔剣づくりはやめろと言うべきだろう。

たとえグイードに相談していても、危険性が完全になくなることはないのだから。

だが、自分はそれをしないと決めている。

ロセッティ会長が決めて進む道を、自分は副会長として協力するだけのこと。

何より――ダリヤとヴォルフ、二人の絆がさらに強く、深くなるのであれば、それでいい。

けれど、予測できる利は急ぎたくなるのが商人というもので――

イヴァーノは唇だけでつぶやきを落とす。

「うちの商会に、今すぐヴォルフ様を引き抜く方法はないものか……」

これに関しては、副会長の算盤でもはじけなかった。

王国貴族編

prologue 侯爵のお揃いのハンカチ

「グラート、書類のここ、合計数が違うぞ」

王城の魔物討伐部隊長の執務室に、不機嫌そうな友がやってきた。

今は午後のお茶の時間だ。メイドはグラートが何も言わぬうちに、追加の紅茶を準備しはじめた。

「ジルド、すまん。手間をかけたな」

正しい合計数は、上に置かれた紙にミスの位置と共に書かれており、部分訂正で済む。

通常は『数値不備』と記載されただけで書類が返ってくるところ、ありがたいかぎりである。

「ジス、頼む」

「わかりました」

自分の護衛騎士と従者を同時にこなすジスモンドが、当然のように受け取った。

彼は字がきれいで読みやすいので、書類の清書や訂正は任せることが多い。

なお、自分がやると三倍時間がかかる。

「待て、グラート。もう一度確認しなくていいのか？」

「お前が間違うわけがないだろう」

事実を述べただけなのに、ジルドはちょっとだけ居心地悪そうに座り直す。

ジスモンドが訂正してインクを乾かす間、紅茶を飲んで待つ形となった。

「そのうちに一杯どうだ？」

「そうだな……二日後なら空く。港の拡張計画がやっと一山越えそうだ」

王都の南にある港には、年々船が増えている。

拡張の必要性は数年前から言われていたが、土地の確保と予算の兼ね合いで進んでいなかった。

結局、王都の土地を使用するのではなく、土魔法と人海戦術で海を埋め立てて港を広げることになったが――予算が嵩《かさ》むのは一緒である。

本来、財務部長とはいえ、すべての見積もりを確認する必要はない。

だが、できすぎる友は、おそらくすべてに目を通していることだろう。

「あまり無理はするなよ、ジルド」

「言われずともわかっている」

答える彼は少し疲れているのか、いつもは入れぬ砂糖を二つ、紅茶に入れる。とぷりと沈む角砂糖が、わずかに飛沫《しぶき》を散らした。

指についたその滴《しずく》に、彼はポケットから白いハンカチを取り出す。

そこには、ジルドの名と共に青い鳥が刺繍《ししゅう》されていた。健康と幸運を祈るそれは、誰が刺したのかなど聞かずともわかる。間違いなく、ジルドの妻である。

「見事な刺繍だな。さすが、ティル殿だ」

「これは少し昔のものだがな」

柄で判断できるのか、彼は刺繍をちょっとだけ眺めると、ポケットにそっと戻した。

「最近は、刺繍をする時間もないほどお忙しいのではないか？」

「忙しいのは確かだが、先月ももらったな」

「くくっ、お熱いことだ」

からかいを込めて言うと、ジルドが紅茶のカップを持ち上げ、口元で止める。

「お前はハンカチが山とあるだろう、ダリラの」

「――まあ、それなりにだな」

持ちかけたカップが斜めになりかけた。

ジルドの言う通り、山、というか、自分の持つすべてのハンカチに――枚数は把握していないが――妻、ダリラの刺繍がある。

婚約から始まり、結婚後も贈られ続けているそれ。家紋に草花や動物、様々な意匠で、彼女の髪の赤、目の明緑《めいりょく》、健康を祈る青、無事を祈る緑など、どれも美しく刺されている。

けれど、文字はグラートの名でもバルトローネの家名でもなく、すべてダリラだ。

その名を刺してくれと願ったのは自分である。

討伐で、もしやがあれば、そのハンカチと共に逝く覚悟で――それを口にしたことはないのだが、おそらくダリラにも目の前の男にも見透かされている気がする。

「私達が距離を置いていた間も、ティルとダリラは手紙のやりとりをしていたそうでな。刺繍の意匠が同じものもあるそうだ」

自分とジルドは、長らく個人的付き合いを断っていた。

それでも同じ派閥の侯爵家同士、それなりのやりとりはあった。

互いの妻はその中で、密なやりとりを続けていたらしい。

ありがたくも、切れかけていた縁《えん》は結び直され、昔のように一緒に飲めるようになった。

妻もそれをとても喜んでくれてはいるのだが――酒の嵩み具合を心配されてもいる。

「最近、妻に飲みすぎに気をつけるよう繰り返されていてな……」

「奇遇だな、私もだ」

真顔で言ったジルドに笑いを堪《こら》えられなくなり、グラートは飲みかけの紅茶をなんとかソーサーに戻す。

そして、唇をつたう紅茶をハンカチで拭《ぬぐ》おうとし、その刺繍に目が止まった。

ジルドのハンカチと、まったく同じ青い鳥。

互いの妻に同じ祈りをされるというのも、なんとも不思議で――

「お二人で、お揃《そろ》いですね」

いい笑顔で言った護衛騎士に、友と二人で空咳《からぜき》を返した。

侯爵令嬢ティルと流れ星

「神様、お願いします――」

流れ星に祈ると願いが叶《かな》う――絵本で読んだ一文だ。

ティルナーラは懸命に夜中に起きて、窓の外の夜空に精一杯祈った。

「神様、もっと細くなれますように、でなければきれいになれますように。せめて、髪をきれいな金色にしてください……！」

目を赤くして起きた朝、ティルナーラは飛び起きて鏡を見る。

どれも叶えられていなかった。

大きな姿見に映るのは、ふっくらとした頬《ほお》の、丸みのある体の子供。金色が少し入ったくせのある茶髪に、濃い茶色の目。

貴族の少女達は細く妖精のような子が多いというのに、自分はどう見ても『小熊』である。

親戚の集まりでも、一番重そうな女の子は自分だ。

細くなりたいと乳母に泣きついたら、『お嬢様は太ってはおられません。騎士であるお父様ゆずりの骨格なだけです。ティルナーラ様はとても丈夫なことを誇るべきです』と、教えられた。

確かに、滅多に風邪もひかないほどに丈夫で、軽い怪我《けが》をしても己の治癒魔法ですぐ治せる。

だが、それとこれとは別である。

そして本日、ティルナーラは朝から深いため息をついていた。

やってきたのは他家の屋敷で行われる『子供交流会』。ティルナーラはこの催しが嫌いだ。

六歳からお披露目まで出なければいけないそれは、『近しい家の子供同士で仲良くなるためのもの』だという。

陽光のはねる広間で、大人しくお茶を飲んでお菓子を品よく食べ、お話をする。場合によっては、講師を横に、ダンスの練習もする。

だが、子供達だけで遊べるわけでもなく、騒げば注意され、ひどくなると別室行きか帰宅である。

子供にとっては楽しくない集まりだが、派閥の将来を見据え、友好関係を結ぶために行われているものだ。

そしてもう一つ。貴族では遠い親戚や派閥内での婚姻が多い。とはいえ、条件だけで決めた婚姻は、結婚後に問題も起こりやすい。

このため、候補選定や相性を見る、他家へ紹介するための参考にもなるのだが——そういったことをティルナーラが知るのは、ずっと先の話だ。

ともあれ、子供交流会を主催する侯爵家へ、付き添いの女性と共に入る。

定型の挨拶の後、白い調度のきれいな広い部屋に入り、係の案内に従ってテーブルにつく。

そして、音を立てぬように慎重に紅茶を飲み、ナイフとフォークでフルーツケーキを食べた。

礼儀作法が気になって、まったく味がわからなかった。

隣の金髪の女の子が笑顔で声をかけてくれたが、話についていけない。花の見頃も、王都の今月の催しも、自分はろくにわからなかった。

ただ、懸命に相手の話を聞くだけだった。

その後、隣にある広間でダンスの練習が始まった。

ティルナーラは二度目の参加だが、近い年の男子は誰も自分を誘わない。

当然である。前回、ダンスで相手の足を何度も踏んでしまったのだ。

金髪の男の子には小さくうめかれ、ダンスが時折止まってしまったが、文句は言われなかった。

銀髪の男の子には痛みで眉間にシワを寄せられたが、彼も何も言わなかった。

ただ、『靴の艶《つや》がなくなるほど踏まれたので、履き替えに行く』、と従者にこっそりと告げ、部屋を出ていた。少し足を引きずっていたので、怪我をさせた可能性もある。

ティルナーラが懸命に謝っても、『お気になさらないでください』と、礼儀作法の教え通りの挨拶が返ってくるだけ。

自分の目を見ずに言われるそれがとても申し訳なく、そして辛《つら》かった。

ティルナーラは今回こそ誰にも迷惑をかけまいと決め、こっそり広間の隅に寄る。

背中を丸めて壁にくっついていると、足元の陽光が途切れた。

「ようこそ、ラヴァエル嬢。お目にかかれた記念に、私と踊っていただけませんか？」

輝く金髪に琥珀《こはく》の目。背が高く、すらりとした手足を持つ少年が、手を差し出してきた。

ティルナーラより四歳ほど上の少年は、他の子供達よりとても大人びて見える。

顔は知っているし、今まで何度か挨拶したこともある。

本日主催の侯爵家、その長男、ジルドファン・ディールスだ。

だが、主催の家の男性は、誰とも踊っていない女の子を誘うのも決まりなのかもしれない。

その足元は今まで見た中でも一番艶やかな黒い革靴で――ティルナーラは青くなる。

「ありがとうございます、ディールス様。でも、ええと、ダンスは練習中で、下手で、きっとご迷惑をかけてしまうので」

慌てて言うと、少年はちょっとだけ目を細めた。

「これまでにどなたかが、迷惑だと？」

「いえ、本当に下手で！　靴の艶がなくなるほど踏んでしまうので、踊ってくださる方がいなくなりました……」

言いながら、情けなくて顔が上げられなくなった。

「子供交流会はダンスの練習の場でもあります。ご一緒に練習しませんか？」

「あ、ありがとうございます……」

ティルナーラはようやく、ジルドファンの手のひらに指を重ねた。

そうして踊りはじめたものの、緊張で六度も足を踏んでしまった。一番練習した曲なのに、だ。

だが、ジルドファンは一度も痛い表情《かお》を見せず――靴には見事に傷がついた。

「ごめんなさい！」

「大丈夫です、練習ですから当然のことです」

「でも、靴がもったいなく……靴に治癒魔法をかけられたらよかったのに……」

思わずそうつぶやくと、彼は初めて目元を下げて――ふわりと笑った。

それは年齢らしいやわらかさで、ティルナーラはなんと言っていいかわからなくなる。

「それができたら経済的ですが。幸い、私の靴の替えは多くございます。それより、もう一曲踊りませんか？」

ダンスの二曲目を誘うのは、『友人となりませんか？』というお誘い。

でも、今日は子供交流会。ダンスは練習だから、そういう意味はないのだろう。

ティルナーラは緊張しつつもお礼を言い、二曲目を踊ることになった。

なお、彼の靴はさらにもったいないことになった。

それから、子供交流会に参加する度、ジルドファンは二曲ずつ踊ってくれた。

次のダンスからは彼の足を踏まないことを目指して練習したが――なかなかに遠かった。

翌年からは、なんとか足を踏まなくなり、他の男の子とも踊れるようにはなった。

だが、作り笑顔で二曲目を誘われても、どうしても一曲だけしか踊れなかった。

表情《かお》が変わらず、たまにしか笑顔にはならないけれど——ジルドファンと踊る方がずっと楽しかった。


十一歳を過ぎたあたりから、ティルナーラは急に背が伸びはじめた。

骨太なのは変わらないのに、女性らしくなったと褒められるようになり、男の子達に声をかけられることも増えた。

うれしいことはうれしいのだが、なんだか不条理な気がした。

ジルドファンは、年齢的に子供交流会に参加しなくなった。

けれど、子供交流会の日に彼から花束が届けられた。主催をすることの多い家なので気を使ってくれているのだろう——そう父に言われて納得した。

個人的に会う理由はないので、顔を見られないのがちょっとさみしかった。

自分のデビュタントにはまた会えるかもしれないが、その頃にはジルドファンは婚約者を伴っているいることだろう。彼はディールス家長男で、次期侯爵家当主なのだから。

胸の奥、じわりとにじみかけた痛みを、ティルナーラは全力で抑え込んだ。

そして、自分にも縁談が来はじめたらしい。どこの誰とは教えられていないが、これに関して、ティルナーラはある程度の覚悟とあきらめを持っていた。

自分は見初められるような美しさもなければ、飛び抜けて強い魔力もない。兄が三人いるので、家を継ぐ立場でもない。

家同士のつながりのため、あるいは自分が持っている治癒魔法継承のため、ラヴァエル家が一番いいと判断した方に嫁ぐのだろう。

侯爵家の娘として、それに抗《あらが》うつもりはなかった。


年明けのある日、ティルナーラは父の執務室に呼ばれた。

入室すると、父がひどく難しい表情《かお》で、金色の縁《ふち》取りがある白封筒を手にしていた。

母の隣、沈み込むソファーに座ると、父がようやく口を開いた。

「ディールス侯爵から、ジルドファン君とティルの婚姻の打診が来ているが、まだ早すぎ――」

「お受けしますっ！」

反射的に声が出た。気がつけば、跳ねるようにソファーから立ち上がっていた。貴族淑女にあるまじき所作である。

そんな娘に驚いたのか、父が濃茶の目を大きく見開く。

「いや、まだ早すぎるのでは？　無理はしなくてもいい、一生のことなのだし、ゆっくり考えた上で――」

「この良縁を逃してはなりません！　侯爵家同士、ティルならばきっとうまくいきます」

母がとても強い声で言い切った。

普段おっとりしている母の変わりように、ティルナーラはとても驚く。

父はしばらく黙り込み――母を見つめ、それからまだ立ち上がったままの自分を見て、静かに笑んだ。

「わかった。では、明日、了承の返事を出そう……ティル、もし気が変わったら、明日の午前のお茶のときまでに言うんだよ……」

その予定は絶対ないのだが、父になんだか申し訳なくなった。

母と二人廊下に出て、ようやくに夢ではなく、現実のことだと認識する。

だが、うれしいのと同じぐらい怖くなった。

少年でありながら、すでに紳士のようなジルドファン。高等学院では首席、騎士として剣の腕にも秀で、次期ディールス侯爵家当主である彼。

その隣、自分のような凡庸な者が妻となり、迷惑をかけないだろうか。落胆されないだろうか。

足元が砂になりそうな思いでいると、母に名を呼ばれた。

「ティル、母から確認したいことがあります。こちらへ」

はい、と返し、その後に続いた。

移動した先は母の自室、その奥の部屋。母はメイドの一人も同席させなかった。

テーブルをはさみ、向かい合って座ると、母はその青い目を自分に向けた。

「ティル、あなたとジルドファン様であれば、家格も年齢も問題ありません。見た目が不安なら、できる範囲で磨けば十分釣り合います。学院の成績はもう少し上げたいところですが、それもなんとでもなるでしょう」

母はお見通しだった。なんとかなる気はとてもしないのだが、その励ましに努力しようと強く思う。

だが、続く言葉は予想外だった。

「あなたがジルドファン様に嫁いだなら、いずれ『ディールス侯爵夫人』となります。そのときに大切なのは、見た目の美しさでも、学院の成績でもありません。侯爵夫人として一族を守り、家を取り回す力です」

「一族を守り、家を取り回す……？」

ぴんとこない、何をするのかも想像できない。

母が実際に侯爵夫人だが、毎日どんな仕事をしているのかを考えたことはなかった。

「当主である夫と共に、あるいは当主代行として一人で、家の経済、交遊、危機管理をしなくてはなりません。親戚から派閥、仕事の関係まで、何事も先手先手で準備する必要があります」

「先手先手で準備する……大変なのですね」

「『ディールス侯爵夫人』という立場は、私よりさらに大変でしょう。ディールス家は代々騎士の家、伝統と礼節を重んじます。この家とはまったく違います。若いあなたは侮られ、ワインとして濁り水を出されるようなことがあるでしょう。涙を流したいときに微笑《ほほえ》まなくてはいけなくなるでしょう。穏やかな未来を望むなら、他の生き方もあります」

先ほどは父に向かって婚約を進めるように言ってくれたのに、本当は反対なのだろうか？　不安になって母の顔を見つめ直し、ティルナーラは理解した。

青い目によぎる陰《かげ》は、娘である自分への心配だ。

きっと、母は侯爵夫人になるためにとても苦労をしたのだろう。いや、父が祖父と代替わりをしてまだ二年、今もとても大変なのだろう。

だからこれは反対しているのではなく、同じ道へ踏み出そうとする自分への——覚悟の確認だ。

「私は、それでも、ジルドファン様に嫁ぎたいです……」

しっかり答えたつもりが、少しだけ声が震えた。

「私は、ティルの長い間の想いを知っています。ですが家としてのつながりが優先され、ジルドファン様にその想いは通じないかもしれません。妻という役だけを与えられ、寵愛《ちょうあい》は第二夫人や外へ向かうかもしれません。それでもあなたは、ジルドファン様の隣に立つことを望み、『ディールス侯爵夫人』となるための努力を惜しまぬと誓えますか？」

貴族の結婚は家との結婚、想い想われるのが難しいとは聞いている。

確かに、彼に想ってもらえたなら幸せだ。

だが、たとえ想いを返されずとも、ジルドファン・ディールスの隣に妻として立てるなら、自分はきっと、後悔しない。

「はい、誓います、お母様」

今度答えた声は、震えなかった。

「わかりました、『ティルナーラ』。本日このときより、あなたのことは『侯爵夫人候補』として扱います。母もまだ足りませんが、できうる限り教えます。お義母《かあ》様にもお願いします。あなたはすべてにおいて用意周到な侯爵夫人を目指しなさい」

優しい母の貌《かお》は消え、侯爵夫人の整った微笑みが自分に向いた。

母はその日から、自分を愛称の『ティル』と呼ばなくなった。

翌日からの侯爵夫人教育は、ティルナーラの予想をはるかに超えていた。

通常の勉強に加えて、礼儀作法とダンスは完璧に、政治に経済、貴族の派閥に家族構成、各家の事情に交友関係、危機管理に護身術と、学ぶことも覚えることも山ほどだった。

そして、おっとりしていると思えた母が、それらをすべてこなしてきたことに驚いた。

お茶会と歌劇にしか興味がないと思っていた祖母は、たくさんの頼れる友人達と多くの知識、そして貴族の情報網を持っていた。

ティルナーラは、そんな二人を心から尊敬した。


婚約が正式に決まった後、ジルドファンが父親と共に挨拶に来た。

父と母、兄達が見守る中、彼からピンクを基調とした花束を渡された。

その後、金の婚約腕輪を交換する。甘い言葉も告白もなければ、二人でデートをしたこともない。

それでもティルナーラはこれまでのダンスを鮮やかに思い出した。

「末永く、どうぞよろしくお願いします」

「こ、こちらこそ、どうぞよろしくお願いします」

互いに手袋をつけぬままに握手をした。ジルドの手は、とても温かだった。

そのときから、ティルナーラの手首には腕輪が外されぬままに輝くこととなった。

イエローサファイヤの入ったそれはとてもきれいで――夜の寝室、魔導ランタンの下で、夜中過ぎまで眺めていた。

婚約が決まっても、ジルドファンも自分も、ひたすらに忙しい日々が続いた。

会えるのは月に二、三度のお茶会と昼食会のみ。だが、会えぬ間は季節の花と直筆のカードが届けられた。

会うときにも、彼の笑顔はそう多くない。近況を語り合うだけで、甘い言葉をささやかれるわけでもない。届くカードは友人に向けられたような内容で、ロマンチックさはまるでない。

けれど、ティルナーラの部屋に飾っている花は、しおれる前に必ず次が届けられた。たくさんのカードはすべて宝物になった。

デビュタントのファーストダンスは、ジルドファンと踊った。

続きの三曲、艶《つや》やかな革靴を、自分は一度も踏まなかった。

デビュタントの翌日、彼から真っ赤な薔薇《ばら》の花束と一枚のカードが届いた。

カードに書かれた一文は砂糖菓子よりも甘く――

次に会ったときから、彼は自分を『ティル』と呼び、自分は彼を『ジルド』と呼ぶことになった。


ある夜、ふと目覚めて窓の外を見ると、流れ星が斜めに空を横切るところだった。

ティルナーラは願いではなく、誓いに似た祈りをつぶやく。

「神様、もう痩せたいとも、きれいにしてとも望みません。精一杯、できる限りの努力を致します。私が、あの方にふさわしくなれたなら――その隣にずっといられますように」

侯爵子息ジルドの婚約

「ジルド、お前もそろそろ結婚を考えねばならんな」

日課の早朝鍛錬の後、突然、父にそう言われた。

「まだ早いかと思います」

顔の汗をタオルで拭《ぬぐ》いつつ、ジルドは素っ気なく答える。

高位貴族の婚約や結婚は早いとはいえ、成人後でいいだろう。そもそも、父は壮健で弟達もいる。血筋が絶えるのを心配する必要もない。

何より、今の自分は学院での勉強、家では次期当主、そして騎士としての学びがある。他に割《さ》く時間はほとんどない。たまの息抜きに友人と剣を打ち合うか、食事をするぐらいだ。

あと、悪友がどうしようもない悪戯《いたずら》をしたときは、襟をつかみに行かねばならない。

「一人で当主の仕事をこなすのは無理だ。そういったことに向いた妻を持つことを、早めに考えておくべきだろう」

「当主に関しては、まだまだ父上にがんばっていただきませんと。それに、私は王城騎士団員を目指しておりますので」

「学院に想う方はいないのだな？」

「おりません」

学院内で初恋のハンカチや恋文を渡されることはある。

けれど、毎回はっきりと『光栄ですが、お心に添うことができません』と返事をしている。相手に無駄な期待をさせたくはないからだ。

それでも受け取ってほしいと言われたときだけは手にしているが、正直、罪悪感がある。

自分は侯爵家の次期当主予定、結婚に関しては家同士のつながりが最優先になる。彼女達の希望する恋愛は考えられない。

中には『第二夫人、第三夫人でもかまいません』と告げてくる者もいたが、冗談でもやめてもらいたい。自分の性格的に合わない。

「母の勧める方で、ティルナーラ・ラヴァエル嬢はどうだ？」

「ティルナーラ嬢、ですか？」

ちょっと、ぎくりとした。

ジルドは子供交流会で踊った幼いご令嬢達に、儀礼的に一度だけ花を贈っている。主催の家、そして次期当主としての挨拶代わりだ。

その花に対し、年齢的に代理の者が礼状を返す中、一人だけ、たどたどしくも自筆で礼状を書いてきた少女がいた。

それがティルナーラ・ラヴァエル――子供交流会で会うたび、ジルドが珍しく二曲踊っていたご令嬢である。

花は各家に届けているわけだし、子供のダンスはあくまで練習、その回数はそれほど気にされることはない。

だが、祖母には思うところがあったのだろうか。

「家格が釣り合い、お前との魔力量も問題ない。真面目で努力家だと聞いている。まだ幼く少しふっくらとしておられるが、いずれ美しくなられるだろう」

「いずれ？　今でも十分にかわいらしいではないですか」

この手の話には、少々苛立《いらだ》ってしまう。

少女は細くて儚《はかな》げなのが美しい、少年は背が高く、しっかりした身体つきがかっこいい――貴族に多いそういった固定評価というものを、ジルドは好まない。

自分は今でこそ背が高いが、幼い頃は背が低い上に細く、懸命に食べてもまったく体につかなかった。少女のようだなと言われることもあり、かなり悩んだものだ。

『太かろうと細かろうと、どうでもいいじゃないか。お前は剣が強くてかっこいいのだから』、剣を打ち合う友にそう笑い飛ばされ、悩みは四散したが。

「ジルド？」

「顔も体型も人は変わるものでしょう。年をとらぬ者はいないのですから。それよりも、本人の性格の方がずっと大事です」

王国の白薔薇《しろばら》――そう呼ばれるほどの美女だったという祖母は今、見事な白髪の老女である。華やかさはないが、その品と迫力は母を超える。

整った顔立ちの者がいても、人の悪口を言えば表情は歪《ゆが》む、人を蔑《さげす》めば崩れる。人によって態度も性格も変わる者は、どんなに美しくても尊敬できない。

残念ながら、次期侯爵予定の自分に近づいてくる者達には、幼少からそういった者が多くいた。

「そういえば、お前は子供交流会でティルナーラ嬢とは会っているな。どんな方だ？」

父の言葉に、ジルドは即座に記憶を再生する。

「はい、ティルナーラ嬢は、ダンスはお上手ではありませんでしたが、一生懸命に踊ってくれました。靴を踏んだことを謝ってくれ、私の爪先を心配してくれる優しさがあります。二回目は一回目より、ずっとうまくなっておられました」

「ほう――」

「皆様に花をお贈りしておりますが、礼状を最初から自分で書いてお返しいただいたのはティルナーラ嬢だけです。その後の礼状やカードは、一通ごとに美しい文字になり、文章もうまくなっていました」

「そ、そうか……」

「菓子を共に食べたときは、所作がきれいで品がありました。なにも言わないうちに、私が甘すぎるものが苦手だと見抜いて、砂糖少なめのクッキーを勧めてくれました。そして、あの年にして、喉に詰まらぬようにと紅茶を勧める心配りが――」

「よくわかった、先方に打診しよう」

笑んで話を止めた父に納得がいかない。最後まで聞いてほしい。

いや、その前に、いきなり打診に話が飛んでしまった。

「ただ、上に男児三人、そこにただ一人の娘となれば、早くに手放したくはないかもしれぬな」

「――やはり断られるでしょうか？」

ジルドは己が人から好かれづらいことを自覚している。実際、融通が利かず、冗談も不得手だ。

学院でも、近寄りがたい、一緒にいると息が詰まりそうだと陰で言われている。

親しみやすそうな笑顔を鏡の前で練習したこともあるが、友にさえ怖いと慄《おのの》かれた。

「早いと言われる可能性はあるが、ジルドなら条件はいいはずだ。なに、早いと断られたら、来年、もう一度打診すればいい。ただ——」

父の貌《かお》が、侯爵当主のそれに変わった。

「彼女であれば第一夫人として確定だ。一度決めれば反古《ほご》にはできんぞ」

「かまいません。私は父上と同じく、一人の方と生涯を共にしたいと思っております。弟達もおりますので、後継の問題も心配ないかと」

父に対し、少し構えてしまったが、なんということはなかった。

「ここまで勧めておいて何だが……一応、他の方の釣書《つりしょ》を見てみないか？　他にも四人ほど候補の方がいる」

「結構です。名前もお伺いしない方が、今後のお付き合いに支障がないかと」

縁《えん》を結ぶつもりがないのであれば、互いに知らぬ方がいいだろう。

「わかった。では話を進めよう」

「父上」

屋敷に向かう父を、ジルドは思わず呼び止める。

「あの——断られたら引いてください。ティルナーラ嬢のご迷惑になりたくありません」

小さく言った自分に、父はわかった、とうなずいた。

再び父の背を見送った後、ジルドはふと思い返す。

侯爵家嫡男として生まれ、王城騎士団を目指す以上、一時の想いに揺れることがないよう、自分を律してきた。

自分もティルナーラもまだ子供、恋愛の相手としてなど考えたこともなかった。

ただ、いつか共に歩くのが彼女のような努力家であればいいと――

自分はいつの間にか、歩む道の供にティルナーラを願っていた。


「決まったぞ、ジルド！」

数日後、珍しく高い声の父にそう言われ、意味がわからなかった。

ティルナーラとの婚約の話だと続けられ、たっぷり十秒は呆《ほう》けていたと思う。

ようやく、ありがとうございますと礼を言い、早々に自室に入った。

鏡に映した己の表情は疑いに満ちて、その後に微妙な笑みになり――とても滑稽だった。

その夜は家族揃《そろ》っての晩餐《ばんさん》となった。

迷惑になって嫌われるのを恐れるほどにジルドが惚《ほ》れ込んでいるティルナーラ嬢を、ぜひ我が家に迎えたい、そう、父母どころか、祖父母までも話を持ちかけてくれたそうだ。

酔った父からそれを聞き、穴を掘って埋まりたくなった。

間をおかずに、両家当主――ジルドの父とティルナーラの父が話し合い、婚約契約書が取り交わされた。

ティルナーラを第一夫人とすること、正式な婚約発表は彼女のデビュタント後、それまでにどちらかに問題が生じた場合、両家の話し合いにより婚約を解消すること――そういったことが記載されているものだ。

ジルドも確認したが、一切の不満はなかった。

その翌日、家と取引の多い宝石商が、腕輪と色石を山と持ち込んできた。

同席したのはジルドと父母、祖父母であった。

婚約腕輪――結婚後は結婚腕輪となるそれは、ジルドの髪に合わせ、すぐ金地と決まった。

難航したのは色石である。

ジルドの目は濃い黄にオレンジが混ざったような琥珀《こはく》色だ。かといって、琥珀は傷がつきやすい。

黄が強めのスフェーンという石があったが、動かすと緑の輝きが強くなる。

琥珀を連想させるファイアオパールも二つあったが、どちらも光によって赤がとても濃くなる。

黄色とオレンジが混ざったようなシトリンは、ジルドより父に近い色合いだと、母に却下された。

次々と開けられる宝石箱だが、迷いは深まるばかりである。

なお、同席していた父と祖父は唸《うな》るばかりで、ひとつも助言がなかった。

「これ、ジルドのようだわ」

最後に開けられた箱の中、祖母が並ぶ色石のうち、一つを指さした。

「これ、ですか……」

こっくりとした深い黄色のイエローサファイア。カッティングも見事な一石だった。

とても美しく、贈り物としてはいいだろう。きっとティルナーラにも、この石は似合う。

だが、それは自分を喩《たと》えて贈るには美しすぎるように思えて――

「ジルド、隣り合う者同士で、磨いていけばいいのですよ。きっとこの石は、あなた達に重なります」

すべてを見透かした白髪の祖母は、とても美しく笑った。

ラヴァエル家へ婚約の挨拶に行ったその日から、深い黄のイエローサファイアの腕輪がティルの腕を、深い茶のアンドラダイトガーネットの腕輪がジルドの腕を飾った。

婚約したとはいえ、ジルドもティルナーラも学生だ。学ぶことは山とあり、ゆっくり会えることは少ない。

月に数回のお茶会や昼食会では、彼女との年齢差もあり、どんな話をすればいいかとよく悩んだ。結果、互いの学業や近況を話す報告会状態になってしまった。

「ジルド、明日はティルナーラ殿と甘いお茶会か」

あるとき、そうグラートにからかわれ、真顔で返してしまった。

「婚約者とはいえ、年齢と節度はわきまえている。互いに近況を話すぐらいだ」

「それでも花と甘い言葉の一つやカードの一枚も贈るだろう、婚約者なのだから……って、おい、まさか、ジルド？」

いつもこちらが呆《あき》れている友に逆に呆れられ、反省した。

確かに婚約者である。かといって、ティルナーラは甘い言葉をささやいていい年齢ではないと思う。あと、自分が実行するにも無理がある。

ジルドは悩んだ結果、店に行って花を選び、カードを付けて贈ることにした。

カードに綴《つづ》る文章は、彼女のがんばりを讃《たた》え、自分も己を磨き続けるという想いを込め――結局は近況報告になった。

けれど、花は萎《しお》れる前に次の花が届けられるよう、手帳にしっかりと日程をメモした。

次にグラートに尋ねられたとき、それを説明したら、前回以上に呆れた表情《かお》をされた。

しかし、何も言われなかった。


ティルナーラが十六歳でデビュタントに出た日、その白いドレス姿に見惚《みと》れ、褒める言葉が遅れた。けれど、彼女はいつものように微笑《ほほえ》んでくれた。

彼女がデビュタントの場で初めて踊るダンスのパートナーは、婚約者であるジルドだった。

三曲続けて踊る時間が、一曲よりも短く感じた。

帰宅後すぐ、ジルドは自室の机の上、カードを山と積んだ。

デビュタント後、最初に贈る花は赤の薔薇と決めていたが、メッセージの文に苦悩する。

そこへ、グラートが祝いにやってきた。

「ジルド、ティルナーラ嬢との正式婚約おめでとう！　祝い酒を持ってきたぞ！」

言い終えたグラートは、机の上にちらりと目をやると、あっさりと言った。

「なんだ、お前が『ティルナーラ嬢』って。書き出しは『愛《いと》しの人へ』か、愛称が鉄板だろう？

弟がそういった形でよく書いているぞ」

「軽々しく言うな。大体、お前はどうなのだ？」

「俺はカードは面倒で書かん。直接、花を渡しに行く方が早い」

グラートらしいといえばらしい、しかし、身も蓋《ふた》もない答えが返ってきた。

「お前も、そろそろ正式に決まるのか？」

「いや、前に話のあったご令嬢なら、弟の婚約者になった」

「グラート……」

「家同士のつながりはできるから、何の問題もない。大体、魔物討伐部隊で忙しくて、俺に結婚は無理だ」

グラートが魔物討伐部隊の遠征から帰るなり、令嬢と顔合わせをさせられた話は聞いていた。

話が弾まず、助けを求めて弟を呼んだと言っていたが――おそらくは当主交代を視野に入れていたのだろう。

その結果、弟と相手のご令嬢が結婚という、貴族らしい決着となったらしい。

ジルドが次の言葉を探している中、グラートはカードの一枚をぴらりと持ち上げた。

「ティルナーラ嬢も、ようやく成人だな！　ここは堅物のジルドでも、思いきり甘い言葉を書いて普段との落差を狙い、一気に惚れ込ませるという作戦に……」

「うるさいわ！　急に何を言い出すかと思えば！」

ぎゃあぎゃあと言い合った後、結局は酒を飲み交わした。

少しだけ、苦い赤ワインだった。

「遅くなってしまった……」

グラートが帰宅した後、再び机に向かった。

しかし、彼のおかげで、より文面に苦悩することとなった。

大体、思いきり甘い言葉とは何だ？　砂糖菓子ではあるまいし、そんな言葉が簡単に出てくるわけがないではないか。

落差で惚れ込ませる？　意外性があって新鮮という意味であれば多少はわからなくもないが、自分の意外性などわかるわけがない。

そもそも、愛情と信頼は、時間をかけて積み重ねるものだろう。

しかし、そう思ったところでいい文面は浮かばず——悩み深く、書いて書いて書き直し、明け方までに四十枚を無駄にしたカードの文言は、ジルドにとって限界の甘さだった。

『我が生涯最愛の人へ　今このときより、私のことは「ジルド」とお呼びください』

翌日、彼女から届いた返事のカードは、『ジルド』の部分が『ティル』となっていた。

侯爵子息グラートの結婚

「弟に次期当主を代わらないかと言ったが、断られた」

「グラート、またその話をしたのか」

自分の愚痴に対し、ジルドが浅くため息をこぼす。ため息をこぼしたいのは自分である。

魔物討伐部隊に入ってまだ日は浅いが、今年は魔物が多く、忙しさは想像以上だ。

バルトローネ侯爵家当主の仕事は、弟が父から完璧に学びこなしている。グラートには決してできないことだ。万が一、自分がいなくなったところで問題ない。

しかし、弟は次期当主になることを拒否している。魔剣、灰手《アッシュハンド》を持てるグラートが次期当主になった方が、対外的にいいと主張してだ。

それにより、グラートの婚姻相手の選定が難航していた。

これまでを考えて、魔剣灰手《アッシュハンド》の継承は、グラートの子供、もしくは孫となる可能性が高い。

このため、妻となる者は火の魔法持ち、しかもそれなりの魔力があることが必要になる。

加えて、弟が当主代行となって実権をとっても争わず、協力して一族を守ってくれること。こうなると同じ派閥でないとまずい。

そして、魔物討伐部隊員であり、いつ戻るか、いいや、無事に戻るかも不安なグラートの妻となってくれること——難しい上に、悪条件を極めている。

それでも、グラートが絶世の美男子であったり、高潔の騎士とでも名声があったりすれば、まだなんとかなっただろう。

だが、幼少から悪童として名を馳《は》せたグラートは、品行方正とは真逆の学生時代を送っていた。勉強嫌いで、派手な喧嘩《けんか》に問題行動。しまいには家出をし、花街へ入り浸った。

魔物討伐部隊に希望して入ったのも、第一・第二騎士団に入れなかったからだと噂《うわさ》されている。否定したところで信じてもらえるかどうかは怪しい。

人間性に信頼が持てない。かつ、侯爵家嫡男の花嫁として送り出しても、魔物討伐で命を落とし、すぐ未亡人になる可能性がある。

どう考えても、娘を嫁に出したくない相手として上位に入る自信がある。

「お前の弟というのも大変だな。そろそろ苦情の一つも言われないか？」

「いや、『このままであれば、私が適当に見繕ってきますが』と言われた……」

貴族らしく整った弟の笑みを思い出し、グラートはふるりと身を震わせる。

「あの弟君であれば、そうするだろうな……」

ジルドが少しだけ遠い目でうなずいた。

グラートの弟は、貴族として大変に有能だ。この悪条件でもうなずいてくれる女性をどこからか連れてくる可能性が高い。

グラートとしては本人が望まぬ不運な女性を妻にするのも、弟に心酔しきった女性を妻にするのも避けたいのだが——ため息をついていると、部屋に赤髪の女性が入ってきた。

「ジルドお兄様、グラート様、紅茶はいかがですか？」

「ありがとう、ダリラ嬢。ぜひお願いしたい」

グラートは笑顔で願った。

赤髪緑目の淑女は、ダリラ・リーズヘッド。ジルドを兄と呼んではいるが、その従妹《いとこ》である。

とはいえ、十歳に満たずにこの家に来たので、本物の兄妹のようだ。ジルドの父母、下の弟達とも家族のように暮らしている。

ダリラの母はディールス家の生まれ、ジルドの父の妹だ。派閥違いの家に嫁いだが、若くして亡くなった。病死ということにはなっているが、前日まで元気だったところの急死である。

恋愛結婚で、派閥と反対を超えての第二夫人。世間には愛ある結婚と持て囃《はや》されはしたが、それだけでは貴族界は渡れぬらしい。

本人の死後、子供が成人前であれば、姓はそのままに実家が引き取る——そんな書面を準備しての結婚だった。

万が一の備えは実行され、ダリラはディールス家で大切に守り育てられている。

そんな仄暗《ほのぐら》い話をグラートも知っていた。

けれど、目の前のダリラにはそういった陰を一切感じることはなかった。この家の娘として、大切に育てられたせいだろう。

ただ、派閥と家の関係や安全性のこともあり、彼女の婚約者はまだ決まっていない。

遠方の伯爵の第二夫人や、男爵位持ちの裕福な商会長の名は上がっていると聞くが——失礼にあたるので、話の進み具合については聞かぬようにしている。

いいや、正直に言えば、あまり聞きたくない気持ちもある。

以前、弟から『妻にダリラ嬢はどうか？』と尋ねられたことがある。

けれど、グラートは首を横に振り、『ジルドが怖いから二度と言うな』と笑い飛ばした。

度々この屋敷に来ている自分にとって、ダリラはジルドの妹であり、自分の少ない女性の友人であり——決して傷つけてはいけないと思える女性である。

悲しみも辛《つら》さも超え、貴族令嬢として凛《りん》と立っている彼女のことだ。きっと良縁に恵まれるだろう。自分のような男の元で、苦労をするべき女性ではない。

「どうぞ、グラート様」

「ありがとう、ダリラ嬢」

淹《い》れられた紅茶は、香り立ちといい、濃さといい熱さといい、完璧に自分の好みで——しみじみとうまい。

グラートは、彼女ほど紅茶を淹れるのが上手な女性を、他に知らない。

「ダリラ嬢の紅茶は本当にうまいな。毎日これが飲めるジルドは幸せだ。うらやましいぞ」

自分がそう言うと、友は眉をひそめる。まあ、ジルドにとってはティルナーラの淹れる紅茶が一番に違いないが。

紅茶をじっくり堪能した後、ソーサーに戻す。

ふと視線を上げると、ダリラがとても澄んだ目で自分を見ていた。

「ご希望であれば毎朝お淹れ致します」

「ぜひお願いしたい」

心のままに即答した後、グラートは固く口を引き結ぶ。

「……グラート……ダリラ……！」

地鳴りのような声がした。

無理もない。これは完全に自分が悪い、どうしようもなく悪い。

いかに自分が貴族らしくないかを理解しているグラートでも、この貴族用語はわかる。

『紅茶を毎朝淹れる』、それは共に住む、つまりは夫婦にという意味だ。

ダリラの珍しい冗談に笑うべきところ、思わず真面目に返事をしてしまった。

「冗談の度が過ぎはしないか、ダリラ？」

「私は真面目に申し上げました」

さらりと答える彼女に、ジルドと共に息を呑《の》む。

一度下手な咳《せき》をした友が、厳しい目を自分に向けた。

「グラート、お前は、冗談か、本気か？」

「――俺では釣り合わぬのは承知している。だが、許されるなら望みたい」

絶対に怒鳴られた後、猛反対されるだろう。もしかすると殴られるかもしれない。そんな覚悟を決めて答えたが、返ってきたのは長い沈黙だった。

「しっかり話し合え。二人で歩むと決めたなら、私から両親に話を通す」

ジルドは席を立ち、部屋を出ていく。彼の護衛騎士も続いたので、部屋にはグラートとダリラの二人だけとなった。

ダリラが無言のまま、二杯目の紅茶を淹れてくれた。やはりうまかった。

「その……ダリラ嬢は本当によいのだろうか？」

あまりに急なことで、何の言葉も出てこない。

「私からお声がけ致しましたのに」

あっさりと答えられ、またも息が止まりそうになる。

「もし、俺とジルドのことや両家の関係に気を使っているのであれば、断ってもらってかまわない。あと、俺への同情もやめてほしい」

「では、グラート様は冗談でお受けになったと？」

「いや、勢いで答えたのは事実だが、本心だ。私としては、これ以上ないほど、ありがたい縁《えん》だと思っている」

ダリラは派閥絡みで難しい立ち位置ではあるが、火魔法を持っており、魔力もそれなりに高い。

高等学院は魔導科ではなく文官科だったが、真面目で成績も良かった。

自分の知る限り、性格も穏やかで優しく――非の打ちどころのない淑女である。

ただし、釣り合いも取れないし、ジルドが絶対に許さないであろうと思い、好ましい気持ちは全力で封じてきた。

実際、ダリラにとって自分は貧乏くじだろう。ここは隠さずに伝えておかねばと思う。

「私は次期侯爵当主とはいえ名ばかりだ。結婚後も魔物討伐部隊員を続けるつもりだから、よく家を留守にし、一人にさせてしまうと思う」

「問題ございません」

「学生時代は学業もふるわず、遊び呆《ほう》け、家出もした。その、一時期、花街の女に入れ込んだこともある」

「存じております」

緑の目が、とても静かに自分を見ていた。

家出から連れ戻してくれたのは他ならぬジルドである。ダリラも知っていて当然かもしれない。

「それと、魔物討伐部隊員として、早々にあちらに渡る可能性もある。その際は十分な財を渡し、意に沿った再婚相手を準備させるようにするが……」

「その際は未亡人を満喫しますので必要ありません。ただ、できましたら第二夫人はやめていただきたく」

やはりダリラも貴族の血か、後継を我が子としたいと願うか——一瞬そう思ったとき、彼女は言葉を続けた。

「泣く女が二人になったら面倒ですから」

「あ、ああ、わかった。元から第二夫人は考えていなかったから、問題ない」

「それと、私の方もお話ししておきたいことがございます」

「わかった。遠慮なく言ってくれ」

この家を離れたい理由でもあるのか、それとも何らかの問題を抱えているのか——そう考えつつ、背筋を正す。

「母の残した財はありますが、侯爵家にふさわしい持参金の額ではございません。ここディールス家からの持ち出しはしたくありませんので、それでもよろしいでしょうか？」

「身一つでかまわない。こちらですべて取り揃《そろ》える」

「私の父方の家は派閥違いですので、ご迷惑をおかけするでしょう。母のことがありますし、父とは長く会っておりません。あちらの家とは挨拶だけで、今後の付き合いは最低限でお願いできればと思います」

確かに派閥の問題はあるが、付き合いがないのであればダリラを守りやすい。グラートは了承を返す。

「かまわない。大体、ダリラ嬢の家族はジルド達だろう？」

「——ええ、そうですね」

ジルドが従兄妹《いとこ》でありながら、わざと兄呼びをさせているのは、ダリラへの風当たりを減らすためである。その背には自分が、ディールス家がいると、本物の兄のように守ってきた。

自分がダリラを娶《めと》るには、派閥絡みでややこしい話も出てくるだろう。一族からの反対もあるかもしれない。

それでも、ジルドの次、今度は自分が彼女を守るために力を尽くそう。

覚悟は決まった。

ここまでまったく取り繕えていないが、せめて形だけでも——グラートは精一杯、格好をつけることにした。

呼吸を整えてダリラの正面に歩み寄り、片膝をつく。

「ダリラ嬢、あなたを幸せにできるとは言えないが、私にできる努力はすべてする。どうか、私と結婚してほしい」

伸ばした手のひらの上、迷いなく指が重ねられた。

「喜んでお受け致します。それと、グラート様に幸せにしていただく必要はありませんわ」

「は？」

我ながら間の抜けた声が出た。

「長年の片想いが実るのです。私は、すでに幸せですわ」

鮮やかに笑んだ彼女に、グラートは今度こそ恋に落ちた。


その後、廊下で眉間に深い皺《しわ》を刻んでいた友に頭を下げ、話を進めてもらうことになった。

グラートは家に戻るとすぐ、赤い薔薇《ばら》を馬車一杯に詰め、ダリラへ贈った。

そして、そのまま父と母と弟に頼み倒し、ジルドの家への挨拶を、最短の日に取り決めてもらった。

婚姻を進めるにあたって、バルトローネ一族からは意外なほど反対の声はなかった。ダリラの父方の家との挨拶も、形式的にあっさり済んだ。

後にすべて弟が手を回していたと知ったが――婚約は滞りなく決まった。

そこからは結婚式に向けての準備に変わっていった。

「ダリラを泣かせたら斬りに行く」

結婚式の日取りが決まった翌日、ジルドに真顔で言われた。

少々呆《あき》れはしたが、言い返す気にはなれなかった。己のこれまでを振り返れば当然のことである。

「そのつもりはないぞ、ジルド」

答えながら、グラートは愛馬に飛び乗った。

ここは王城の馬場の端。鎧《よろい》を身につけた魔物討伐部隊が集まりつつある。

本日は式が決まったことを理由に、ダリラへ花を捧《ささ》げて祝いたかったが、『緑の王』に邪魔をされた。

緑の王――巨大な蛇型の魔物である森大蛇《フォレストラスネイク》のことである。

人々は恐れを込めて言う。緑の王に街道や森で遭うことは稀《まれ》。しかし、遭ったならば潔く荷と馬をあきらめよ。それでも生き残れるかどうかは、神へ祈れと。

その緑の王が、街道沿いの牧場の牛を丸呑《まるの》みしたため、魔物討伐部隊が向かうこととなったのだ。

森大蛇《フォレストラスネイク》の顎《あご》の力はとても強く、動きは速い。魔物討伐部隊員でも怪我《けが》をさせられることの多い魔物だ。過去には亡くなった隊員もいる。

グラートは魔剣を腰に、馬上で手綱を握り直す。そこへ、ジルドが再び声をかけてきた。

「グラート、ダリラを置いて、あちらに遊びに行くことは許さんぞ」

あちらとは『あの世』。心配を込めたその琥珀《こはく》の目に、グラートは笑って答えた。

「わかっているとも。ダリラとは歌劇と遠乗りと茶会の約束があるからな。邪魔な蛇をさっさと焼いて帰ってくるさ」

「そうしろ」

王城では仕事の時間、財務部からわざわざやってきてくれたジルドをねぎらおうとして、やめた。らしくもない台詞《せりふ》を吐くより、いつもの軽口でいいだろう。

「じゃあ行ってくる。ダリラによろしく伝えておいてくれ、『義兄上《あにうえ》』！」

「グラートっ！　二度とその呼び方をするなっ！」

馬が怖がって嘶《いなな》くほど怒られてしまった。

「わかったわかった」

グラートは笑いながら、隊の列に加わるべく、馬の腹に足を寄せる。

からかいが過ぎてしまったが——ジルドの表情《かお》は、ぎりぎりで苦笑に変わった。

馬が駆け出すと同時、『行ってくる』と、ここにはいないダリラに向かってつぶやく。

歌劇と遠乗りの約束と共に、世界一うまい紅茶が待っているのだ。

帰ってこないわけにはいかないだろう。

「友に斬られるのも、ごめんだしな」

リリリ！　腰の横の魔剣が、同意するように鳴いた気がした。

前公爵夫人アルテアの貴族教育

「今日という日に、お美しい方にお目にかかれ、幸運の女神に感謝を……？」

「ヴォルフレード、それでは失格よ」

公爵家の客室、アルテアは、黒髪の青年を前に優雅に微笑《ほほえ》む。

言葉選びそのものはいいのだが、なぜそこで疑問形になるのだ？　ちょっとだけおかしくなってしまった。

「……難しいです」

もう訳がわからない――そうはっきり顔に出ているのはヴォルフレード・スカルファロット。

親友の一人息子であり、今は自分の話し相手、そして教育中の教え子でもある。

本日は貴族教育の授業、初対面の者達への挨拶とやりとりだ。教本にはない貴族の言い回しも含めている。

実家のスカルファロット家では、ヴォルフレードにこういった教育をしっかり施していなかった。

話し方に関する授業は三回目で、いまだ基礎。貴族は言質をとられると厄介なことが多いので、どうしても注意の回数は多くなる。

淡い日差しの中、眉間に薄く皺《しわ》を寄せたヴォルフがメモを見ている。その美しい表情《かお》は、親友とよく似ていた。

ヴォルフレードは、親友であったヴァネッサ・スカルファロットの一人息子。

少し前、『ヴァネッサの思い出話をしましょう』、そう綴《つづ》った手紙に、彼は応え、自分に会いに来てくれた。

彼が高等学院を卒業するまでは声をかけなかった。

手紙を出しても、無視をされたらそれまでと決めていた。

ヴォルフレードに望むことは特にない。ただ、親友と同じ騎士になった姿を見てみたかった。

午後の二人きりの茶会にやってきた彼は、周囲から聞いていた以上に、ヴァネッサに似ていた。

その黒髪、絵画でも描ききれぬ美しい顔立ち、凛《りん》とした立ち姿、どこか迷いを含んだまなざし――すべてに彼女が滲《にじ》んで、涙があふれそうになった。

「あなたは、お母様に似ているわね」

そのまま笑みに切り替えて言った自分に、ヴォルフレードは仮面のような笑みで応えた。

気の許せぬ者に向けるそれは、ヴァネッサ――自分が『ヴィー』と呼んでいた女性騎士と、まるで同じだった。


アルテアとヴォルフレードの母、ヴァネッサとは、まだ幼い頃、初等学院で出会った。

本来、アルテアのような公爵家の令嬢は初等学院には行かない場合が多い。身の安全や教育の速度を考え、屋敷で家庭教師から学ぶのが主流である。

友人も家同士の付き合いや派閥交流会で、立場に見合った者を探す、それが当たり前だ。

だが、初等学院への入学は、自分が強く望んだため通った。

公爵家の令嬢として見られるのではなく、アルテア個人として話せる友達が欲しい、そんなささやかな、けれど切実な願いだった。

アルテアは家の跡継ぎではない。早めに対人関係を学ばせるのもいいと判断されたのだろう。

『庶民や階級違いの貴族を知ることは、いずれ王家に入るか高位貴族の夫人となるにはよい経験だろう』、父がそう言って許可してくれた。もっとも、隠してそれなりに護衛をつけられていたが。

初等学院の同じクラス、隣の席だったのが男爵家の令嬢、ヴァネッサだ。

彼女は、艶《つや》やかな黒髪の、とてもかわいい女の子だった。

ヴァネッサは父と同じ騎士を目指し、女らしさ、貴族らしさ、慎重さなど、おおよそ貴族の淑女が求められるものを投げ捨ててはいたが、不思議なほど気が合った。

共に学び、話し、笑い――気がつけば、誰といるより楽しくなっていた。

爵位も家もない友として、『ヴィー』『アルテア』と呼び合う仲になった。

彼女も、自分との時間をそれなりに楽しんでいてくれたのではないかと思う。

すぐに表情《かお》に出る子だったから、本心を隠そうとしてもきっとわかったはずだ。

高等学院ではヴィーは騎士科へ、自分は魔導科へ進むこととなった。

ここまでずっと彼女と一緒だったのに、未来が分かれることが怖くなった。

高等学院入学直前、アルテアは父に自分の女性護衛騎士としてヴィーが欲しいと望んだ。

父が彼女の実家に話を通し、受けてもらった。いいや、受けてもらったというより、命令したという方が近い。男爵家では、公爵家から話をされた時点で拒否はできなかっただろう。

自分は彼女に逃げられぬよう、公爵家の権力を使ったのだ。

けれど、すべてを話しても、彼女は呆気《あっけ》なく笑ってくれた。『いい就職先をありがとう』と。

そして、希望通り、その剣をアルテアに捧《ささ》げてくれた。

生きてきて、このときほどうれしいと思ったことはなかった。

ヴィーは親友で、自分の護衛騎士で、最大の友愛を誓う、とても大切な人だ。

だが、これは恋ではない。二人での未来など、夢にも見ない。

アルテアには公爵家の血筋と、王族に匹敵するといわれる魔力がある。国と家にとって良い相手に嫁ぎ、子を残すことこそが役目だ。

自分が一歩でも間違えば、ヴィーが消されてしまうだろう、それぐらいは理解していた。

それに、ヴィーは自分を友人として好きではいてくれたが、彼女の唯一にはなれなかった。

それでも、ヴィーが自分の騎士でいてくれる——それだけで、どこへ嫁いでも、何があっても耐えられると思った。

成人し、ガストーニ公爵家に嫁ぐこととなっても、彼女はついてきてくれた。

結婚の迷いも、不安も、公爵夫人としての教育も、彼女がいるから乗り切れる、そう思っていた。

なのに、あっさりと、あの水の伯爵家の、レナート・スカルファロットに持っていかれた。

正確にはヴィーの方が、『手をつないでも鳥肌のたたない唯一の男性』がレナートだったのだが——他人《ひと》の護衛騎士に、文字通り、手を出すなと言いたかった。

いろいろと思うところはあったが、アルテアはヴィーの自由と幸福を願い、スカルファロット家に第三夫人として嫁ぐ背中を見送った。


結婚後、その腕に小さな赤子、ヴォルフレードを抱いた彼女と会った。

『この子はきっと強い騎士になる！』、ヴィーはそう満面の笑みで言った。

まぶしいほどに幸せそうだった。

それなのに、彼女は息子が騎士となるのを見ないうちに亡くなった。

領地へ行く途中で野盗に遭い、第一夫人と嫡男を守って戦い抜いた名誉の死。ヴァネッサ殿は最期まで騎士であった――美談のように伝えられた知らせを、表情《かお》を固めて聞き終えた。

ただの野盗になど、ヴィーが負けるはずがない。誰が、どこの『家』が、彼女を殺したのだ?

部屋に戻って人払いをした十秒後、アルテアの風魔法で調度は粉々となった。

夫も、メイドも、護衛騎士も、誰も自分を責めなかった。

その後すぐ、夫が情報の裏取りを進めた。

レナートが激怒し、魔導師の部下を連れて屋敷を出たこと、スカルファロット家の第二夫人の実家での当主交代があったこと――スカルファロット家の後継を理由とした闘争だと報告を受けた。

レナートが既に報復に出たことを聞かなければ、この身にある風魔法で、相手をずたずたに切り裂きに向かっていただろう。

すべては、レナートがその手で終わらせていた。自分にできることは何もなかった。

ヴィーの葬儀には、アルテアも参列した。

けれど、どうしても白い灰になった彼女を見ることができず、黒いヴェールを下ろし、目を伏せ――その最期を見届けなかった。

過ぎたことは取り戻せないけれど、どこで間違えたのか、そう、いまだに思うことはある。


「アルテア様、どのあたりが失格でしょうか?」

金の目に迷いを揺らし、ヴォルフレードが尋ねてくる。

「内容と口調と目線ね」

「………」

無言で自分を見ているが、『ええー』と内心で不平を言っているのがまる聞こえだ。

本当にヴィーそっくりだ。この子犬のような状態では、貴族界を泳ぐのは辛《つら》いだろう。

貴族男性は、初対面の女性を褒めなくてはいけない――先ほどの彼の言葉『今日という日に、お美しい方にお目にかかれ、幸運の女神に感謝を』は、このルールにのっとっての挨拶ではある。教本から少しのアレンジ、そこも間違ってはいない。

しかし、いろいろと問題がある上、この見目麗しい青年が言うと、さらに危うい。

「『お美しい方』とあなたが言うと、相手のご令嬢が自分を想っているのだと勘違いしないかしら？」

「していただきたくないです」

「『幸運の女神に感謝を』と言えば、感謝の祈りを捧げるほど自分と会えてうれしいのだと、特別な人扱いをされたと受け取られるかもしれないわ」

「それもしていただきたくないです、一切」

まだ会ってもいないご令嬢に、大変冷たい。

しかし、ヴィーもヴォルフレードも大変に顔がいい。これによるトラブルが重なりまくれば、異性に対して――時々は同性に対しても、この対応になるのは仕方がないだろう。

アルテアはヴィーとの学生時代を思い出し、納得する。

ヴィーにいたっては、男性の他、女性からの恋文も多数あり、断るのに苦労していた。

あまりに面倒そうなので、途中からは自分がすべて弾《はじ》いたが。

本当に助かると無邪気な笑みで言われ、胸がちくちく痛んだのを覚えている。

「では、『幸運の女神に感謝を』は、これは、という人にとっておけばいいわ」

「はい……なさそうですが……」

言葉を濁しまくる彼に、薄くため息が出た。予想を超えて縁遠いらしい。

気になる者でもあれば紹介や応援をしてもいいと思っていたのだが、完全に逆方向だ。

女性を面倒だとしか思っていないのが完全に透けて見える。このあたりもヴィーに似てしまったらしい。

「自分と同格以下の女性なら『良き日にお目にかかれました』、上格なら『お目にかかれて光栄です』、あとは『赤いドレスがとてもお似合いですね』『素敵なイヤリングですね、よくお似合いです』あたりで逃げ切りなさい。笑顔を向けるときはそこにいる男性女性にくまなく――あなたは背が高いから、目は合わせず額を見るといいわ」

「はい」

「それと、疑問形にしないで言い切りなさい。心から思っていなくても取り繕うこと。口調も大切よ」

「気をつけます」

せっせとメモを取るあたりは、ヴィーとは違う。案外、覚えは早いかもしれない。

「貴族の言い回しというのは、本当に気をつけることが多いのですね……」

吐息のように言ったヴォルフに、思わず笑ってしまう。

「あなたのお母様も同じことを言っていたわ」

「母も、ですか？」

「ええ、とても面倒そうな表情《かお》で」

そう答えると、ヴォルフレードは小さく笑った。先ほどまでの取り繕ったものではなく、少年のようなはにかみだった。

母の思い出を共有できるのは、彼もうれしいらしい。

「まだまだこれからよ。貴族の言い回し、ダンス、エスコートに――覚えた方がいいことは多いのですもの」

「ありがとうございます……がんばります……」

遠い目をして答えたヴォルフレードの表情《かお》は、本当にヴィーそっくりだった。

メモを持つ指には、剣のタコが見える。

これは騎士の努力の証《あかし》なのだと、彼女に手のひらを向けられ、自慢されたのを思い出した。

ヴィーが灰になった翌日、レナートが一人でアルテアの元へやってきた。

差し出されたぼろぼろの剣と一筋の黒髪に、情けなくも涙がこぼれた。

無言で受け取り、剣は修理した後、レナートへ送り返した。

彼女の息子がもし騎士となり、母の剣を望んだら渡してくれと、そう言付《ことづ》けて。

誰かを守って死んだ騎士は、死後、己の愛する生者に対し、守護を与えるという話がある。

きっとヴォルフレードには、騎士ヴァネッサ・スカルファロットの強い守護があるだろう、そうあってほしいと祈った。

あのヴィーの剣はもうヴォルフレードの手に届いているのか、それとも遺品として保管し、手にすることを避けているのか――彼女に剣を捧げられておきながら、その最期を見届けなかった自分に、確かめる資格はない。

「ヴォルフレード、今日の夕食にいい子鹿が入ったのですって」

「それは楽しみです」

彼に夜会のお迎え役を頼み、夕食を共にし、たまに屋敷に泊まらせる。

女避《よ》けと言っているが、これでヴォルフレードを狙う者も、取り込もうとする者も減る。

『ガストーニ前公爵夫人』という肩書きには、その程度の価値はある。

それでもヴォルフレードに、無理な見合いや婚姻話をもってくるのなら――

この自分と事を構えたいのならかまわない。遠慮なく動くだけの話だ。

今まで何度か、ヴォルフレードはヴィーの子なのだ、いっそ自分がいい縁談を準備し、守りきってやれれば――そう思ってしまったことがある。

その度に、彼女の言葉を思い出した。

『ヴォルフが転んだら自力で立つまで待つのだが、あれはなかなか辛い……』

己の息子達を考えてもそうだった。

自分は子供達よりも早く逝く。必要以上に手を出すことは、大切な彼らを弱くさせるだけ。

丈夫な籠《かご》の中は安全だが、その翼は弱る。

自分は、これ以上のことをしてはならないのだろう。

ヴィーの息子を、彼女が何よりも愛した子を、ただ見守っていくだけ。

けれど、もし助けを求められたなら、喜んでこの手を伸ばそう。

幸い、魔女と呼ばれる自分の手は、昔より長い。

「困ったことがあったら私に相談なさい、ヴォルフレード」

これぐらいは許してくれるでしょう、ヴィー？

悪友とカマスの干物

「そろそろいいだろう！」

目の前で友、グラートが、遠征用コンロの上の干物をひっくり返そうとしている。

ジルドは冷えた東酒《あずまざけ》を広口のコップにだばりと注ぎ、その前に置いた。

「まだ早いと思うぞ」

自分の指摘通り、まだ早かったらしい。

グラートは干物をひっくり返しかけた後、無言で銀のヘラを戻した。

ロセッティ商会から魔物討伐部隊へ、遠征用コンロはすでに何度か納品されている。にもかかわらず、本日、イヴァーノから『また少し軽いのができましたので、使用感をお教えいただきたいです』、そう言って渡されたという。

カマスの干物と共に、氷の魔石で冷やした中辛の東酒《あずまざけ》までつけられていたというのだから、あの男は本当に油断ならない。

本日、グラートは王城から帰る前、自分のいる財務部長室に先触れもなくやってきた。

まだ仕事があると言ったら、大人しく執務机の前のソファーにもたれていた。そわりそわりとするその気配に、急ぐ仕事でもない、明日に回すかとペンを止め――ちょうどやってきた財務部の副部長がグラートを見て、笑顔で自分の書類を奪っていった。

そのままグラートの屋敷にやってきて、小さめの客室、窓を開けてカマスの干物を焼いているのが今である。

部屋には従僕もメイドもいない。若い頃のような気が置けない飲み方だ。

「とりあえず、本日の仕事終わりに乾杯！」

「明日からの仕事に乾杯」

言いながら、コップをぶつけた。厚めのそれは、少しばかり無骨《ぶこつ》にガチリと歌う。

口元に当たるガラスの冷たさ、それよりも冷たい酒がするりと喉へ流れる。中辛らしく、きりりとした味わいが長く口内を占拠した。

一日の疲れを溶かすようなその味を堪能していると、グラートが口を開いた。

「この前の遠征で、森大蛇《フォレストラスネイク》を見つけたんだが、私が仕留めようとしたら、部下達に止められてな……」

「功を若手に譲れとでも言われたか？」

「いや、ロセッティ用の素材にできなくなると。灰手《アッシュハンド》を使うと、心臓が灰になる恐れがあると叱《しか》られた」

森大蛇《フォレストラスネイク》――別名、緑の王。

脳裏に巨大な緑の蛇を浮かべつつ、つい、財務部長としての言葉が口をつく。

「森大蛇《フォレストラスネイク》の心臓か。確か、けっこう値が張ったな……」

「いや、魔物討伐部隊《ち》の魔導具師の研究用だからな。金銭にしての横流しはないぞ」

「そんな心配はしとらんわ」

そんなことをしたら、あの赤髪の魔導具師は、一銅貨までもきっちり返却してくるに決まっているではないか。そう思える自分もどうかと思うが、口にするつもりはない。

「その後で森大蛇《フォレストラスネイク》の肉は灰手《アッシュハンド》で干物にした。量があるので大変だったが」

「灰手《アッシュハンド》で干物……」

驚きで友の顔を見ると、にやりと笑われた。

「大丈夫だ。多少焦がしたが、干す加減はできるようになった！」

それは自慢げに言うことではない。

グラートが魔物討伐部隊に入ったばかりの頃は、魔剣である灰手《アッシュハンド》の扱いが不慣れだった。

火力を間違え、貴重な素材となる魔物を焼き焦がし、使いものにならなくした話を何度か聞いた。

あと、ワイバーンから仲間を取り返そうと全力を出し、林を焼きかけたことも聞いている。

もっとも、使いこなせている今、そんな心配はしていないが。

それよりも、バルトローネ家の血族固定、オルディネの宝とも呼ばれる魔剣で干物作り――一体、グラートは討伐先で何をやっているのか。

「多めにあるから、お前も帰りに持っていけ。甘ダレがうまいからそれもつけよう。ああ、塩コショウとニンニクもいいぞ！」

とりあえず、緑の王の干物がうまいらしいことは理解した。緑色の大蛇が泣きながら這《は》い逃げていく姿が頭に浮かんでならないが。

つい眉間を揉《も》んでいると、じゅわりとカマスの脂が焼ける音が響く。

その香ばしい匂いだけで、飲む酒の味が一段上がる気がした。

「しかし、ロセッティは、できれば養子にと思えるほどなのだが……」

突然に切り出されたが、納得できる話だった。ジルドはコップを持ったまま、話を返す。

「そうだな、グラートが養子にすれば釣り合うだろう」

「『男爵』では、やはり足りぬか？」

「せめて『子爵』は欲しいところだな」

ダリヤ・ロセッティは、父が男爵ではあるが、亡くなった今、本人は庶民。

スカルファロット家は来期、伯爵から侯爵に上がる。

ダリヤ本人が叙爵すれば男爵だが、侯爵家とでは爵位が子爵、伯爵、侯爵と三段違う。

通常、貴族の結婚は二爵違いまでが問題は少ないとされている。

まして、ロセッティには頼れる貴族の親戚がない。母方の家は完全に没交渉、父方の親戚は絶えている。

仕事であれば、商業ギルド長のジェッダ子爵が商会保証人だから心配ないが、婚姻となればやはりもう一段、爵位が上の後ろ盾がある方がいいだろう。

その点、グラートはバルトローネ侯爵家当主だ。ダリヤ・ロセッティを養女に迎え、ダリヤ・バルトローネとし、その後に、ダリヤ・スカルファロットとすれば、何の問題もない。

「そうだな。ロセッティに子爵位があれば、より取引も広がるし、魔物討伐部隊相談役としてより良い魔導具を作ってくれる機会が増えるかもしれぬ……」

「ん……？」

グラートの言葉に、ようやく話の土台が食い違っていることに気づいた。

「なんだ、私はてっきりヴォルフレード殿に嫁がせるために、お前が養子にしたいと思っているのかと思ったぞ」

「ああ、それは——まだ早いだろう。私が養子にしたいと思えるのは、ロセッティの、あの心意気だ」

「まあ、わからなくはないが……」

遠征用コンロのプレゼンの際、庶民でありながら、侯爵の自分に一切怯《ひる》まずに向かってきた姿を思い出し、納得する。

あのような娘がいれば、案外楽しかったかもしれない。晩餐《ばんさん》で経理と数字の話について遠慮なく語り合えただろう。これもまた、口にはしないが。

「ヴォルフレードと会ったのは、今年の春のようだしな。おいおい進んでいくだろう」

「行動が遅い。心を決めたのであればさっさと動けと言ってやれ。横から持っていかれる前に」

言いながらコップをカラにすると、グラートがその赤い目でじっと自分を見ていた。

「なんだ？　酒を足してほしいなら、その残りを飲み切れ」

「さすが、行動の早い男は言うことが違う……」

「なんの話だ、グラート？」

「いや、六つの幼女に声をかけ、十一で婚約者として捕まえた男は、言うことが違うと感心していただけだ」

「言っておくが、妻と出会ったのは『子供交流会』で、私が十歳のときだ。婚約は私が十五で、間もなく成人になる時期、そもそも家同士の取り決めだ」

いきなり自分の妻、ティルの話を振られたので、冷静に事実を述べてやる。

確かに交流しはじめたのは早かったが、ジルドの家が子供交流会の主催だ。出会いは参加の少年少女、皆が一緒である。

大体、グラートも子供交流会に参加したことはあるのだ。悪戯《いたずら》がひどく二回に一回、次は三回に一回と参加の間隔が開いていったが。

それに、ティルと正式に婚約披露をしたのは彼女のデビュタント——オルディネ王国で成人となる十六歳だ。

そのときにジルドは二十歳。貴族としては、そう早い方ではない。

まあ、長い婚約期間中、花言葉を調べつつ花を贈ったり、早めに腕輪を渡したり、年齢が離れているので前日に話す内容を考えまくったり、カードの文面で苦悩したり——いろいろとやっていたのは目の前の男にすべて見られているので、取り繕えないが。

「お前に婚姻の話は多かっただろう？　選びに選んだのがティル殿だと言われていたぞ。大体、高等学院では第二夫人でもかまわぬと言い寄られ、かなりもてていたではないか」

「あれは冗談に決まっているだろう」

初恋のハンカチやら手紙やらをもらったこともあるが、それは目の前の友も同じである。

いや、普段、声をかけられるのはグラートの方がずっと多かった。

あと、その手の話になると、同年代の魔導具科の『銀狐《シルバーフォックス》』、今はゾーラ商会長であるオズヴァルドの名を思い出す。

初恋のハンカチを受け取ったら、すぐ贈り主の名を書いたカードをはさんでおかないとわからなくなる、そんな逸話まである男だった。

まあ、オズヴァルドは例外というか、論外で比較にならぬが。

「そういえば、ジルドがティル殿に決めた理由を聞いたことがなかったな……」

不思議そうに言うグラートに、軽く咳《せき》をする。

こういったことはわざわざ口にすることではないとは思うが、悪友には隠すことでもないので、取り繕わずに答える。

「自分が知る限りの女性で、今まで妻に迎えたいと思えたのがティルだけだ。それ以上もそれ以下もない」

言い切ると、グラートが赤い目を丸くした。

「ジルド、お前、それはティル殿にベタ惚《ぼ》れ——うおっ、コンロから煙が！」

「馬鹿者、焦げているではないか！　火を消せ、グラート！」

遠征用コンロの火を消し、窓をさらに大きく開けて煙を逃がす。

煙《けむ》い中、焦げたカマスにぎゃあぎゃあと騒ぎ合う姿は、部下にも子にも見せられぬ。

この年になって、我々は一体何をやっているのか。

それでも、長年話せずにいた悪友とは、こんなことまでもおかしくて——

ようやくに座り直し、焦げたカマスから、無事なところをフォークで剥《は》がし取り、酒の肴《さかな》にする。

悪くない味だった。

友人編

魔導具師と服飾師のティータイム

prologue

「お見合いと養子の手紙でテーブルに山ができたから、笑っちゃった」

ダリヤの住む緑の塔の居間、ダリヤは友人のルチアと向き合ってお茶を飲んでいた。

本日は王城へ行く際の、装い一式の相談である。服はすでに揃《そろ》えたが、髪型や靴、アクセサリー、その組み合わせにも迷う。

少しでも魔物討伐部隊の相談役にふさわしく見えるよう、服飾師のルチアに相談した。

お勧めの組み合わせをメモして一区切り、ルチアが持ってきたお茶を淹《い》れる。肌が美しくなるハーブティーだそうで、少し甘酸っぱい。ラズベリーらしい香りがした。

その香りが漂う中で出た話題が、お見合いと養子である。

「ルチアにはそんなにたくさん来てるのね」

「ダリヤもでしょ？」

「私は最初だけ。今はもうほとんどないわ。どちらかというと、商品を扱いたいとか、素材を買ってほしいっていう商談の方が多くなっていて。そちらはイヴァーノさんにお願いしているから」

ありがたいことに、ダリヤの貴族後見人は、ヴォルフの兄であるグイード、次期スカルファロット侯爵である。見合いと養子の話はそちらを通してもらうようになってから、ダリヤの元へは来ていない。

商談関係は基本、イヴァーノに任せている。必要に応じて報告を受ける形だ。

「あたしもフォルト様が壁になってくれるそうだから、もう少ししたら静かになると思うんだけど。あんまりうるさかったら、見合い避《よ》けに誰かと仮婚約するのも一つの方法だって、工房の仲間から聞いたわ」

「仮婚約？」

「貴族だと、内々で婚約期間を決めて、それが終わったら婚約を解消することがあるんですって。学業や仕事に打ち込みたい間の縁談避けの意味もあるらしいわ」

「初めて聞いたわ」

「例えば、高等学院を出て、王城の文官になりたい人がいても、格上の貴族から婚姻を申し込まれると断りづらいでしょ？　だから、婚約で就職までのつなぎにしたりするの。王城で仕事をしていると、婚姻を断りやすくなるんですって。まあ、それでも第二夫人とか第二夫とかを希望されることもあるから、完全じゃないみたいだけど」

「そうなのね……」

男爵になるのが決まっている自分より、ルチアの方が貴族関係に詳しい。服飾ギルドは貴族との取引も多いので、いろいろ学んでいるのだろう。

「望まない生き方は避けたいし、選択肢は多い方がいいわよね！」

とても明るく言う彼女に、ダリヤは深くうなずいた。

「このお茶、良い香りね」

「肌にもいいわよ。ニキビが減ったもの。あとは日焼けが早く薄くなるって、お店の人が。でも、今年の夏は去年ほど日焼けをしなさそうだから、わからないけど」

「ルチア、もしかして仕事が忙しすぎて、毎日夜まで残業とか？」

だとすれば、五本指靴下と乾燥中敷き、そして微風布《アウラテーロ》の制作を願った自分が原因で——そう思ったが、彼女は首を横に振る。

「違うわよ、ダリヤ。去年は洗濯屋さんのアイロンがけのバイトをしてて、作業台が大きい窓の前だったからとっても日焼けしたの」

ルチアは家の靴下や手袋を作る工房の他、いろいろなバイトもこなしていた。彼女の対人スキルの高さはそこで磨かれたものかもしれない。

「ああ、そういえば、前のアイロンは重くて大変だったけれど、今のアイロンって軽くて滑りがいいわよね。あれって何が変わったの？」

今世のアイロンは魔導具である。金属の箱の中に魔導回路を引き、火の魔石で動かすものだ。便利なことにコードレスで長時間使用可能である。

「筐体《きょうたい》の金属が薄く軽いものが多くなったの。それと、布に当たる表面に、巨大蟻《ジャイアントアンツ》の表皮の粉を付与することが増えたみたい」

「え、あの黒い面って、蟻《あり》なの？」

目を丸くされたが、黒であればおそらくそうだろう。

よく使う魔導具でも、なかなか材質までは知られることがないようだ。

「服飾魔導工房の新しいアイロンが一番すごいの！　霧吹きも熱飛ばしもあるから」

「最新型の『三種アイロン』ね」

最新型のアイロンは、火の魔石による熱プレス効果に加え、水の魔石による霧吹き機能、風の魔石による熱飛ばし機能が付けられたものだ。

ダリヤも少し前に魔導具店で見て、とても感心した。

今世、電気がなくても魔石がある。職人達が道具にいろいろな機能を付け加えていくのは、世界が違っても変わらない。

「最新型を見た工房の人が、『そのうち、人がいなくてもアイロンがけをしてくれる魔導具が出てくるんじゃないか』って言ってたわ」

「人がいなくてもアイロンがけ……同じ方向に進むだけのものなら、風の魔石でいけるかもしれないわ。でも、服のアイロンは細かく動かすのよね」

「ええ。同じ方向だけだと皺《しわ》をきれいに消すのは難しいかも。服のアイロンがけは部分ごとの力加減もあるし。シーツだったら使えるかもしれないけど……」

ルチアは顎《あご》に指を当て、少しだけ首を傾ける。

「でも、そうなるともうアイロンが魔物みたいよね。勝手に進んでいくって」

「……そうね」

ダリヤの頭の中を、前世のロボット掃除機がくるくる回る。あれを見たら、ルチアには『掃除機の魔物』と呼ばれそうだ。

それにしても、今世にも距離を測るセンサーが心から欲しい。あれがあれば動きのある魔導具がもっと作れそうなのだが、代用できる魔物素材はないものか——考え込んでいる自分に、友が言う。

「ダリヤ、魔導具はいいけど、怖い魔物は作らないでね」

「ルチア、魔物だなんて。怖いものは作らないから安心して」

魔物は魔導具の素材になるが、魔導具で魔物は作れない。ダリヤは笑顔で答えた。


魔導具『五本指靴下』と『乾燥中敷き』『微風布《アウラテーロ》』に続き、『温熱座卓』『温熱卓』が服飾ギルドに持ち込まれるのはしばらく先。その敷き布に掛け布にクッションと、服飾魔導工房どころか、服飾ギルド全体が大忙しになることとなる。

『ロセッティ商会と聞くだけで怖い！』——そう一部の服飾師が言いだすのは、この冬のことである。

美容師イルマの父と運送ギルドの運送人

「あの、父さんと母さんに、会ってもらいたい人がいるの……」

娘から、人生最大に聞きたくない言葉が聞こえた。

夕食が終わり、これから皆で片付けをというときに、イルマが真面目な表情《かお》を自分に向けた。

妻も知らなかったらしい。目を丸くしている。

「姉ちゃん、恋人を連れてくるの？」

「なになに、結婚の挨拶とか？」

息子達が片付けの皿を持ったまま、目を輝かせている。

待て、恋人ができたという前に、イルマには男友達もほぼいなかったはずだが、いつの間に――少しばかり目を細めて娘を見れば、両手を白くなるほど握りしめ、口を引き結んでいた。どうやら本気らしい。

「会ってもらいたい人とは？」

「ええと、男の人で、友達……」

恋人とは言いづらいのか、イルマが微妙な声音になる。

「姉ちゃん、家に連れてくるって、その男の人、友達じゃなくて恋人だろ？」

「違うわ。手をつないだこともないわよ」

弟の質問への答えに安心する。どうやら本当にまだ、お友達らしい。

「イルマ、男友達との付き合いまで気にしなくてもいいのよ。あなたももう大人なんだし、美容師の試験も受かったんだし。結婚を考えるような人ができたら連れてくればいいわ」

妻が安心を引き剥《は》がす。

確かにイルマはもう結婚のできる年齢だが、それとこれとは別である。

現在の王都では古い考えかもしれないが、できれば男友達とて、しっかりした安心できる者にしてもらいたい。もちろん、結婚相手はさらに、さらにである。

「じゃあ、結局、姉ちゃんの男友達が遊びに来るだけ？」

「その、あたしが、ちゃんとお付き合いしたいの。その人と」

「別にそれならそれで、一度付き合ってみたら？　他の人と一緒に会う形で」

「それでも、ご家族に交際の許可をもらわないと付き合えないって。だから、会ってほしいの」

「どんな方だ？　もしかして、貴族に籍を置く方か？」

家族に交際の許可をもらってからといえば、結婚前提の交際――庶民というより貴族に多い話である。思わず心配になってイルマに尋ねた。

「貴族じゃないの。マルチェラ・ヌヴォラーリさんていって、運送ギルドで運送人をやっている人で、背が高くて、考え方がしっかりしてて……」

たどたどしくも、長々とその男性を褒める娘に悟った。

相手に惚《ほ》れ込んで、完全に周りが見えなくなっている。危険な状態である。

にっこりと笑む妻と、姉へとても不思議なものを見る目を向けている息子達。どちらもイルマの話を止めることはない。

〝恋には落ちるもの　手綱のない八本脚馬《スレイプニル》　舵のない船〟。これに関しては自分もよく知っているので、わからなくもない。

幼馴染《おさなな》み《じ》のカルロとも話したことがあるが、ここで娘を厳しく注意したり、頭ごなしに反対したりしたら、父親として嫌われるだろう。

最悪、『父さんのわからずや！』とか『二人で住む！』とか言いだし、家を出ていかれる可能性さえある。それだけは絶対に避けたい。

まずはよく話を聞き、身元を確認、そして本人に会って判断するべきだろう。

あまりな男であれば、表立って反対せずにとことん調べ上げて問題点を指摘するか、それを理由になんとか引いてもらう方法を考えるのもありだ。

自分とて、長年、各種小売店やら職人の経理人をやってはいない。多少は顔が利くのだ。

まずは、マルチェラ・ヌヴォラーリという男の身元を確かめようではないか。

「わかった、イルマ。その方の仕事の都合もあるだろうから、二週間以上先で、都合のいい日を伺ってきなさい」

「ありがとう、お父さん！」

イルマは花が咲くように笑う。その笑顔は、ちくりと胸に痛かった。


「――ヌヴォラーリさんについてはこんなところですね。いい青年だと思いますよ」

とある食堂の二階、区切られたスペースで話を聞いた。

教えてくれたのは仕事で取引の多いドミニク・ケンプフェルだ。

年上ではあるが、長い付き合いで、時折昼食を共にする仲である。

商業ギルドの公証人である彼は、運送ギルドが関わる仕事も受け持っている。あちらのギルドに親しい友もいるとのことで、勤めている『マルチェラ・ヌヴォラーリ』について、人となりを聞いてもらったのだ。

結果、イルマより少し年上、仕事をまず休まぬ健康体。運送ギルドの運送人では中堅、堅実な仕事ぶりで信頼されている。学歴は初等学院までだが、いずれ役持ちになるのではないかということだった。

家は父母、弟達との暮らし。ご近所からの評判もよかった。

犯罪歴もなし。一度、喧嘩《けんか》扱いで衛兵所へ連れていかれたことはあるが、これは子供を連れ去りから守り、犯人達を殴り倒したためだ。

このとき、逆に犯人にされかかり、子供は大泣きで判断できず――全員が衛兵所へ連れていかれ、事実関係確認後に解放されたそうだ。ちょっと同情した。

「伺うかぎり、とても良い方のようですが、なぜ今まで独り身なのでしょうか？」

「まあ、普通は『良物件は売り切れ多し』と考えますよね」

ドミニクが白い髭《ひげ》を撫《な》でつつ、少し困ったように笑う。

『良物件は売り切れ多し』――オルディネ王国の諺《ことわざ》だ。

良い条件の独身は早く結婚しやすい、残っている場合は何らかの問題があるかもしれないから、よく考えろという意味である。

それに、この国では、独身主義や、特定多数と付き合う自由恋愛などで、結婚を選ばぬ者も多い。

もしそうだった場合、娘がどうするのかが気がかりである。

「失礼ではありますが、おそらく見た目ではないかと。身体が大きく、少々怖いというか、いかつい感じもある方ですので。でも、少し前に髪型を短く変えてから、かっこよくなったと評判がいいですよ」

「髪型を変えた……なるほど」

娘との接点がわかった気がする。

美容室の客か、練習用のカットモデルか、その髪を切ったのがイルマかもしれない。

このあたりはイルマが話してくれるまで――できるだけ待つことにしよう。

「他に気にかかることなどはなかったでしょうか？」

ドミニクに尋ねると、彼は顎《あご》を押さえて目を伏せる。

「そうですね……もしかすると、彼は自身の幸せに関して、『あきらめが早い』ところがあるかもしれません」

「それは、ダメではないですか？」

すぐに幸せをあきらめるような男と、娘を一緒にさせたくはない。そう思って聞き返してみたが、ドミニクは残りのコーヒーを飲み干していた。

「一度お会いになるのでしょう？　それで判断するのが一番ですよ」

どうやら、結局は自分の目に頼ることになるらしい。

ドミニクに丁寧に礼を述べ、店の支払い票を持って立ち上がった。


二週間と二日後。自分と妻、そしてイルマの待つ家へ、その男性がやってきた。

息子二人も会いたがっていたが、まずは大人だけの話ということで、それぞれ仕事へ行かせた。

「はじめまして、マルチェラ・ヌヴォラーリと申します」

玄関ドアがいつもより小さくなった気がする。

自分より一段高い背、肩幅は広く、その身体は鍛えていると一目でわかった。

確かに、少々いかつい顔立ちではある。おろしたてであろう糊《のり》の利いた白いシャツと茶のズボンが、気合いを告げていた。

一時《いっとき》、右手と右足を一緒に出して廊下を歩くあたり、自分と同じ程度には緊張しているようだ。

廊下の先、顔を出した灰に黒の虎模様の猫が、キシャーと高い声をあげる。

そして、逆毛を立てて彼を威嚇した。さすが、イルマが拾ってきた猫である。娘を守ろうとしているのだろう。

「マルチェラさん、ごめんなさい、うちの猫が！」

「いや、悪いのはこっちです。昨日も猫避《よ》けの薬草箱を運んでたので、匂いがついているのだと……よく洗ってきたつもりでしたが、すみません」

「もう、お前は今日はこっち！」

猫はイルマに捕まえられ、隣の台所に置いてこられた。ナアナアと、仲間外れを嫌う声がもの悲しい。

運送という仕事柄、いろいろな物を運ぶのはわかる。

しかし、我が家の猫に好かれない、減点一。

居間に入ると、ようやく四人でテーブルにつき、挨拶を交わした。

「ヌヴォラーリさんは、うちのイルマと、どちらでお知り合いに？」

「父さん、それはあたしが美容師の試験で、モデルさんの都合が悪くなって、ちょうど道を歩いていたマルチェラさんにお願いしたの！」

「……はい、そうです」

娘に説明させてそれから話す、減点二。

口が立つ方ではないらしい。あと、やはり髪を切ったことからの縁《えん》らしい。

むしろ、なぜそこで縁も一緒に切れなかったのか。

「イルマとの付き合いに許可をとのことでしたが、それは結婚を見据えてのことですか？」

「と、父さん、いきなり結婚の話なんて！」

イルマが声を上ずらせているが、家族に交際の許可を求めるというのは、その可能性があるということだ。先に確認しておきたかった。

「はい、そのつもりです」

即答した男は鳶色《とび》の目をまっすぐ自分達に向けてきた。

娘が真っ赤になっているが、辛《つら》いので視界から外しておく。

「イルマさんとの交際をお許しいただきたく参りましたが、その前に、私の事情についてお話ししなければいけないことがあります。イルマさんにはすでに話しておりますが、ご両親に反対されるのであれば、きっぱりあきらめます」

最初からあきらめることを前提にするような男を、娘の隣に置けるわけがないだろう。ちょっとばかりむっとした。

しかし、ドミニクからは聞けなかったが、もしや転職を考えている、他国で事業を始めたいなどの理由があるかもしれない、そう考えてうなずく。

「いいでしょう、伺いましょう」

「私の今の両親は、叔父と叔母です。生みの母は花街で働いていて、私を産んで亡くなりました。父は不明です」

重い話を始める、強い声。すぐ相づちを打つことができなかった。

だが、マルチェラは淡々と話し続けた。

今の両親に引き取られ、養子と知らずに育ったこと。

運送ギルドに勤め、馬車の事故で死にかけ、後発魔力で魔力上がりしたこと。

人に言わずにいる魔力数値は十四。魔力が二のイルマとの差は十二。結婚しても、おそらくは子供は望めぬこと。

この男は、恋人でもない女の両親に、何を馬鹿正直に話しているのだ？　周囲に知られてもいない、自分達にも黙っていればわからないことばかりではないか。

そもそも魔力十四といえば、最低でも伯爵家、または侯爵家子息だと言われてもおかしくない。自分達が貴族に密告でもすれば、その身は簡単に『飼われる』可能性がある。

いいや、そもそもその数値なら、貴族でも裕福な商人でも喜んで養子にし、妻でも愛人でもあてがってくれるだろう。

「それだけの魔力を持っていて、貴族に養子に入るか、仕えることは考えなかったのですか？」

「俺は、いえ、私は、庶民で運送ギルド員です。ずっとそうありたいと思います」

迷いない声に、さらに問いかける。

「ヌヴォラーリさんにとっては重い秘密でもあるそれを、なぜ私達に？」

同情を買いたいのか、それともここまで話したのだからという脅しか。自分の子供が絡むことなのだ、慎重にマルチェラという人を見極めておきたかった。

「イルマさんのご両親ですから。私は、イルマさんを幸せにしたいと思っています。ですから、家族に反対されながら、私と共に生きていくようなことをさせたくありません」

「あたしは反対されても……！」

「イルマさん、わかってほしい。ただ好きなだけじゃ一緒になっても幸せにはなれない、俺はそう思う」

ドミニクの言葉を、不意に思い返す。

『彼は自身の幸せに関して、「あきらめが早い」ところがあるかもしれません』、それに重なるように、マルチェラの声が響いた。

「イルマさんの隣にあって、ご家族にも友達にも認められて、応援されるような男でなきゃ――いや、それを言うと、俺は本当にはずれなんだが……」

まったく、本当にあきらめの早いことだ。

今のこの男に、かわいい娘と共に歩むことを許せるものか。

「それなら今のまま、友達でいい！　お茶をして話すだけで、結婚しなくても、恋人にならなくてもいいわ」

「イルマは結婚しなくても、子供がいなくても、ヌヴォラーリさんがいれば本当にいいの？　この先、ずっと後悔しないと言い切れる？」

「ええ！　彼と一緒にいる時間があれば、それでいいわ。あとは美容師の仕事をがんばって、店を開くから！」

妻が容赦ない問いを投げたのを、強い声で打ち返す。

その声は、先ほどのマルチェラと、どこか似ていた。

まったく、うちの娘はしっかり育ってくれたものである。もう、守るべき子供ではない。

「ヌヴォラーリさん、君は、イルマを幸せにしたいと思っていると言ったな？」

敬語を外して尋ねたが、彼は驚きもせずうなずいた。

「はい、そう思っています」

「そもそも、それが間違いだ」

「父さん！」

「うちのイルマは手に職もある、しっかりした大人だ。誰かに幸せにしてもらうような、か弱い娘ではない」

マルチェラが謝ろうとして口を開きかけたが、その先は言わせない。

「二人で幸せになりなさい。それが目指せるなら、結婚を前提とした交際を見守ろう」

「父さん、ありがとう！」

「ありがとうございます……！」

テーブルの向かい、二人が互いの手を取る。

ここで少しなら抱き合っても怒りはしないつもりだが、口にしない。

だが、ものの数秒ではっとして手を離し、そのまま距離をとって顔を赤くする二人を見ると――

こちらがこう、なんとも落ち着かない。

妻を見るとにこにこと笑っていたが、膝に置かれていた手がスカートをしっかりとつかんでいる。

その薄青の目は、ちょっとだけうるみ――互いにそっと笑んだ。

テーブルの向こう、椅子の上でそれぞれ固まる二人へ、コホンと咳《せき》を一つする。

「『マルチェラ君』と呼んでいいかな？　だいぶ緊張しただろう。もう楽に話してくれないか」

「はい、かまいません。緊張というか……その、こんないかつい顔の男が来たら、心配されて当然だと」

「マルチェラさんはいかつくないわ！　かっこいいだけよ！　うちの父さんだって気難しい顔って言われるけど、知的系なだけだし、本当に優しいもの！」

今、父は大変複雑である。どう口をはさんでいいかわからぬ。

妻はくすくすと笑い、やはり何も言わない。

自分の逃げ道は、自分で作るしかなさそうだ。

「マルチェラ君、せっかくだ、夕食を食べていくといい。腕を振るおう」

「え？　おじさんが料理を？」

「あ、教えてなかったわね。うちは父も母も料理をするの。母さんは煮物が特においしくて、父さんは炒め物が得意なのよ」

「そりゃすごい！　俺はいつも炒め物を焦がしてしまって――」

娘の父母自慢に、マルチェラが尊敬のまなざしを向けてきた。

「二人とも、ここでお茶でも飲んでいて。さてあなた、台所に行きましょうか」

妻が自分の肩を叩《たた》く。ちょっと痛かった。

「そうだな。ああ、少し追加で買い出しをしてこようか」

「そうね。あの子達も夕食には帰ってくるし、少し多めに作ってもいいわね」

若い二人に背を向け、夫婦で台所へ向かった。

そしてこの日、我が家で過去最高の皿数がテーブルを埋め尽くした。


「ただいま！」

夕暮れ、一番遅く帰ってきた弟は、サブテーブルと棚の上まで埋め尽くした大量の料理に目を丸くする。

そして、父の隣に座る鳶色の目の男に、少し驚きつつも挨拶をした。

ちょっと怖そうに見えたが、笑顔は優しい感じがする人だ。その隣、姉もいい笑顔だった。

二人の交際は、どうやらうまいこと認められたらしい。ほっとした。

しかし、部屋の隅、時折、その緑の目をテーブルに向ける猫は一体どうしたのか。

目の前には、好物の魚の切り身を蒸したものの皿があるのだが、あまり口をつけていない。

いつものように一番大好きな姉の足元にも行かず、かまってくれと甘えた声を出すこともない。

時折、マルチェラに視線を向けては、長く息を吐いている。

普段、来客にもそう警戒する猫ではないのだが——近寄って状態を確認し、あちこち撫でてみたが異常はなさそうだ。

だが、わからぬところに怪我《けが》をしていたり、病気ということも考えられる。

「お前、明日、獣医さんに診てもらうか？」

じろりと自分を見た猫は、ぺしりと尻尾で床を叩き、魚の蒸し物を食べはじめた。


このとき、緑の目をした猫は、大好きなイルマを初めて家に来た人間に取られたと思い、激しく落ち込んでいた。

しかし、次にやってきたマルチェラから、おいしい餌と丁寧な撫で回しを詫《わ》びとして受け取り、和解した。

おいしい餌をたくさんくれ、長く撫でてくれ、自分を叱《しか》らない。しかも、毎日家に戻るイルマに対し、こちらはたまにしか来ない。

猫がマルチェラにとてもなつき、その膝をずっと独占し、イルマはちょっとだけ複雑な想いを抱いたが――彼女しか知らぬ話である。

服飾師ルチアとオレンジマフィン

「ルチア、痩せて見える服を教えてほしいの……」

久しぶりに同じテーブルについた栗《くり》色の髪の友人が、小さな声で切り出した。

初等学院時代の友人である彼女とこうして会うのは、半年ぶりだ。

服飾ギルドの服飾魔導工房で働くルチアは、そこにお菓子を配達に来た彼女と偶然顔を合わせ、二日後の休みに食事をすることにしたのだ。

だが、王都中央区の喫茶店に来ても、彼女は好物のオムレツもマフィンも頼まず、野菜サラダだけ。甘党だったはずなのに、紅茶に砂糖も入れていなかった。

「痩せて見える服って、ロミーナは全然太ってないじゃない」

元々丸い輪郭の顔でソフトな印象のあるロミーナだが、太ってはいない。

本日は紺色のぴったりしたシャツに、しっかりした生地の黒いスカートと、どこか硬さを感じさせる装いだ。夏にしては少々暑そうでもある。

以前の彼女は薄い色でふわりと軽さを感じさせる服が多かったのだが、一体どうしたのか。

もしやと思い、ルチアは遠慮なく尋ねる。

「サイズが変わりかけで、服が着づらいとか？」

じつは今、自分がそれを危惧《きぐ》しているところだが——ロミーナは首を横に振った。

「そうじゃないんだけど、今より痩せて見えたいの……」

いつもハキハキと話していた彼女の歯切れが大変に悪い。

砂糖の入らぬ紅茶をおいしくなさそうに飲む彼女に、ルチアは察した。

「恋人が痩せたタイプが好みだと？」

げほり、彼女がむせる。どうやら正解だったらしい。

「恋人じゃないわよ！　店の先輩よ！」

どうにかそこまで言った彼女は、口を拭《ぬぐ》い、大きく息を吐いた。

彼女は菓子職人を目指し、初等学院卒業後から菓子店に勤めている。最近、自分の仕上げた飾りクッキーを店に出せるようになったと、二日前、服飾ギルドのロビーで会ったときに言っていた。

そこで久しぶりに一緒に出かけようと、今日待ち合わせたのだ。

「じゃあ、その店の先輩と、痩せて見える服の関係は？」

「昨日、先輩に声をかけられて、来週、勉強のために一緒に他店のお菓子を食べに行くことになったの。お店では調理用の服で体型がわからないけど、私服で太って見られたくないし、でも、この格好じゃなんか合わない気がするし……だからルチアに相談しようと思って……」

いつも明るく輝いていた赤茶の目が、迷いを込めて自分に向いた。

どう聞いても先輩への恋心があふれまくっている。

「相談してくれてありがとう。今より痩せて見えるだけなら簡単よ。黒か紺か濃茶で膝が隠れるストレートラインのワンピース、それに同色のハイヒール。あとは上着に白やアイボリーの明るい色を羽織って、前を開けたままにする。これなら縦に長く、すっきり見えるわよ」

「ありがとう、ルチア！　食べ終わったら買いに行きたいから、見立ててくれる？」

勢い込んで言うロミーナを、ルチアはじっと見やった。

「でも、それがロミーナらしくて素敵かどうかは、別の話よ」

「え？」

「仕事ならそういう服もありだし、イメージ違いで時々着るにはいいけど。ロミーナはそういった格好、本当に好き？　今の服もだけど」

「……大人だから、そろそろこういった服を着てもいいかもって思ってる……」

視線を外して答える彼女の前、ルチアは無言でオレンジマフィンを食べる。

やわらかな甘さと、オレンジピールの少しだけの苦さをゆっくり味わっていると、向かいのロミーナが再び口を開いた。

「この服、痩せて見えそうだと思って、姉から借りたんだけど、やっぱり似合ってないわよね……」

「髪をアップスタイルにして、お化粧をきっちりして、ペンと書類を持つと似合いそうよ」

「らしくないってはっきり言って。ホントは明るい色が好きだし、着やすい方がいいし、お腹いっぱい食べても笑える服がいいけど、それじゃ太って見えるんだもの……」

ロミーナが少しだけ口を尖《とが》らせる。

「その先輩は、痩せた子が好みだと？」

「いえ、直接聞いたことはないの。でも、菓子職人仲間で食事会があったとき、男の人のグループで『細身で、守ってあげたいような女性がいい』って話になってて……」

「ロミーナ、皆での恋話《こいばなし》と、聞いてもいない本人の好みは混ぜない方がいいわよ」

笑顔で聞いていても、その場で反論しないだけということも多いのだ。

仕事仲間の服飾師には、自分よりも背が高い女性が好みという者や、顔より筋肉に惹かれるという者、黒革の靴が素足に似合う人が好みという者――いろいろあるが、普段は口にしていない。

飲み会や個人的付き合いの途中でようやく知ったことである。

「相手が好きで、その好みに合わせたいっていうのはわかるの。あたしも好きな人がいたらきっとそうだと思うから。でも、そこで無理しても、何度も会えば体型はわかるし、『素』も出ちゃうし。何より、勘違いして好きになられる方が、後で辛《つら》くない？」

「あ……」

付き合いはじめてから、『こんな人だと思わなかった』、そう言われる方がダメージは大きいらしい。

もっとも、ルチアは言われたことがないので正確にはわからないが。

「よくわかったわ……そうよね、後で違ったって思われる方が嫌だものね……」

こくり、友が深くうなずいた。

「ありがとう、相談してよかったわ。やっぱり恋愛相談はルチアね」

学院時代から、なぜか友達の恋愛相談を多く聞いている。自分はどうやら話しやすいらしい。

友達の力になってあげられるならうれしいが、自分に恋人がいたことはない。

わずかな不条理を感じつつも、ルチアはロミーナに笑み返した。

「じゃ、しっかり食べてから、かわいいデート服を探しに行きましょ！」

「デ、デート……」

慌てる友の前、まだ手をつけていない二つ目のオレンジマフィンを置く。

ルチアとロミーナ、二人共の好物だ。

「……ええ、デートとは違うかもしれないけどがんばる！　お洋服の見立てはよろしくね！」

澄んだ赤茶の目に戻り、ロミーナが笑った。

追加の料理もしっかり頼んで食事を終えると、二人で服飾店を回った。

厳選に厳選を重ねた結果、薄いレモンイエロー色のふわりとしたセーターに、薄水色のフレアースカート。歩きやすそうなアイボリーの紐靴《ひもぐつ》となった。

お洒落《しゃれ》でかわいい、何より、ロミーナらしい装いである。

「これならウエストが目立たないし、しっかり食べられそう！」

甘物好きの菓子職人に戻った友に安堵《あんど》しつつ、ルチアはそっと恋の幸運を祈った。

秋のはじめ、できたてのオレンジマフィンが一ダース、ルチアの家に届けられた。

差出人はロミーナ。夏のデートは成功で、次の約束もしたと手紙をもらっていた。

だから恋愛成就のお礼だろうと笑顔になりつつ、マフィンの箱に添えられたメッセージカードを読む。

「『春になったら、結婚式の服の相談にのってください』……春が、早いわね……」

きれいなオレンジマフィンは、先輩ならぬ婚約者と二人で焼いてくれたそうだ。

こちらはちょっと違うものを妬《や》きたくなった。

しかし、ルチアは服飾師である。

菓子を焼く代わりに服を描こう。春までに、ロミーナに似合いのドレスやワンピース、家着をたくさん描くのだ。

こっそりと一枚、かわいい家着を作って贈るのもありかもしれない。

なお、自分の春がまったく見えない件については考えないことにする。

その日、家族で食べたオレンジマフィンは、とてもおいしかった。

服飾魔導工房長ルチアと昼食会

午前のお茶の時間、服飾ギルドのストック室前は陽光が淡く差していた。

廊下に立つ布管理担当の青年は、一度だけ大きく深呼吸する。

間もなく、この廊下を小柄な緑髪の女性が早足で歩いてくるはずだ。布の色見本を握りしめつつ、なんとも落ち着かない気持ちになった。

ルチア・ファーノ――艶《つや》やかな緑の髪に深い青の目。小柄ではあるが、か弱い感じはない。

最初に見た印象は、ちょっとかわいい女の子、ぐらいだった。

だが、布の相談を受け、共に仕事をし、周囲とのやりとりを聞いて理解した。

見た目のリスを思わせるようなかわいらしさに対し、服について語る真剣さ、仕事を手早くこなすかっこよさ、己への悪口にも一切ぶれない強さ――しっかりした大人の淑女だった。

なお、自分より一つ年上と聞いて大変驚いた。

もう少し話をしてみたいとは思うものの、その一歩が踏み出せない。

ルチアの横にいることが多いのは二人。

服飾ギルド長のフォルトゥナート。この服飾ギルドのトップであり、ルイーニ子爵家当主である。

そして、服飾魔導工房の副工房長ダンテ。元魔物素材の担当で、本人も切れ者と評判の服飾師であり、カッシーニ子爵家の次男だ。

父が男爵の自分の目から見れば、二人ともまぶしい存在だ。

今日は服飾ギルド長が朝一番から王城へ、共にいることの多い副工房長ダンテもそちらに同行したという。

よって、この二人は近くにおらず、ルチアに声をかけること自体を止められることはない。

この機会を逃せば、話をすることすらできないかもしれない――その焦りが自分の背中を押した。

結果、自分から布見本を受け取り、ストック室でボタンを探すというルチアを、追いかける形でここにいる。

「白蝶貝《しろちょうがい》のボタン、きれいなのがあってよかったわ！」

「ええ、チーフ。ちょうどいい大きさね」

ドアが開き、ルチアが白い小さな紙ケースを持って出てきた。おそらく探していたボタンが入っているのだろう。

一緒に出てきたのは金髪の美女、こちらも服飾魔導工房の者だ。ルチアの補佐をしていると聞いている。

「あ、ライネッケ様！　布の方で何かありましたか？　在庫が足りないとか――」

「いいえ、そちらは大丈夫です。その、ファーノ工房長、よろしければランチを、ご一緒しませんか？　その、お話をしたく――」

過去、女性にこういった誘いをかけたことはない。見事に声が上ずった。

勇気を出して全力でがんばってみたが、やはり自分には向いていないのかもしれない。

案の定、ルチアの青い目はとても丸くなる。横にいる女性のブルーラベンダーの目は、逆にすうと細くなった。

「ありがとうございます。ええと……」

彼女が一応の礼を返してくれた。だが、おそらくは断りの言葉を探しているのだろう。その視線が、自分の持っている布見本に止まる。

「今日のお昼、服飾魔導工房の皆で屋台のクレスペッレを食べるんですが、ご一緒しませんか？」

「ありがとうございます。ぜひ」

屋台の食事というのには驚いたが、わずかな機会も逃したくはない。

昼の時間、服飾魔導工房へ伺うことにした。

「お待ちしておりました」

昼前に服飾魔導工房へ行くと、自分のことなど絶対待っていないだろうと思われる金髪の女性が迎えに出てくれた。定型の挨拶を交わし、案内に従って奥へ進む。

通された部屋では、丸テーブルの皿の上、いろいろな種類のクレスペッレが並べられていた。

中身は肉に魚介、チーズに果物の砂糖煮――うまそうな匂いに腹が鳴りそうだ。

なお、代金の支払いは金髪の女性の方にぴしゃりと断られた。

「ライネッケ様は、紅茶とコーヒー、どちらがいいですか？」

「コーヒーでお願いします」

工房員らしい者に勧められ、ありがたく受けた。

「では、皆で食べましょう！」

「どれからいくか迷うわ……」

「全種制覇を目指すか！」

和気あいあいとしたこの中に交ぜてもらうのは、部外者の自分としてはちょっと申し訳ない。

だが、取り皿にそれぞれが好みのクレスペッレを取って食べはじめると、周囲はすぐ明るい話し声に満ちた。

自分の斜め向かいに座ったルチアには、布のことをひたすらに聞かれたので、すべて答えていく。

「ライネッケ様、魔糸の布の染料には、魔物系がありますよね？　あの染料って、時間が経《た》っても変質はしないんですか？」

「物によっては変質します。光と温度も関係しますから、管理にかなり気を使うそうです。あとは退色をさせないために、使う前ぎりぎりに調合することが多いですね。魔法を付与する場合は特にそうです」

「なるほど！　魔物系の染料で染めた布は丈夫になることが多いって聞いたのですが、裁断は、やはりミスリルのハサミですか？」

「はい。全部ミスリルのものは高いので、刃部分だけに張ったものが多いですが。布によっては魔封銀を塗ったハサミになりますね」

そう答えると、ルチアは即座にメモを取りはじめる。

「ライネッケ様も、そういったハサミで裁断なさることが？」

「はい、主に効果を試すときか、人手が足りないときに手伝うくらいですが。付与のある布は、それぞれ裁断の仕方も感覚も大きく違うので、難しいですね」

「本当にそうです！　見た目とまるで一致しないですし、手触りでも判断できないことがありますから……」

先ほどまではちょっと冷たい感じがした金髪の女性が、裁断について強く共感してくれた。

「あの、ライネッケ様、自分も魔物の布加工で伺いたいことがありまして――」

「どのようなことでしょう？」

気がつけば、ルチアだけではなく周囲の者とも自然に話していた。

服飾魔導工房では、服飾ギルドと違い、家の爵位や職務での上下関係がまるで感じられない。服や布について遠慮のない会話を交わすのは、思わぬほど楽しかった。

おかげで、昼の時間が終わるのはあっという間だった。

「本日は急に申し上げたのに、ありがとうございました」

昼食の招きに礼を述べ、なんとか次の約束を――そう思いつつ、見送りに出てくれたルチアに声をかける。もちろん、隣にはあの金髪の女性付きだ。

「ファーノ工房長、よろしければ、もう一度お話しする機会を頂けませんか？」

「かまいませんが、できれば早い方が――ここで伺ってもよろしいでしょうか？」

ルチアに、とてもにこやかな笑顔を向けられた。

これは『一度だけ食事に付き合ってやったから、仕事に差し支えぬよう、さっさと淡い想いを吐いて忘れなさい』ということか。

見た目はとても若く、いや、幼くも見えるのだが、やはり年上。しかも彼女は服飾魔導工房長をするほどなのだ。しっかりしていて当然だろう。

自分はルチアより一つ下。結果がわかっていても割り切れず、あがくような一言が口をついた。

「わかりました。では失礼して――私は、ファーノ工房長のそばにありたいと思いました」

好きというほど知ってはいない。憧れというほど遠くはない。

ただその近くでずっと話せたら――ここまでの楽しさに、そう思ってしまった。

過去形で言ったのは、あがいても、あなたに未練がましくまとわりついたりはしないという、ぎりぎりの己の矜持《きょうじ》だ。

「ありがとうございます、ライネッケ様！　では、私の方で、服飾魔導工房への異動をフォルト様にお願いしてみます！」

「はい……？」

すばらしくいい笑顔のルチアに、思考が停止する。

「本当に早くおっしゃっていただけてよかったです！　微風布《アウラテーロ》を扱いはじめてから、布に詳しい方を探していて、フォルト様から、服飾ギルドで良い方がいれば声をかけてもいいと言われていたんです。でも、皆さん今の仕事がありますから、服飾魔導工房に異動をお願いするのは申し訳なくて……」

「え、ええ……」

違う、そうじゃない。

いや、待て、一応、『良い方』と言ってもらえるならば、可能性はゼロではないのか。髪の毛一本、いや、二本くらいの可能性はあってほしいのだが――ぐるぐる回る思考は、彼女の言葉ですっぱりと切られる。

「お給料は今より少しだけ上げられます。ただ、服飾魔導工房《うち》はさっきみたいな感じで、皆で遠慮なく意見を言い合って仕事をしているので、貴族の方には失礼に聞こえることがあるかもしれません。そこはご理解いただきたいです」

思い返してもまったく気にならなかった。むしろ服飾関係の話をざっくばらんにするのはとても楽しく、服飾ギルドより気負いなくいられた。

それに、自分は微風布《アウラテーロ》に関しては大変に興味があり、詳細を尋ねたこともある。

これはルチアのことを抜きにしても、いい機会かもしれない。

「布にとても詳しいライネッケ様と一緒にお仕事ができたら、服飾魔導工房はもっと楽しくなりそうです！」

まっすぐな声と共に、澄んだ目が自分を見る。まるで青空花《ネモフィラ》のような、その青。

今まで周囲を漂うだけだった小さな花弁が、胸に刺さった気がした。

どうやら、ここからが本当の始まりらしい。

「服飾魔導工房員として、全力を尽くさせてください。よろしくお願いします、ファーノ工房長」

ルチアが服飾ギルド長であるフォルトへ、『ライネッケ様をください！』と願うのはこの日の夕方。

青年が笑顔の少し怖いギルド長から異動を打診されるのは、その翌日のことである。

服飾師ルチアとアーモンドクッキー

「今日、微風布《アウラテーロ》の第二弾分を魔物討伐部隊に大量納品したの！」

「ルチア、ごめんなさい、急ぎばかりで迷惑を――」

「謝らないでよ、ダリヤ。仕事は楽しいし、とっても儲《もう》かってるんだから」

友が言いかけた謝罪を笑顔で止め、ルチアは袋入りのアーモンドクッキーを手渡す。服飾魔導工房の近くにある菓子店のものである。

本日は仕事帰りの馬車に頼み、友人であるダリヤの住む緑の塔へやってきた。

彼女が魔物討伐部隊分の急ぎの納期を心配していたので、その報告と差し入れだ。

とはいえ、お互い予定が詰まっているので、本日はクッキーを塔の前で渡し、立ち話だけである。

「人も増えたの！　服飾ギルドの方から、布に詳しい人が異動してきてくれて、微風布《アウラテーロ》の制作工程の見直しとか、保管方法の改善の意見をくれて――やっぱり専門分野に詳しい人ってすごいわ」

「よかったわね、ルチア」

ライネッケという青年が服飾魔導工房に来てくれたおかげで、微風布《アウラテーロ》の製造と管理は一段、いや二段は安定した。

魔物の染料に関しても詳しいので、ダリヤにもいずれ紹介したいところだ。

そして本日、ダリヤに報告したい個人的なことがあった。

「聞いて、工房設立分の貯金、目標の五分の一ぐらい貯《た》まったの！」

「そんなに！　すごくがんばってるのね、ルチア」

ここ数ヶ月で一気に貯金が増えた。この調子でいけば、数年で目標額に届きそうだ。

自分の服飾工房と店を持つ――夢物語だと言われ続けたそれが、現実味を帯びてきた。

けれど、それは自分一人の力ではなく、目の前のダリヤや仕事仲間、そして洋服を作らせてくれた顧客達のおかげである。

「ダリヤと皆のおかげね。それに、ダリヤはもっとがんばってるじゃない。そのうち、ロセッティ商会の大きな建物が立ちそう」

「大きな建物があっても使いきれないわ。商会員は四人だけだもの」

めざましい発展を遂げているロセッティ商会、商会長はやり手で新進気鋭の魔導具師――そんな噂《うわさ》が流れているが、目の前の友はいたって真面目で堅実だ。

今も仕事中だったのだろう。ワンサイズ大きいシャツは、おそらく彼女の父のもの。似合わないとは言わないが、最近は塔に来る固定の客——黒髪金目の魔物討伐部隊員もいるのだ。

もっとかわいい部屋着があってもいいのではないだろうか？　いや、ここはいっそ作って贈る方がいいかもしれない。そんなことを考えつつも、ダリヤの欲しがっていたものを思い出した。

「ねえ、ダリヤ。せっかくだもの、がんばった自分へのご褒美にいつか欲しいって言っていた素材をまとめて買ったら？　ほら、風龍《ウィンドドラゴン》とか、世界樹の葉だか枝が憧れだって言ってたじゃない」

「風龍《ウィンドドラゴン》で風魔法の付与……世界樹で強化……そうね、考えてみるわ……」

ダリヤの目が遠くなり、きらきらと輝きだした。やはり欲しかったらしい。

そのうち、緑の塔に新しい魔物素材が増えるかもしれない。

仕事の幅が広がるのはいいことである。やる気が出るのもいいことである。

ただし、ここ緑の塔に、スライムや多足虫系魔物素材が干された場合、ダリヤとは外で会うことにしたいと思う。

ヒヒン、と、背後で馬のいななきが響いた。

道に馬車を停めているのだ。長く待たせておくわけにはいかない。

ルチアは「また今度！」、とダリヤと笑顔を交わし、馬車に戻った。


馬車の中で待っていたのは、フォルトの従者で護衛のロッタだ。ルチアが帰宅する際の護衛にと、フォルトの命令でついてくれている。

彼は馬車の扉を閉めると、向かいの座席に音もなく座った。

いつものように無表情だが、その濃灰の目が自分を見たので、ふと思ったことを尋ねてみる。

「ロッタは今、欲しいものってありますか？」

「……欲しいもの、ですか……？」

尋ねたのに疑問形で返した彼は、真剣な表情《かお》で考えはじめた。すぐには思い浮かばぬらしい。

そのとき、くうと小さく自分のお腹が鳴いた。

ルチアは顔を赤くしつつ、家用に買っておいたアーモンドクッキーの紙袋を、音を立てて開ける。

「もう夕食の時間ですから、お腹もすきますよね！　ロッタもどうぞ！」

袋を差し出すと、彼はちょっとだけ迷ってから、クッキーを一枚取った。

「ありがとうございます」

その後、ルチアに合わせるようにクッキーを口にするが、動きがどこかぎこちない。

「ロッタは、アーモンドクッキーが苦手、いえ、もしかして、あまり食べたことがありませんか？」

先日、服飾魔導工房での食事会をしたとき、ロッタがこれまで食事にあまり興味を持てずにいたことを知った。もしかしたら、アーモンドクッキーも食べ慣れていないのかもしれない。

「――昔は少し食べました。でも、菓子は虫歯になると」

「歯磨きをちゃんとすれば大丈夫ですよ。それにもし虫歯になったら歯医者さんへ早めに行けばいいです。今は効きのいい痛み止めの薬湯もありますから」

「歯医者は……二角獣《バイコーン》の魔付きは、痛み止めの薬湯が効きづらいのです」

ロッタが二角獣《バイコーン》の魔付きであることは、少し前に聞いている。しかし、痛み止めの薬湯が効きづらいとは初めて知った。

「え？　それだと、どうやって治療を？」

「フォルト様と騎士様二人で押さえていただきました……」

ロッタの瞳孔が、一瞬横になりかけた。それと、彼がここまで悲痛な表情《かお》をするのを初めて見た。

歯の治療の痛みに対し、押さえつけられて耐えるだけというのは、非情に辛《つら》そうだ。

「た、大変でしたね……」

「あれから菓子はなるべく食べないようにしています」

「お菓子だけが虫歯の原因というわけではないので、食後に歯磨きをしっかりすれば大丈夫だと思うんですが……あ、歯ブラシと歯磨き剤も新しいものが出ていますよ。今は柔らかめの馬毛が人気だそうです。ロッタは何を使ってますか？」

「歯ブラシは二角獣《バイコーン》の毛を使用したもの、歯磨き剤は部屋に備えられているものを使っております」

その歯ブラシは超高級品だと思うが、二角獣《バイコーン》の魔付きであるロッタが使うのはどうなのか。いや、逆に相性としてはいいのか、そう迷っていると、彼は軽く握った手を顎《あご》に添えた。

「ルチア工房長、欲しいものがありました――辛くない歯磨き剤です」

この日より、ルチアは周囲によい歯磨き剤を聞いて回り、最終的に真珠の粉とミントの入った味よし、香りよし、効果ありの一品を見つけた。

護衛のお礼として渡すと、ロッタは両手でうやうやしくそれを受け取ってくれた。

「どうでした、ロッタ？」

翌日、ルチアに会った彼は、その白い歯が見えるほどの大きな笑みを見せる。

正しく意味を理解し、ルチアも思いきり笑い返した。

普段ほとんど表情《かお》を変えぬ護衛のロッタが、服飾魔導工房長に向かって思いきり笑みかける姿は、とても人目を引いた。ルチアが楽しげに笑い返したのも目撃された。

その笑みにあらぬ誤解をする者が複数出たが——二人とも知らぬ話である。

スカルファロット家編

スカルファロット家主従の恋文話

prologue

「妻が新しいハンカチに刺繍《ししゅう》をしてくれたんだが、お返しはどうしようかと思ってね」

スカルファロット家の執務室、主《あるじ》であるグイードが真面目な表情《かお》で言った。

その手には白地に青の薔薇《ばら》、そして妻の名前が刺繍されたハンカチがある。

「花と共に、少し変わった菓子などはいかがでしょうか？」

「少し変わった菓子、か。ああ、ちょうどよかった。次の打ち合わせのときに、イヴァーノに聞いてみよう。また、下町の流行《はや》りの菓子を教えてくれるかもしれない」

最近、出番の多くなった名前に、ヨナスは少しだけ肩に力が入る。

ロセッティ商会の副会長、イヴァーノ・メルカダンテ。

庶民でありながら、このスカルファロット伯爵家の他、同派閥上位のディールス侯爵家へも出入りをし、当主をジルドと名で呼ぶことまでも許されている。服飾ギルド長であるフォルトゥナート・ルイーニ子爵にいたっては、イヴァーノを友人だと公言しているほどに親しい。

ロセッティ商会の利権が絡んでいるとは理解しているが、グイードに近づく者として、護衛騎士としてそれなりに警戒をしている。

ただし、その上役――ダリヤ・ロセッティ会長に関しては、警戒心より困惑と心配が先に立つ。

ヨナスが男爵に上がる理由付けをくれた恩があり、何かしら返したいと願っているが、浮かばぬ上に進まない。

本人は何一つ望まない。むしろ返される方が困ると思っているのがありありとわかる。

借金の踏み倒しというのは聞いたことがあるが、恩の貸し倒しというのは聞いたことがない。

しかし、それをやる気満々なことだけは理解できる、理解できない女性である。

そんな彼女を想い、守ろうとするヴォルフは、自分の護衛騎士の生徒でもあるのだが――恋路に関して教えられることは、ヨナスにはない。

「この前、イヴァーノから聞いたんだが、最近は庶民も直《じか》の告白ではなく、恋文が流行っているそうだ。恋文の方が、思い出として手元に残るからだろうね」

「うまくいけばの話ですが。受け取る前に断られることもあるでしょうし」

グイードに視線を返すと、青の目がずらされた。

「私の場合は仕方ないだろう。恋をしている暇はなかったし、父が決めると思っていたからね」

学生時代、グイードは恋文やハンカチをほとんど受け取らなかった。

従者の自分は、『まだ若輩故、お気持ちにお応えはできません』、そう答えて視線を下げる、そんな彼の姿を何度も後ろで見ることになった。

それでも受け取ってほしいと乞われたとき、グイードはその顔に優しげな、それでいて嘘《うそ》くさい笑みを浮かべていた。

「――『受け取っては未練になるやもしれません。ただ、今日という日を覚えておきます』、毎回それで逃げ切っておられましたね」

「貴族言葉だよ、失礼ではないだろう？　大体、名前と送り先を確認して、花を返すのも手間じゃないか」

執務室に二人しかいないせいか、身も蓋《ふた》もない本音がこぼされた。

ヨナスは浅くため息をつく。緊張して恋文を持ってきた少女達に、ちょっと同情したくなった。

「大体、お前は誰に渡されそうになったかなど覚えていないだろう？　結構な数があったからな」

「――若い頃の記憶というものは、思い出に昇華されるものだよ」

きれいな台詞《せりふ》でうまく誤魔化《ごまか》したつもりだろうが、まったく覚えていないのは目でわかる。

「晩餐《ばんさん》会でご婦人方に思い出話をされたとかで、必要になったら言え。俺の日記に書いてある」

「日記……？」

「業務日報のようなものだな」

今まで一度も言ったことはなかったが、ヨナスは日記をつけている。

いつ何があったかの備忘録のようなもので、自分の心を吐き出す場ではないが。

「一つ聞きたいのだが、それはいつからだね？　私が妻と最初に歌劇に行ったのはいつか、何を贈ったなども書いてあるのかな？」

一つと言いながら質問が三つになっている。冷静そうだが、慌てているときのグイードの癖である。

「十四、五あたりから書いている。俺が護衛に付いた日の記録は大抵ある」

「それを貸してくれ、ヨナス。妻との記念となる日をすべて知りたい」

真顔で言う内容が内容である。氷の次期侯爵と謳《うた》われながら、妻にはどこまでも甘い。

「個人的な記録もあるので貸さん。記念日は拾い上げて一覧にするから、数日待て」

「わかった」

こくりと素直にうなずいたグイードに、ヴォルフとの共通点を見た気がする。

楽しみに待機されるのも避けたいので、早めに拾い上げて渡す方がいいだろう。

本日、自室での残業が確定した。

書き写すのは面倒だが仕方がない。日記には魔付きになってからの状態記録もある。

熱が出た、血を吐いた、腕の痛みに夜通しのたうち回った、ウロコの根元がかゆい、脱皮した――グイードに読ませたくないこともあるのだ。

「ところで……ヨナスも学生の頃は、私に合わせて初恋のハンカチを受け取らなかっただろう？　巻き込む形になって悪かったと思っているんだ。受け取っていれば、つながった縁《えん》もあったかもしれないのに」

申し訳なさげに言う友に、ヨナスはわざと苦笑する。

「グイード、そう思っているところを悪いが、俺は受け取ったことがあるぞ」

「それは初めて聞いたよ。いつだい？」

「十六の少し前だな」

「そうか。赤い薔薇は返していなさそうだが、色を取り混ぜた花束ぐらいはお返ししたかい？」

初恋のハンカチのお返しに赤い薔薇であれば、自分も想いを寄せているという返事。想いは返せなくても、色を取り混ぜた花束を純粋なお礼として贈ることは多い。

「いいや、何も――」

思い出して言葉につまる。自分は何一つ返さなかった。

それ以前に、路地裏でたまたま会った緑髪の幼女に、青い刺繍入りのハンカチをもらった――そんな説明をしたところで、はたして信じてもらえるのか。

白昼夢でなかったことは、いまだクローゼットの奥にそのハンカチがあるので証明できるのだが。

「それはちょっと失礼じゃないかな。どこの家のお嬢さんだったんだい？」

「いや、家名も名前も聞かなかった」

「ヨナス、受け取っておいて、それはひどくないかな？」

確かに、せめて名前ぐらい聞いておけばよかったかと思ったことはある。

だが、今となってはどうにもならないことだ。

「互いに名乗る時間がなかったんだ」

「ヨナス……」

どんな想像をしているのかわからないが、その悲しげな目をやめてもらいたい。

面倒な会話を打ち切ろうと書類に手を伸ばすと、グイードに名を呼ばれた。

「ヨナス、もしまた会えたなら、きちんと名乗りなさい」

「わかりました」

じつはすでに、仕事上の名乗りはしている相手なのだが――友にも言いたくないことというのはあるものだ。要らぬ気を回させたくもない。

ヨナスは、表情を整えきって返した。

「もし機会に恵まれれば、あのときのお礼を申し上げたいと思います」

スカルファロット家の騎士と報告書

「十五ぐらい、いや、十二、三歳ぐらいかも……」

「いや、今どき初等学院生ですら、デートで手をつなぎますよね？」

「俺に振るな、報告書の文字が歪《ゆが》む」

いろいろと堪《こら》えつつ付けペンを動かせば、近くで騎士仲間が身につけていた暗器を外しはじめる。

長剣を持たぬ代わり、腕に二本の短剣、腹回りに隠し盾と投げナイフ四本、長靴に二本。自分も先ほどまで似たような本数をつけていた。

スカルファロット家の護衛騎士である自分、その本日の任務は、四男ヴォルフレード様の護衛。

万が一、外出中にトラブルに遭ったときのための対応だった。

「しかし、ヴォルフレード様に気づかれるとは思わなかった……グイード様からのお叱《しか》りが怖いな」

港近くの通りを二人組んで尾行していたところ、足をよろめかせた酔っ払いがぶつかってきた。強く当たらぬようには避《よ》けたものの、隠し盾の位置が少しずれた。おかげで投げナイフが当たってしまい、わずかに音を響かせた。

今日に限って——いや、今日は大事な『連れ』がいたから気づかれたのだろうが。

角を曲がった瞬間、ヴォルフレードは赤髪の女性を腕に抱き、夜空へ飛んだ。

羽があるかと思えるほどの跳躍にまったくついていけず、見事に見失った。

その後は、緑の塔と兵舎近くで先回りして張り込み、ヴォルフレードとダリヤ嬢がそれぞれ無事に戻ったところを確認し、ようやくスカルファロット邸に戻ってきた。

正直、胆《きも》が冷えた。

「大丈夫だろう。一応、お二人の発展につながる可能性を……つながってくれ、俺達の首と共に！」

不穏なことを言う仲間に苦笑しつつも、紙の上、丁寧に文字を綴《つづ》る。

報告書というものは私情をはさまない。誰とどこへ行った、こういった行動をした、その箇条書きだけ。

ただ、この報告書は、主《あるじ》であるグイード様が喜ばれるだろう――それだけはわかる。

ヴォルフレード・スカルファロットと、赤髪の魔導具師の、デートと呼びたいが微妙なお出かけ。

あえて家から離れるように、魔物討伐部隊の赤鎧《スカーレットアーマー》という危険な職務に就いていた彼を、久しぶりに長い時間見続けた。

王都の南区、緑の目の女性と歩く姿に、幼い頃の彼が重なった。


自分が初めてヴォルフレードと会ったのは、まだ、その母ヴァネッサ様が存命だった頃だ。

自分はスカルファロット家で働くようになって二年目の新人騎士で、庭に立つ警護役となった。

ヴァネッサは、その庭で、子供につけるとは思えぬほどに厳しい稽古をヴォルフレードに課していた。目の前で行われていたため、地べたに転がる彼に駆け寄りたくなることも多くあった。

だが、彼は泣くことも動きを止めることもなく、泥だらけになって母と向き合っていた。

騎士を目指させるにしても、伯爵家の子息に、ましてや、まだ幼い我が子にあれほど厳しい稽古をつける必要があるのか——どうにも気になり、先輩騎士に警護報告に混ぜて話すと、声をひそめて教えられた。

「ヴォルフレード様は、身体強化だけで外部魔法がない。あの鍛錬は、己の身を守るのに必要なのだ」

彼の三人の兄達は、皆、魔法が使える。

特に、長兄であるグイードはすでに氷魔法の使い手として有名なほど、何かあれば魔法で身を守ることも可能だ。だが、ヴォルフレードにはそれができない。

稽古が終わった後、毎回ヴォルフレードをぎゅうぎゅうに抱きしめていたヴァネッサの思いを、ようやく理解した。

それでも、自分は新人で、庭で立つだけの警護役だ。何も言えることはなく、ヴァネッサともヴォルフレードとも、挨拶をする以上の関わりはほとんどなかった。

だが一度だけ、庭での鍛錬の後、彼が自分に話しかけてくれたことがあった。

「明日は領地に行って、グイード兄様と、母上と、馬に乗るのです！」

金の目を輝かせ、天使のように笑う少年に、自分も思わず笑み返した。

「ヴォルフレード様、皆様にとって、楽しい時間となりますようお祈り申し上げます」

「ありがとうございます！」

そうして、彼は母と手をつなぎ、屋敷へと戻っていった。

それが、二人を揃《そろ》って見た最後だった。

翌日、領地へ向かう途中に襲撃を受け、ヴァネッサは野盗と戦って亡くなったと聞いた。

続いて次男であるファビオが遠乗りに出て亡くなり、護衛騎士がそれを追って命を断ち、母である第二夫人は、弔いのために屋敷を出た。

その後に神殿から戻ってきたヴォルフレードは、同じ顔の別人だった。

あの無邪気さと快活さは片鱗《へんりん》もなく、その金の目は誰も映さず、見るほどにさみしかった。

彼はすぐ別邸へと移り、滅多に見かけることもなくなった。

護衛騎士達と共に、スカルファロット家に入ったばかりの新人騎士達も多く亡くなった。

それだけの騎士達がいながら野盗ごときに後れを取るものなのか、疑問に思うところはいろいろとあったが——上役の騎士に『教えられた事実だけを受け取り、一切の詮索《せんさく》をするな』と言われ、従った。

他の騎士達も同じだった。


今日、あの日から初めて、ヴォルフレードの心からの笑顔を見た。

緑色の目に偽装する眼鏡をかけていても、その表情がはっきりわかった。

どれだけおかしい話をしているのか、二人揃って、恋人というより子供同士のように笑っていた。

まさかそんなふうに報告書に書くわけにはいかないが、グイードへ提出するとき、『ヴォルフレード様は本当に楽しそうに笑っておられました』ぐらい、口頭で告げてもいいのではないか——

口元がゆるみかけたとき、騎士服に着替えた仲間が不意打ちする。

「しかし、腕を組まず、袖をつかんで……じつに初々しかった……」

「俺もあんな時代が欲しかったです……」

「やめろ！　お前達は本気で報告書の邪魔をしたいのか？」

思い出して肩が震え、ペンを紙から慌てて離す。机の上、インクが涙のようにぽたりと落ちた。

危うく最初から書き直しになるところだった。

「いや、でも思わなかったか？　あの年でも、あのお二人はおかしくないから不思議だが……」

「あの純粋さを俺はどこへ置いてきたのだろう……」

「本当にやめろ……報告書がいつまでも書き上がらないだろう……」

困ったふりをし、片手で目元を押さえる。

思い出す笑顔に、どうにも目が痛くて——

報告書を書き上げるには、まだ少し時間がかかりそうだった。

護衛騎士ヨナスの熱い夜

「ヨナス、今日のデートに持っていくといい」

仕事終わりの執務室に、赤い布包みが届いた。主《あるじ》に言われて手にすれば、とふりと液体らしい音がする。おそらく酒だろう。

「ありがとうございます。グイード様、明日の朝までには戻りますので」

「午前中は屋敷から出ないから、昼まででかまわない。よい夜を——いや、熱い夜を、かな」

秋の夜長を前に、悪戯《いたずら》めいた笑みでそう言われた。

ヨナスは自室で動きやすい私服に着替えると、フード付きのマントを手にする。あとは八本脚馬《スレイプニル》に跨《また》がり、王都の外へ向かって駆けさせるだけだ。

気が急《せ》いてしまうのは仕方がない、確かにデート——日取りを決めて女性に会いに行くのだから。

王都を出て、西街道を進み、さらに細い道へ入る。

行き着いたのは高い鉄柵で囲まれた屋敷、元子爵夫人、現男爵の女性の住まいである。

ヨナスより一回り上の年齢、若き頃は王城騎士団員。数年前に夫と別れ、ここで暮らしている。

実家にも帰らず、社交界にも一切出ない。一年に一度、子供達に会いに元夫のいる領地へ行く。

貴族社会では、癒えぬ病を患っているのであろうとささやかれる彼女は、領地へ行くときですら、長袖のロングドレス、手袋に顔を隠すヴェールをつけている。

門をくぐると、誰もいない厩舎《きゅうしゃ》に騎馬を置く。そのまま鍵のかかっていない玄関を通り、奥へと進んだ。

「待ちくたびれたわ、ヨナス」

部屋の奥、低くかすれた女性の声に、つい笑んでしまった。

「お待たせして申し訳ありません、オルキデーア様」

本日の約束は夕食の頃合いとだけ。時間を決めていなかったのだが、待たせてしまったらしい。

そのままテーブルにつくと、すぐに大皿が置かれる。準備されていたのは厚く赤い肉、ヨナスが開けるのは辛い酒。

グイードからの酒はおそらく一級品なので、後に回すことにする。

テーブルには花もなければ燭台《しょくだい》もない。けれど、今夜は窓から差し込む満月の光で、酒瓶の影ができるほどだ。もっとも互いに夜目が利くので、陰っても不自由はないが。

「早く食事を済ませてしまいましょう」

紅《べに》をのせずとも真っ赤な口で、オルキデーアが笑った。

黒かと見紛《みまご》うばかりの暗い濃緑の髪。手は貴婦人の白魚のようなそれではなく、皮膚は硬く、筋が浮いた剣士の手。陽光のもとであれば、黒いドレスの下、その緑を帯びた肌がわかるだろう。

何より、浅く光を反射する黄緑の吊《つ》り目は独特で――ヨナスより一段魔物に近い彼女は、一目見ただけで魔付きとわかる。気の弱い者であれば悲鳴をあげて逃げ出すかもしれない。

この屋敷を出るときや人と会うときには、ヴェールと手袋が手放せないそうだ。

けれど、ヨナスしかいないときは、どちらもつけないでくれと願ってある。

「乾杯だけはさせてください。久しぶりにお会いできたのですから」

そう言うと、かすれた笑い声だけで答えられた。

ロウソクも灯《とも》さぬ部屋でグラスを打ち合わせ、血の滴る肉に齧《かじ》りつく。あとは会話なく食べ続け、グラスもすぐに干した。

すると、オルキデーアはさっさと部屋を出て、庭へ行ってしまう。

ヨナスは上着を脱いで椅子にかけると、持ってきたポーションと剣を手に、後を追った。

小さな屋敷にしては広い庭だが、花も草もない。あるのは硬い地面だけだ。

「じゃあ、始めましょう」

「よろしくおねが――っ！」

銀の線が視界を横薙《な》ぎにする。一歩下がるのが遅れていたら、両目が危うかった。

なんとも気が早い女性である。

「前奏ぐらいお待ちいただきたかったのですが」

言いながら剣を右下に振り下ろす。しかし、当たったのはドレスの裾先だけ。代わりに戻ってくるのは、月の光を乗せた刃だ。それを弾《はじ》き、こちらもまた振り返す。

「待たされすぎたもの！」

「それは申し訳なく！」

キン、キン、と、二本の剣が歌う音が響いていく。

昔は開始するやすぐ地面に転がされていたが、ようやくこうして踊っていただけるようになった。斬り込み合って剣が当たったところで、互いに魔付きだ。力の加減なく打ち合えるのは、ただただ楽しい。

彼女が日々をどのように過ごしているかなど知らない。自分の毎日を話したこともない。

他の者がここに通っているかどうかも興味はない。かち合わなければそれでいい。

空いている日の数字を綴《つづ》っただけの手紙が届き、予定が合えば手紙を返し、ただこの屋敷で会い、こうして剣を交わす間柄だ。

オルキデーアは自分より剣術に優れ、戦いの経験が豊富で、何より――魔付きの強さを正しく教えてくれる。

人の身を超える速さ、羽があるかと思うほどの跳躍に、剣が真上から振ってくる。

受け流すつもりが力負けし、その刃《やいば》で右肩のウロコが砕けた。剣の勢いはそれで止まらず、左頬《ほお》に熱が走る。だらりとこぼれる血は冷たく、ようやく痛みが追いついてきた。

血を流す自分を前に、女の赤い口が大きく裂けた。

「あははは！」

うれしげな高い笑い声に、オルキデーアが大蟷螂《おおかまきり》の魔付きであることを認識する。

魔付きは『呪い持ち』とも言われる。見た目や性質に魔物の厄介な特性が現れることも多いからだ。

中でも大蟷螂《おおかまきり》の魔付きは、異性、特に好む相手への戦闘衝動があるという。殺すまで止まらぬわけではないが、相手を血染めにしたいぐらいのそれは、なかなかに面倒らしい。

けれど、彼女はヨナスと同じく、魔付きの解呪を拒否している。

自分も炎龍《ファイヤードラゴン》の魔付きとなってから、味覚の幅が狭まったり、身体の一部が冷えやすくなったりはしている。

だが、そんな理由で魔付きとなって得た強さを手放すのはお断りだ。

きっと彼女も同じだろう。魔付きとなって容姿や特性が変わったとしても、それより強さが欲しいのだ。

「くっ！」

剣を握っていた右手首が、ざくりと深く斬られた。それでも剣は放さず、上から左手で握り込む。

全力で斜め左に斬り上げれば、手応えはあった。

オルキデーアのドレスが、膝上から斜め下に裂け、赤く染まった皮膚がのぞく。

彼女は顔色一つ変えずに、膝下《ひざした》の生地を斬り落とした。かえって動きやすくなったようだ。

「次から、ドレスの丈はつめておくわ」

「そうなさってください」

鞘《さや》と一緒に置いていたポーションを、半分あおる。彼女へ瓶を渡すと、一気に飲んで返された。

ヨナスの右肩の傷は塞《ふさ》がり、彼女の太股《ふともも》の傷も消える。それが再開の合図。

踏み込んで踏み込まれ、ぶつかり合う剣は再び互いの血に濡《ぬ》れ、それでも足りぬと鳴き上げる。

ああ、確かに、グイードの言う通りだ。

あちらは熱い戦闘衝動を発散し、こちらは熱い血が流れるほどにご教授いただく、正しく熱い夜である。

まだ足りない、まだまだ足りない、まったく足りない。もっともっと、強くならなければ。

望む強さは遙《はる》か上、見上げても遠い、あの青の上。

剣を交わし合う自分達を、夜空の月が笑っていた。


剣の刃が傷むほどの打ち合いをした後、ようやく屋敷に戻る。

先ほどポーションを飲んだが、追加で受けた傷も深い。

ここからはグイードにもらった酒を二人で飲み、スカルファロットの屋敷に戻ったらまたポーションを飲むか――そう思いつつ、テーブルの上、赤い布の包みをほどく。

木箱の蓋《ふた》を開けると、向かいのオルキデーアに思いきり微笑《ほほえ》まれた。

「いい主《あるじ》を持ったわね、ヨナス」

グイードは、すでにお見通しだったらしい。

箱に入っていたのは酒ではなくハイポーション。これを飲んだら、もう一戦いけそうだ。

「よろしければ、一緒にお仕えしてみませんか？」

「楽しそうだけどお断りするわ」

ハイポーションをグラスに分け合い、二度目の乾杯をする。

緑を感じるそれは、魔付きの自分にはとてもまずい味わいだが、今日は悪くなかった。

とても楽しげなオルキデーアの目には、似たような表情《かお》の自分が映っている。

今夜の熱は、まだ冷めそうになかった。

スカルファロット家四男とバスソルト

「今日は少し冷えますね」

「そうだね」

ダリヤにそう答えながら、ヴォルフは上着を羽織った。

緑の塔で過ごす時間は、いつもとても短く感じられる。

すでに魔導ランタンの灯《あか》りがないと足元の見えない玄関で、ヴォルフはドアに手をかけた。

これから王城の兵舎に戻り、明日は朝から鍛錬である。

「あ、忘れるところだった！」

小さなつぶやきと共に、ダリヤが玄関から棚へ向かう。そして、小さなガラス瓶を持って戻ってきた。

瓶の中に入っているのは、薄い緑が混ざった白い砂。グリーンスライムの粉にしては白すぎるし、粒感があるような気がする。

製品に使えない級外品だろうか？　そんなことを考えていると、彼女が言葉を続けた。

「これ、ルチアにもらったグリーンローズのバスソルトです。香りがいいので、よかったらヴォルフもどうぞ」

「ありがとう。使わせてもらうよ」

うっかりグリーンスライムの粉かと尋ねなくてよかった――そう思っている自分に、彼女は笑顔で言った。

「とても温まりますよ」

ヴォルフは本日の夕食とダリヤのことを思い返しつつ、王城にある兵舎の自室に戻った。

上着のポケットからガラス瓶を取り出すと、目の前で振る。ざらざらした質感は、確かに塩らしい。

蓋《ふた》を開けると、春の咲きはじめの薔薇《ばら》を思わせる、爽やかで少し甘い香りがした。

不意に思い出されたのは、スカルファロット本邸の庭。

幼い時分、兄達と庭を駆け回っていたとき、白い薔薇が似た香りを風に広げていた。

ヴォルフは興味本位で片っ端から庭の花の匂いを嗅ぎ、蜜を集めていた蜂に追われることとなった。

自分を抱き上げた二番目の兄ファビオが、そのまま全力疾走で逃げてくれたが――蜂の怖さを知らなかった自分は、遊んでもらっていると思い、ただ無邪気に喜んでいた。

「すっかり忘れてた……」

馬車の襲撃で母が亡くなってから、ヴォルフは一人、別邸に移った。

疎遠となった家族をできるかぎり思い出さぬよう、関わりをもたぬよう——それはいつの間にか、優しい思い出にも蓋をすることになっていたらしい。

ふわりと広がるバスソルトの香りに、幼い頃の楽しかった記憶が次々に掘り返される。

一番目の兄、グイードが子馬を見せてくれ、彼との乗馬を楽しみにしていたこと。

二番目の兄、ファビオの膝の上、昆虫図鑑の蜜蜂のページを開き、読んでもらったこと。

三番目の兄、エルードと夜犬《ナイトドッグ》の背に乗って、走らせる前に転げ落ちたこと。

兄達と笑い合ったことはたくさんあった。

どうして今まで忘れていたのか、他愛《たわい》ないけれど、自分には大切な思い出。

次に緑の塔に行ったときは、ダリヤにこの話をしよう、そう思えた。

せっかくなので、浴槽にこのバスソルトを入れて浸《つ》かりたいところだが、兵舎は大浴場だ。共同の大風呂に入浴剤を入れるわけにはいかない。

明日にでも別邸に帰って浴槽に入れようか、そう考えたがやめる。

別邸の大きな浴槽には、いつも入浴剤がすでに入れられているのだ。

屋敷の者へ、『今日は入浴剤を入れないでくれ』と言えば、いつもの入浴剤が気に入らないのかと心配されるかもしれない。

それを否定するには、ダリヤからもらったこのバスソルトのことを話さなくてはならず——それはちょっと避けたい。

悩んだ結果、兵舎の浴場、一番端のシャワールームに入った。

シャワールームはすべて個室なので、他の人の迷惑にはならない。

ヴォルフは安心して盥《たらい》にお湯を入れ、グリーンローズのバスソルトを少量入れた。これならば数回に分けて香りが楽しめる。

浸かることはできないが、その香りを手でぴたぴたと体につけて楽しみ、最後に頭からかぶる。

そうして、満足して浴場を後にした。


自室に戻って休んでいると、ノックの音がした。

了承すると、ドリノがドアからひょいと顔をのぞかせる。

「ヴォルフ、下町で焼き菓子を買ってきたから一緒にどうだ？　ランドルフの部屋で」

「ありがとう。俺も干物のストックがあるから持っていくよ」

棚から干物を入れた金属缶を出していると、ドリノがくんくんと鼻を動かした。

「ん？　なんかいい香りがする。お前、今日、香水つけてる？」

「いや、浴場でバスソルトを試しただけで――これ、ダリヤから分けてもらったんだ」

盥では濃度が濃すぎたのか、流したつもりでも残ったらしい。ヴォルフは小瓶を手に取って説明する。

聞き終えたドリノが、こくりとうなずいた。

「なるほど――だと、今のヴォルフは、ダリヤさんと同じ匂いなわけだ」

「……ダリヤと、同じ匂い……」

同じ入浴剤を使ったら確かにそうだ。

けれど、なんだかこう、落ち着かない感じになるのはなぜなのか。

「おーし！　今日は三人で飲んで、暴露大会《ディザスラドゥ》でもするかー」

そんな自分を知ってか知らずか、友はとてもいい笑顔だった。

王国学院生編

prologue

後輩と便箋

「ヴォルフ先輩、あと、便箋《びんせん》と封筒を買いたいんで、店に付き合ってください」

「ああ、わかった、カーク」

本日、魔物討伐部隊の副隊長と年嵩《としかさ》の新人騎士が鍛錬に身を入れすぎ、中域水魔法と高度な土魔法を使用するに至った。結果、訓練場の整備のため、午後の鍛錬は休みとなった。

ダリヤはロセッティ商会で仕事だ。邪魔をするのも悪いので、カークの願いを受け、商店街に来ていた。

彼が買いに来たのは髭剃《ひげそ》り用のカミソリ。使っているものを落とし、刃を傷めてしまったそうだ。カークは店で見比べては迷い、迷った末にヴォルフと同じものにしていた。

夕食はドリノ達と行きつけの店で飲む予定である。一度兵舎に戻ろうか、そう話したときに、追加の付き合いを頼まれた。

便箋と封筒の言葉に思い出したのは、己の机の中。そろそろダリヤに書き送る便箋が少なくなってきた。自分も買っておく方がいいだろう。

カークと共に貴族街の雑貨店へ行き、店の二階へと進む。途中、女性客の多い一角があったが、妖精結晶の眼鏡のおかげで、そう構えずに通り抜けられた。

「こんなに種類があるんだ……」

初めて来た文具コーナーには、色とりどりの便箋と封筒、カード、そしてインクが並んでいた。

壁を埋め尽くすその数の多さとカラフルさに、ため息が出そうだ。

便箋の棚の前に立ったカークが、自分に笑顔を向ける。

「ヴォルフ先輩も買いませんか？　きれいな便箋の方が送る相手に楽しんでもらえますから。俺は字が下手なので、透かしや絵の入ったものを選んでいるんです」

「そうなんだ。カークは、婚約者さんに手紙を送っているんだよね？」

「ええ。遠征前に手紙を準備しておいて、王城に戻ってすぐ、家に帰る日と会える日の日付を入れて知らせてます。あと、花と一緒にカードに花言葉を書いて送ることが多いですね」

「なるほど……」

ヴォルフは心の中でメモを取る。

自分はダリヤに対し、遠征から戻って落ち着いてから手紙を書いていたが、先に準備しておく方がいいかもしれない。空いている日付もわかれば、彼女と予定のすりあわせもしやすいだろう。

なお、カークは家族同然の婚約者に知らせるものであり、ヴォルフはあくまで友人に知らせるものである。

そこには本来、大きな差異があるはずなのだが、ヴォルフがそこに思い至ることはなかった。

「ヴォルフ先輩、恋文は別にして、学生時代にお祝いのカードとかをもらったことはありますよね？」

「兄から王城騎士団に入るときにもらった。あとは――卒業のときに、こう、ざらざらした感じのカードが……」

思い出して遠い目になりつつあると、目の前のカークが拳を握っていた。

「どうぞ！　どんな怖い話でも続けてください。俺、気合い入れて聞きますから」

「いや、気合いを入れるほどのことじゃないよ。その変わった紙に、『卒業したら、同じ眠りの場にて白き砂となってください』ってあっただけだから」

「『家の墓に一緒に入ろう』、ですか……本気度が高いですね。先輩、それは受け取ったんですか？」

「教員からの『お祝いの言葉綴《つづ》り』と一緒に渡されました……」

「まさか、教員からまでとは……！」

カークに驚きと嘆きの入り混じる声をあげられた。

慌てて彼をなだめ、卒業まで声をかけてこなかったから実害はないのだと説明したら、深い同情の目を向けられた。

どうにも困って記憶をたどり、うれしいカードを思い出す。

「あ、カードだけど、この前、兄からきれいなのをもらったんだ！　白地に銀で家の紋章と、頭文字が凝った飾り文字で入ってて――紺黒のインクに、銀が少し入ってた」

グイードから自分宛て、『兵舎で友人達と飲むといい』、そう届けられたワインと塩バタークッキー。

ドリノ達と楽しんだそれは、とてもおいしかった。

兄らしいカードは、ダリヤの手紙とは別に大事に保管している。

「そうなんですか。だと、ヴォルフ先輩なら、黒に金の入ったインクがいいですね」

「え？」

「その人らしいインクで手紙やカードを書くのって、かっこよくないです？　こう、相手が手にしたときに、黒インクに金の光がきらっとするんです。そのときに自分を思い出してもらえるじゃないですか」

ダリヤの手元、手紙の黒文字が一瞬、金色に光る――いいかもしれない。

しかし、そこまでするのは、ちょっとだけ気恥ずかしくもある。

「ヴォルフ先輩、黒インクに金なら、これと、これと……あ、こっちはちょっとラメ増しですよ！」

カークは当たり前のように黒に金のインクを探してくれた。

もしかすると、これはごく一般的なことで、自分は構えすぎていたのかもしれない。

黒でも青の入ったもの、緑の入ったものなどが多種あり、ラメも金銀、少なめも多めもある。

ヴォルフは迷った末に、純粋な黒に控えめの金ラメ入りを選んだ。

「次は便箋ですね！　俺もきれいなのを探さないと」

そのまま、カークと共に便箋の並ぶ棚へと移動する。

恋文を書くわけではないけれど、ダリヤもお洒落《しゃれ》な便箋の方が喜ぶかもしれない。

しかし、先日の『黒鍋《くろなべ》』で、彼女は恋文をもらったことも書いたこともないと言っていた。

魔導具師の兄弟子との婚約が決まってからはともかく、ダリヤはあんなにかわいくて性格がいいのに、高等学院時代の学友達は恋文を渡さず、声もかけなかったのだろうか？　だとすれば、ずいぶん見る目のない――

「先輩、どうかしました？」

「いや、何でもない！　その、種類が多いなって……」

思考が斜め上にいきはじめたのを振り切り、ヴォルフは便箋を選びだした。

カークの視線の先、黒髪の先輩が、真剣に便箋に向き合いはじめた。

魔物の動きを先読みしようとするときと、大差ない視線の鋭さだ。なまじ顔がいいので、迫力さえ感じる。

今、脳裏に思い浮かべているのは、まちがいなく赤髪の魔導具師だろう。

これほどまでにわかりやすいというのに、本人には明確な自覚がない。カークにはそれが不思議で――だが、最近は納得できるようになってきた。

カークは、レオナルディ子爵家の子息だ。

レオナルディ家は代々オルディネ王都の防御壁――『王都壁守り』を生業《なりわい》とする二家のうちの一家である。王都壁を点検・修理する他、周囲に何らかの問題があれば随時解消する。

父を先頭に、力ある騎士達と土魔法を持つ魔導師達が、馬車と徒歩で連日、王都の周りを回る。

王都は安全だが、巨大な壁の外はそうではない。移動や修理中に魔物や獣が出ることはしょっちゅうだ。

そして、壁の周辺整備と安全管理もその仕事だ。壁に近づきすぎた木があれば切り倒し、岩があれば砕く。

城壁に、見えづらいよう足場を掘り込まれ、賊《ぞく》が侵入準備をしていたこともある。常に警戒と最大の注意が必要な仕事である。

カークの父、レオナルディ子爵家当主は、元魔物討伐部隊員だ。

レオナルディ家では、魔物や獣との戦いを学ぶため、あるいは騎士としての己を鍛えるため、魔物討伐部隊に一定期間入隊する者が多い。

父も、高等学院卒業後から当主を継ぐ一年前まで、魔物討伐部隊にいたそうだ。

父とその弟である叔父は強く勇敢な騎士だ。熊を馬車の荷台に載せて帰ってきたこともあれば、角兎《ホーンラビット》を複数かついできて、夕食のシチューになったこともあった。

カークは子供の頃から、父と叔父、そして王城壁を守る家の騎士達に、強く憧れていた。

けれど、カークには身体強化魔法がなかった。あるのは母と同じ強めの風魔法と人より少し優れた記憶力だけ。父が軽々と振るう大剣は、持ち上げることすらできなかった。

それでも、自分は周囲の人達に、特に母に、過保護ともいえるほど大事にされていた。

カークは今、長男扱いとなっているが、二つ上に兄がいた。生まれてすぐ亡くなったため、カークは軽い風邪も小さな傷一つでも、とても心配されることになった。

「大きくなったら、騎士になりたい」

幼いカークがそう言うと、周囲は笑んでくれる。けれど、その目はあきらめを含んでいた。

騎士もいいが、風魔法が強いのだから魔導師になった方がいいのではないか、頭がいいのだから文官になってもいいだろう。王城に勤めてもいいし、レオナルディ家当主として執務を担うのも大切な仕事だ――遠回しに、騎士の道はやめた方がいい、向いていないと言われ続けた。

けれど、ただ一人、一片の疑いもなく言い切ってくれた人がいた。

「カークなら、きっとかっこいい騎士になれるわ！」

幼馴染《おさななじ》みのマリアルナ。後に、自分の婚約者となる女性だ。

「でも、僕は身体強化魔法がないから、難しいかもしれない……」

「カークは身体強化がなくても、魔法も夢もあるのだもの。全部使ってオルディネを守る、かっこいい魔法騎士になればいいのよ」

きらきらと目を輝かせて言ったマリアルナに、カークはその場で騎士の剣捧《ささ》げをした。

互いに初等学院前の幼子、剣は木刀だったし、作法も言葉もうろ覚え、立会人は庭にいた夜犬《ナイトドッグ》――それでも、生涯、彼女の騎士となる誓いを立てたのだ。

実際の魔法騎士は、身体強化魔法と攻撃魔法の両方が使えなくてはいけない、数年後にそう知っても、カークはもう騎士への道をあきらめようとは思わなかった。

身体を鍛え、剣の腕を磨き、風魔法を練り上げ、王都壁守りの任務にも見学と称して度々同行した。できることを懸命に手伝い、父に言われたことはすべてこなした。

最初は心配していた家族や周囲だが、時を経るにつれ、自分の騎士への道を認めてくれた。

カークは、レオナルディ子爵家を継ぎ、いずれ王都壁守りとなるだろう――そう言われるようになった。

しかし、それでも王城騎士団魔物討伐部隊への入隊は心配された。一族からは反対の声もあった。

願いが通ったのは父の一声だ。

「カークは次期当主だ。魔物討伐部隊で学んでこい」

そうして、カークは魔物討伐部隊員となった。

強くなりたいと入った魔物討伐部隊では、皆が強そう、いや、実際に強かった。

恐ろしい魔物に、誰一人怯《ひる》むことなく向かっていく。

中でも格別に目を引かれたのは、赤鎧《スカーレットアーマー》の黒髪金目の青年だ。

ヴォルフレード・スカルファロット。氷の伯爵家として有名なスカルファロット家の子息。

勇猛果敢に先陣を切って魔物を討つ姿に、ついた二つ名は『黒の死神』。魂さえも奪われると評される、美麗な顔立ちの先輩だ。

王城の女性にも、彼とすれ違うたびに振り返る者は多かった。カーク自身、『魔物討伐部隊のスカルファロット様へ、こちらを渡していただけませんか？』、そう言って恋文を頼まれそうになったことも、一度や二度ではない。

だが、恋文は本人が渡すべきだと思う自分は、それを毎回丁寧に伝え、断っていた。

正直、それだけ人から憧れられるのは、ちょっとうらやましくもあった。

そんな彼と話すようになったのは、恋文を渡されかけているのを見かけてからだ。

手紙を受け取ることすらしない彼に、少女がかわいそうではないかと抗議した。

しかし、家から怪我《けが》とトラブルを心配され、直接受け取るなと言われていること、甘やかな恋文だけではなく、危険性のあるものも多いこと――彼の想われる方向性と深度はカークの想像外、恋心などというかわいらしさを通り越し、もはや恐怖劇場だった。

カークは勝手な思い込みを心底、恥じた。

その後、彼は先輩騎士として風魔法や剣の相談相手になってくれた。話せば話すほどに面白く、良い人だった。

そうしてカークは、ヴォルフとよく一緒にいる後輩という立場に収まった。

本日も自分の買い物に付き合わせ、そのまま店をハシゴしているところである。

便箋の棚の前、その横顔を見ると、ちょうど彼もこちらを見た。

「カークは、手紙について誰から教わった？」

「手紙の回数は父から、文章は母から教わりました」

「お父さんから、回数？」

「はい。『恋はマメさこそ正義だ』と、父が」

「マメさが、正義？」

オウム返しに聞かれたので、笑顔で説明する。

「はい。母は独身時代、よく書店に行っていたのですが、父は母と書店で会う度、幸いを祈るカードと花を一輪渡していたそうです。いつ会えるかもわからないし、長く話もできないから、行く前に花を準備して。渡せなかった花の方が多かったと聞きました――」

母は侯爵家の末娘、父は子爵家嫡男で魔物討伐部隊員。母は届かぬ花であった。

想いを返されぬことを承知で、会うたびに礼儀正しく挨拶をし、カードと花を贈った。

それを続けること二年。交際を反対された母が家出をし、侯爵家から勘当されての結婚となった。

「歌劇のような恋だったんだね……」

ざっと説明したところ、素直に感心されてしまった。

実際その通りではあるのだが、ちょっとだけ恥ずかしくもある。カークは話題を便箋に戻した。

「ヴォルフ先輩、良さそうなのはありましたか？」

「これなんかどうだろうか？」

「大きな水玉模様ですか……？」

便箋に大きく薄青と薄赤の水玉。子供向けの意匠なのだが、それは言わないでおく。

「スライムっぽくて、かわいくない？」

「……個人の感性に委ねられると思います」

恋文に関しては、この先輩の感性に委ねてはいけない、カークは確信した。

「それも悪くはないですが、こっちはどうですか？」

勧めるのは羽根の意匠。白に羽根模様の箔押《はくお》しである。最近流行《はや》りの柄だ。

「『あなたの元へ飛んでいきたい』……羽根の意匠はそんな意味があるんだ」

解説のカードに目を丸くしているヴォルフだが、そういうことは高等学院生、いや、初等学院あたりで知ることではないだろうか。

「ヴォルフ先輩は今までもらいませんでしたか、羽根の意匠のものは？」

「たぶん、なかったと思う……」

これまでもらった恋文に一切の興味がなかったのは、よくわかった。

「ダリヤ先生からの手紙には？」

「模様付きをもらったことは一度もないよ」

彼女からの手紙は全部記憶しているのも理解した。

「あ、これもいいかもしれない、ダリヤらしくて」

言いながらヴォルフが手に取ったのは、かわいらしい赤のポンポンダリアが描かれた便箋だ。

こちらもちょっと柄的に子供っぽい気がする。

「ダリヤ先生へ送るのに、ダリアの便箋て、ひねりがなくないですか？」

「でも、きれいだよ」

「ヴォルフ先輩。先輩は、氷の結晶模様の便箋でお手紙をもらってうれしいですか？」

「ダリヤからなら何でもうれしい」

無邪気な笑顔に、そうじゃないと突っ込みたいのを我慢する。

代わりに、当主教育で培った話術による誘導を、全力で開始した。

「女性はもうちょっと違うと思います。どうせならダリヤ先生に喜ばれたくないですか？」

「それは、もちろん……」

「若い女性ですから、このあたりが好みじゃないかなと思うんですよ」

そう言って勧めるのは、美しい花の透かし模様のある便箋だ。薔薇《ばら》の透かしがあるそれは、恋文にふさわしいとされている。

『あなたへの秘めた想い』、そんな意味があるのだが、カークはその解説の札をそっと背に隠す。

「あ、これ、香りがついているものもあるんだね」

ヴォルフが目を向けたのは、同じ模様で紙袋に包まれたものだ。店員に頼むと、その口を開けてくれた。

「いい香りだ……」

とても素直な、甘い薔薇の香りが漂った。気に入ったらしい先輩が、こくりとうなずく。

「うん、ダリヤには、これがいいかもしれない。少しでも気に入ってくれればいいな……」

そのささやきは、まるで祈りのよう。自分より年上なのに、そのまっすぐさが耳にしみる。

カークはそっと内につぶやく。これに関してだけは、俺の方が先輩です。

だから、店員が余計な説明をする前に笑顔を向け、明るい声で勧めた。

「ヴォルフ先輩、それが一番いいと思います！　兵舎に戻って、すぐ書きましょう！」

秘めた想いは、語らずとも香る――香り付きの便箋にはそんな意味もある。

恋文用の便箋は、無事、ヴォルフのものとなった。

学院生オズヴァルドと灰と銀

「ごめんなさい、オズ、『罰ゲーム』だったの」

本日このときまでオズヴァルドの恋人を名乗っていた少女が、申し訳なさそうに言った。

初等学院卒業まであと半年ちょっと、ここまで一ヶ月ほどお付き合いをしていた。

授業が終わり、これから中央区の喫茶店へ行く約束をしていての、今である。

「『罰ゲーム』？」

「ええ、その……くじ引きで負けた者が、あなたに告白を、と」

かわいらしい赤茶の目を伏せて、小さな声で説明された。

なるほど、確かに初等学院ではそんな悪趣味な悪戯《いたずら》があると聞いたことがある。冴《さ》えない異性に嘘《うそ》の告白をして、その反応を見るという最低なものだ。

自分も彼女に声をかけられたとき、最初にそれを疑った。だが、その後に何度か話し、お茶を飲み、数人で王都の店へ出かけたりと、自分にしては珍しく良い関係が築けていたと思ったのだ。

「すぐ話して謝るつもりだったの。でも、あなたがとても楽しそうで、私……」

言いかけた彼女の背後、くすくすと笑いが重なる。

共に王都を歩いたご子息とご令嬢、その目ににじむ悪意と侮蔑《ぶべつ》を認めた。

なるほど、自分はこの一ヶ月、とんだ道化だったらしい。

目の前の『嘘恋人』は子爵家の三女。あちらのご子息は侯爵家の跡継ぎ。横のご令嬢は男爵家だが子爵家の血を引いている。

対して自分は子爵家の三男、魔力不足の『ハズレ』。

ここで事を荒立てては、家に迷惑がかかる恐れがある。成人にはまだ遠い自分でも貴族の端くれ、それぐらいはわかる。

「――私のような者にここまでお付き合いいただき、ありがとうございました」

思うところは多々あるが、それはすべて呑《の》み、祖母に叩《たた》き込まれた貴族の礼をとった。

そして、ただこの場から立ち去ろうとする。

「待って！」

不意に袖をつかまれた。思わず振り返ると、赤茶の目が少しだけ潤んで自分を見ていた。

「あの、オズ！　本当にごめんなさい！」

初めて女の子と二人でお茶を飲み、ランチにも出かけた。自分は彼女の髪の色と同じ茶金のペンを持ち、彼女には銀色のペンを渡して、有頂天になっていた。

たった一ヶ月だが、ずいぶんと思い出をもらったものだ。

もっとも、本日このときより、むしろ邪魔な記憶になるが。

「次からは、どうぞ、『ゾーラ』とお呼びください」

今にも崩れそうな作り笑顔だけが、オズヴァルドの意地だった。


オズヴァルドの家であるゾーラ子爵家は、魔導師を輩出してきた家柄だ。

父はもちろん、伯爵家出身の母二人、そして兄姉達、弟も魔力はそれなりに高い。

オズヴァルドだけが一段低く、その上、四大魔法も治癒魔法もなかった。

生母は第一夫人だったが、オズヴァルドを生んですぐ、病であちらへ渡った。オズヴァルドも虚弱で、幼い頃は寝込むことが多かった。

それでも問題なく初等学院に入れたのは、祖母によるつきっきりの教育のおかげだ。

『魔力がなくとも問題ない。あなたは頭が良いのだから、学びを武器にすればいい』、そう教えてくれた。

兄姉が魔導科に進む中、オズヴァルドは魔導具科を目指すことにした。初等学院での一般教科の成績はいつも学院五位内だったが、文官科を選ばぬのはゾーラ家子息としての意地だった。

だが、魔導具科という自分の選択を、父も母達も止めることはなかった。

祖母がいたら止められたかもしれないが――彼女は一昨年、肺炎であちらへ行ってしまった。

「ただいま戻りました」

「おかえりなさいませ、オズヴァルド様」

屋敷に帰って制服から着替え、メイドに少し疲れているので休む、夕食もいらないと伝えた。

その後、ドアに鍵をかけ、ベッドに転がる。

「明日は——学院には、もう行かなくてもいいか……」

すでに高等学院の魔導具科には合格し、来期から行くことが決まっている。初等学院の単位はすでに足りており、興味がある地理と、彼女と共に出られる授業を少し取っていただけだ。

逃げるようで癪《しゃく》だが、感情的になって彼らとの関係がこじれるのもまずいだろう。

少女が最初に声をかけてくれたときのことを、オズヴァルドはあざやかに覚えている。

図書室で本を読む自分に、『すごく厚い本！　ゾーラ君は何を読んでいるの？』と、子鹿のような赤茶の目を丸くして尋ねてきた。

『冒険者を目指す君へ』、本の題名を見せても、彼女は自分を笑わなかった。

一ヶ月前、そんな彼女に呼び出され、『文具を二人でお揃《そろ》いにしていただけませんか？』と言われた。

それはペアの物を持つこと、つまりはお付き合いをしませんかという告白。

間違いではないかと聞き返した自分に、彼女は一段小さい声で繰り返し——そこからぎくしゃくとしつつも付き合いが始まった。

互いのペンを選ぶのに長い時間がかかり、文具店の店員には優しく微笑《ほほえ》まれた。

図書館でお互いが好きな本を勧め合い、そのまま借りた。

メイド連れだが、中央区の喫茶店にも二人で行った。コーヒーに砂糖を入れぬ背伸びもした。とても苦かった。

学院のこと、勉強のこと、本のこと、共に楽しく話していたと思ったが、どうやらそれは自分だけだったらしい。

穏やかな微笑みも、声をあげて笑ってしまい慌てるさまも愛らしくて、むしろ忘れるのが難しい。

隣国の単語をすぐ覚えられる自分の記憶力は、こんなところにまで無駄に発揮されている。

いっそ彼女の記憶すべて、白でも黒でもいいから塗りつぶしたいところなのだが――『灰色』の自分には無理なのかもしれない。

『灰色子豚』――陰でそんな渾名《あだな》を付けられているのは知っている。

オズヴァルドはのろのろとベッドから起き上がり、部屋の姿見の前に立った。

「これでは、当然か……」

少しくせのある灰色の髪に、鈍い灰色の目。

鏡に映る自分は背が低く、顔はまん丸だ。手足にも、もったりと肉がついている。

今は健康体だが、初等学院の体育の長距離走では周回遅れ、ダンス以外の運動はまるでだめだ。

幼い頃から虚弱故に運動を禁止され、少しでも栄養価の高いものを、とメニューを組まれた。

自分をかわいがり、きっちり教育してくれた祖母だが、これに関しては過保護がすぎた。

そして自分も祖母に甘え、鏡が嫌いなまま、ここまできてしまった。

もっと痩せていたら、あんなからかいにあわずに済んだだろうか？

もっと賢ければ、見え透いた悪戯にひっかからなくて済んだだろうか？

もう少しだけでもかっこよかったら、こんな情けない思いはしなくて済んだだろうか？

気がつけば、鏡に映る自分が歪《ゆが》んで見えなくなっていた。

その夜、灰色の髪の少年はひたすら泣いた。


「オズヴァルド様、お目覚めですか？」

翌朝、オズヴァルドはくり返されるノックの音と、メイドの声で飛び起きた。

そして、はっとして鏡を見る。目は真っ赤、顔はぱんぱんに腫れ――どう見ても泣いていたのがわかってしまう。二度三度と咳《せき》をし、ドア越しに答えた。

「具合が悪いので、今日は休みます」

「具合が？　お医者様をお呼びしますか？」

「大丈夫です、たいしたことはありません」

メイドとその後も少し話をしたが、なんとか部屋に入られずに済んだ。

しかし、これは目元を水で冷やすべきか、いや、そもそもいい加減にトイレに行かねば――そう思っていると、さっきの二倍は強いノックの音がした。

「オズヴァルド様！　大丈夫ですか？　失礼ですが、お顔をお見せください！」

しまった、とオズヴァルドはあせる。祖母付きのメイドだったドナテラが来てしまった。

祖母に頼まれ、自分と一緒にいてくれることも多かった彼女だ。脆弱《ぜいじゃく》な自分はこういうとき、とことん心配されるのだということを忘れていた。

「大丈夫です！　問題ありません！」

ここにおいて全力で元気さを表明してどうするのか、そう思いつつもドア越しに返す。

「だめですね。旦那様に伝えて、オズヴァルド様の部屋の鍵をお借りして――」

自分に意思表明の自由はないのか、そう思いつつ、ドアを指三本分ほど開ける。

そこには、長身でがっしりとした体格のメイドがいた。

「その……大丈夫なので、一人にしてほしいです……」

「オズ坊ちゃん……！」

自分の願いの言葉と、ドナテラの表情《かお》が歪んだのは一緒だった。

なつかしい呼び方をされ、とてもバツが悪い。

「それぞれ持ち場にお戻りください。オズヴァルド様は風邪のようですので、私が付き添います」

他にも控えていたメイドと従僕が去っていく気配がした。

周囲から人の気配が消えると、ドナテラが低い声で告げてきた。

『白の客室』の浴槽に湯を張ります。熱は下がられたようですから、そちらでさっぱりしてはいかがですか？」

「……ええ、そうします」

白の客室は一人用の客室で、小さめだが浴室もトイレも続きの間《ま》にある。足が悪い客や高齢の方が希望すれば使うところだ。

他にも、病気で部屋の外のトイレまで行き来をしたくないとき――吐き気がひどいときや、お腹を壊したときにも使われ――オズヴァルドは過去に何度も使っている。

熱で廊下をふらついたときなどは、よくドナテラにひょいと抱き上げられて運ばれたものだ。

「廊下は人払いを致します。参りましょう、オズヴァルド様」

『オズ坊ちゃん』から、呼び名が元に戻った。

けれど、自分はあの頃と同じく、彼女に守られたままだった。


白の客室に移動した後、浴室でゆっくり湯を浴びた。

その後に顔を水で冷やしたが、やはり目は腫れている。今日一日はこのままかもしれない。

用意してあったパジャマに着替えると、ため息と共に部屋に戻った。

「オズヴァルド様、ベッドで休んでくださいませ」

ドナテラに言われる通りにベッドに入ると、彼女はワゴンを押してきた。そして、ベッドサイドテーブルを自分の高さに合わせ、枕に寄りかかる形で食事ができるようにしてくれる。

病人ではないのだが、本日は心が折れかけているので、素直に従うことにした。

テーブル上に並べられたのは、パン粥《がゆ》にホットミルク、オムレツとサラダ、カットフルーツ。

色とりどりできれいなのだが、なぜか食欲がわかない。

とりあえずパン粥を口にしたが、いつもの甘さは感じられなかった。

「お口に合いませんでしたか？」

「いえ、風邪のせいだと思います」

そのまま、無理にパン粥の匙《さじ》を口に運ぶ。

『しっかり食べないと強くなれませんよ』、そう自分に言って笑む祖母を、不意に思い出した。

食べても強くはなれなかった。むしろ丸い子豚のような自分は、醜い上に弱いままで――そう思ったとき、ひどい吐き気がこみあげてきた。

匙を戻し、オズヴァルドは口をナフキンで強く拭《ぬぐ》う。

「下げてください。まだ食べられそうにありません」

「……オズヴァルド様、何があったか、私にお聞かせ願えませんか？」

とても心配そうな緑の目に、口を開きかけて閉じる。

自分が情けなさすぎて、どうしても言えない。

それに、言ったところでどうにもできぬのだ。不快なことを聞かせたくはない。

「……ちょっと疲れただけです。少し休めば治ると思います」

「それまで数日、こちらで過ごされますか？」

「そうします」

助かった、と思った。これで腫れた情けない顔を他の者に見られずに済みそうだ。

「それと——オズ坊ちゃん、お願いが一つありまして」

「なんですか、ドナテラ？」

「坊ちゃんは風邪、私が付き添いということで、お部屋においてもらっていいでしょうか？」

「かまいませんが……」

「年のせいで少々腰が辛《つら》く。坊ちゃんの看病を理由に、さぼらせていただいても？」

真面目な表情《かお》で言い切った彼女に、思わず固まってしまった。

祖母よりは若いが、その黒髪の半分は白い彼女。それでも歩く足取りはきびきびしている。

きっと無理な理由をつけても、他の者達から隠し、自分の面倒を見てくれるつもりなのだ、そうわかった。

「ええ、そうしてください」

オズヴァルドはようやく、少しだけ笑えた。


それから三日、白の客室にこもった。

本当に風邪気味だったらしく、食べ物の味はよくわからないままだ。おかげで食事量は半分以下になり、水ばかり飲んでいた。

時間だけはたっぷりあったので、冒険者について書かれた本や魔導具の本をたくさん読んだ。

隣国エリルキア語の本は、ドナテラが翻訳しながら読んでくれた。

学院でのことを思い出す度に胸がきしんだが、四日目の朝には、家族と共に朝食をとろうと思うぐらいには回復していた。

「おはようございます、皆様。ご心配をおかけしました」

食堂に揃った家族に謝罪の言葉を口にする。

忙しく、朝食時もあまり揃わぬ家族だが、今日は父母と一番上の兄、なぜか嫁いだはずの姉までが揃っていた。

「無理はしていないか。オズヴァルド？」

「大丈夫なのですか、オズヴァルド？」

父母に続けて尋ねられ、苦笑しつつ大丈夫だと繰り返す。ここ一年半ほどは寝込んでいなかったのだが、虚弱な頃に戻ったかと心配されてしまっているのだろう。申し訳なかった。

少し口数少なく、朝食が始まった。

いつものようにオレンジジュースを注がれかけ、メイドに水に代えてもらう。

食欲はまだ戻らず、なんとかハムを口にしたが、塩気がひどくぼけて感じる。

「オズ、まだ調子が悪いのだね？」

「大丈夫です、兄上。ずっと横になっていたので、食欲がないだけです」

そう答えると、母親譲りの水色の目が伏せられた。兄こそ大丈夫なのだろうか、いつもの笑みが見えないのでつい不安になる。

「姉上、お久しぶりです。あちらのお家《うち》は、皆さんお変わりありませんか？」

沈黙に耐えかね、姉に話題をふった。

「ええ、皆様、元気ですよ。今度、オズヴァルドも遊びにいらっしゃい」

艶《つや》やかな銀髪の姉は、嫁ぎ先でもうまくやっているらしい。

いつもながらの優雅で美しい笑みは、我が姉ながら見惚《みと》れる。

結局、その後も姉とだけ話して朝食は終わった。オズヴァルドの皿は、どれも半分も空かなかった。

朝食が終わってしばらくすると、父の執務室に呼ばれた。

学院に行くかどうかを確認されぬところをみると、おそらく神殿へ行けという話だろう。

神殿には医師もこなす神官がいるからだ。このままでは仮病がばれてしまう。いや、父のことだ、すでにばれていて、ここで叱《しか》られるのかもしれない。

父の執務室、ローテーブルをはさんで向かい合う頃には、緊張しすぎて頭痛がしていた。

「オズヴァルド、初等学院で、何かあったな？」

「……はい」

すでに情報が届いていたらしい。

考えてみれば、他の学生も行き来できるあの場所で話をされたのだ。校内で噂《うわさ》になっており、そこから家に――そう考えて血の気が引いた。

「お前の記憶通り、説明しなさい」

冴《さ》え冴《ざ》えとした光を宿す銀の目に、オズヴァルドは隠すことをあきらめた。

とはいえ、すべてをつまびらかにすることはどうしてもできず――嘘の告白でからかわれ、一ヶ月付き合い、謝られた。おそらく彼女も爵位的に一段高い者から命じられた、そんな悪戯にひっかかってしまったと説明した。

話し終えると、目の前の父の結んだ唇は白く、目は昏《くら》い灰色になっていた。

父が本気で怒っているときの色である。

「ゾーラ家の不名誉になるようなことをして、申し訳ありません」

自分は家の恥になってしまったのだ――そう思って頭を下げた。

「お前に一切の非はない」

きっぱりと言い切られ、思わず目を丸くする。

「初等学院生とはいえ、やっていいことと悪いことの区別もつかぬ幼子ではないだろう。お前を馬鹿にするにも程がある。私から彼女の家に抗議する、そそのかした者達の家へもだ」

「おやめください、父上！」

自分のために、うちより上位の貴族と、事を構えようとしないでほしい。

この家に何かあったらどうするのだ？　今後の兄の仕事にも、嫁いだ姉にも迷惑がかかるではないか。

「なぜ止める？　それだけのことをされたのだ、お前は怒っていいのだぞ」

「いえ、罰ゲームと向こうはおっしゃっていますが、こちらは無料《ただ》で女性とのお付き合いの方法を学ばせていただいただけです。私は平気です！」

頭を限界まで回して理由付けをする。

なんとしてもゾーラ家としての抗議は阻止しなくては、そう必死だった。

「オズヴァルド、心配はいらん。我が家はそれほど弱くない。それほどまでにお前がやつれるようなことを、父として許せるものか――」

父親の声が一段低くなった。心配はありがたいが、本当にまずい。

オズヴァルドはさらに必死に考え――鏡に映るふくよかな自分を思い出す。

「父上、これはやつれたのではありません、減量です！」

「減量？」

「はい、高等学院に入りますし、その、少しは痩せて、かっこわるさを少なくしたいと……」

ここでかっこよくなりたいと、はっきり言い切れぬ自分が悲しい。

自分は灰色の髪に灰色の目、父は銀髪に銀の目。色合いだけは似ているが、父は四十代にしても男ぶりが大変よく――『あのゾーラ子爵の息子なのに』という言葉を、自分は何十回聞いたかわからない。

「……わかった。自己流で減量するな、身体を壊す。減量専門の医師を付かせよう」

「あ、ありがとうございます」

即時、退路が断たれた。確かに痩せたいとは思ったが、本気で挑むしかなくなった。

今より少しはマシになればいいのだが、道は遠そうだ。

「すまない。お前が気にしているのなら、もっと早く付けるべきだった。母の希望で——ある程度体重がないと、また寝たきりになったとき、お前が死んでしまうかもしれぬと、十五になるまでは無理に痩せさせてはならぬと言われていた」

「いえ、ご心配はありがたく思っております。今はもう健康ですし」

自分の無駄肉には祖母の心配も混ざっているらしい。確かに幼少から熱を出してよく寝込み、長引くことも多かった。

それだけ自分は、大事にされ、守られてきたのだろう。

「あの……あちらの家への抗議はやめてくださいますか、父上？」

恐る恐る聞くと、父がうなずく。

「ああ、家としての抗議はしない。だが、人の口には上るぞ。そうなれば貴族の浄化作用があるだろう」

「『貴族の浄化作用』とは何でしょうか？」

「今回のようなことが聞こえれば、まっとうな家なら早めに正そうとするものだ。今のままだと、彼女は男遊びをする女とされるだろうし、命じた者がこのまま当主になったら、分家も部下も見放す可能性がある。どれも家には問題だろう」

「家の抗議がなくても、結局叱られるということですか……」

オズヴァルドは声を小さくした。そもそも自分があんな稚拙なからかいにひっかからなければよかったのだ、それが悔やまれてならない。

こほん、と、父が咳を一つした。

「この件に関して、お前が気に病むことは一切ない。この話はこれで終わりだ。いいな？」

「はい、お時間をありがとうございました」

礼を述べ、オズヴァルドは執務室から出ようとする。ドアノブに手をかけると、父が自分の名を小さく呼んだ。

「オズヴァルド――未練はあるか？」

「ありません」

振り返らぬまま、きっぱりと答えて部屋を出た。

ドアが閉まって十秒後、執務室の続きの間《ま》から三人が出てきた。

「うちの弟をなんだと思っているのだ。馬鹿にするにも程がある……！」

「オズは何も謝ることなどないというのに、家を心配して、優しい子……」

「家を思う気持ちはすばらしいですが、女性を見る目に関しては養う必要がありますね」

息子は声をなんとか抑えているが、握った拳をふるわせ、怒りを隠せないでいる。

娘はほろりときているようだが、握っているハンカチがすでに四つに裂けている。

妻のいつもの微笑みは消え、無表情な人形のようになっている。

自分はゾーラ家当主として、冷静な判断と対応が求められるだろう。

「うちの子を傷つけるなど、絶対に許さん……」

己の口から本音が漏れた。

「でも、なぜオズがそんな目に？　真面目で成績も優秀、学生の模範のような子ではないですか」

「見目だけで判断する愚か者はどこにでもいますわ、お兄様。オズヴァルドの穏やかな物腰とふくよかさがマイナスになったのでしょう」

娘が口を尖《とが》らせる。おそらくはその通りだろう。

「だから私は、お義母《かあ》様にオズヴァルドを今少し痩せさせるようにと何度も申し上げたのです！　なのに、また寝たきりになったときにすぐ死んでしまうといけないなどと……少しでも具合が悪くなるようでしたら実家に頼んで、いつでも神官を呼びましたのに」

生みの母ではないが、母としてオズヴァルドのことはきちんと見ていた妻だ。

ただ、オズヴァルドには祖母である母がつきっきりで世話と教育をし――結果としてそちらとの距離が近くなり、自分達に対しては遠慮するようになっていた。

「でも、どうしてすぐお父様へ言わなかったのでしょう？」

「オズヴァルドは先ほどの話でも言っていただろう、家に迷惑をかけたくないと。相手にまで気を使い――あれは、根が優しすぎるのだ」

貴族には不向きかもしれぬ――心の中でそう思ったとき、ノックの音が響いた。

了承を告げると、メイド姿のドナテラが入ってくる。

「失礼致します。書類が上がって参りました」

渡された紙は厚い束だった。ここ三日で十分に集めてくれたらしい。

ソファーに座ったまま、それを四人で回し読みする。

時間が経《た》つにつれ言葉が消え、全員が昏い目になっていった。

家の情報部門の調査結果、そして、交流のある他家が情報を回してくれた内容はこうだ。

オズヴァルドに嘘の付き合いを持ちかけた少女は子爵家。それを命じたであろう少年は伯爵家の長男で当主予定。

そこまでは翌日にはわかっていた。続きはそこからである。

子爵家の少女は領地育ち、母はメイド。地方育ちで言葉に少しなまりがあるというのも影響したのだろう。初等学院から王都に移ったが、友人もおらず、貴族少女達の間では少し浮いていた。

少女とよく一緒にいた——他に相手がいなかっただけとも言えそうだが、もう一人の男爵家の少女。オズヴァルドが謝られた後ろで、侯爵家の少年と笑っていた者だ。

判断は簡単だった。一人目の少女は悪用された共犯、二人目の少女は自分の意志による共犯、少年は主犯。

万が一、息子が非礼をしていたのならば対応に加味しようと思ったのだが、その必要はなかった。

オズヴァルドが標的になった理由は、成績だ。

前回の基礎教養の総合点一位は別の侯爵家の子息、二位はオズヴァルド、三位は侯爵の息女。その次が問題の子息。選択授業の歴史研究の試験では、オズヴァルドの作文が最高点で、彼は次点。

『オズヴァルド・ゾーラは身のほどがわかっていない』『灰色子豚のくせに』、そう、あちこちでふれ回っていたとある。

友人達が窘《なだ》めるのも聞かず、追従したのが男爵家の少女だ。

大変にわかりやすい、ただの嫉妬《しっと》である。馬鹿馬鹿しすぎて笑えもしない。

「……次期侯爵には、品性不足のようですわね」

大変冷えた声がした。己の妻は伯爵家出身、自分よりこういった評価は厳しい。

「オズヴァルドより一つ上の年。家格を悪用し、分家の女子に命じて、学友を悪意の網にかけるか。確かに品性はないな。お前達、似た状況で、自分より年下、爵位も下の者に嫉妬を覚えたらどうする？」

「私でしたら……もっと勉強し、成績を上げる努力をします。家庭教師を願うかもしれません。それでも負けるのでしたら、相手を尊敬し、大いに讃《たた》えましょう」

「私はその子と友人になって、勉強を教えてもらいますわ。有能であればより上にいくかもしれませんし、友人は多い方が楽しいですもの」

「どちらも正解だ。さて、この侯爵家の長男だが、第二夫人が母とある。第一夫人を母とする弟君と年齢は二歳差、成績はほぼ一緒だ。他の兄弟は、下に第一夫人を母に持つ妹君だな」

並べた書類には名前に年齢、交流する仲間と、細かな情報も書き加えられていた。

「ここからは、どうするのが正解かしら？」

紅《べに》ののった唇が、貴族夫人らしい弧を描く。尋ねられた子供達は、間をおかずに答える。

「第一夫人のご実家の方が、同じ魔導部隊におります。近々食事をご一緒し、交流を深めようかと。ああ、もちろん王城の他の友人も呼び、いい酒を多く出してもらうことに致します。ちょっと飲みすぎて、話が長引くかもしれません。深酔いで愚痴も出てしまうかもしれませんね」

「第一夫人の妹さんとは重なるお友達が多くいますので、ちょっとお茶会をして参りますわ。気の置けない集まりですので、つい口が滑ってしまうかもしれませんが」

この子達の成長は及第点だ。とりあえず安心していいだろう。

「では、私も。本日実家に行かせてくださいませ、それで――」

「蔵《くら》から義母上《ははうえ》好みの白ワインを持っていってくれ。私の秘蔵の箱を開けてかまわん」

三人はそれぞれ整った笑顔で部屋を出ていく。

父である自分が次にすることは、減量の医者の手配と、もう一つ。

「ドナテラ、ご苦労だった」

「お言葉をありがとうございます」

「一つ、命令ではなく願いがある。来年で退職というのは延期してくれ。オズヴァルドが高等学院を卒業するまで、給与は割り増す」

「お受け致します」

ありがたいことに、当家情報部の頼れる情報員、母の直属の部下でもあった彼女は、ゾーラ家にまだいてくれるようだ。

先日、年齢を理由に退職の話をされたが、その仕事は確かで、腕も長い。できるかぎり残ってほしいところである。

「旦那様、私からも一つお願いがございます」

「なんだ？」

「オズヴァルド様は騙《だま》されたわけではなく、彼女の立場を哀れんでのお付き合い。彼女はただの愚か者、残り二人は品性下劣で貴族に値《あたい》せず――この内容をきれいに叩いて、雀《すずめ》の餌にしてもよろしいでしょうか？」

『噂雀《うわさすずめ》』という仕事がある。金をもらい、酒場や店で与えられた情報を撒《ま》く者達だ。

ドナテラは貴族界だけではなく、王都の端までも話を広げることを勧めてきた。

なるほど、それも悪くない。

「ああ、ドナテラの裁量でやってもらってかまわん」

母の隣、いかなるときも冷静沈着で、賊《ぞく》が現れたときすら無言で倒した。

このドナテラならどんな仕事を任せても、きっちりやり遂げてくれるだろう。

いや、母がかわいがっていたオズヴァルドが絡む話だ、より迅速に進めてくれるに違いない。

「では、すぐに」

少々急ぎ足で出ていく彼女から、書類に目を戻す。

さて、自分はどこからいくべきか――そう悩みはじめたゾーラ家当主に、ドアの向こうのつぶやきは届かない。

「……オズ坊ちゃんを泣かせる者など、滅べばよいのです……」


オズヴァルドのため、減量専門の男性医師が来たのは、その翌日だった。

医師はとても引き締まった身体をしており、説得力があった。

最初に確認されたのは食事だった。半分に減った食事量は少し増やすように勧められた。正直、もっと減らされると思っていたので、意外だった。

パンやジャガイモは半分に、蒸した野菜や鶏のササミに焼いた赤身肉など、ある程度決まったメニューが出されるようになった。

甘いものを控えるように言われたので、菓子も、果実水も、紅茶の砂糖もやめた。

運動に関しては、身体を慣らし、少し体重を減らしてからしっかり行うこととなった。

屋敷の庭を毎日ゆっくり歩き、雨の日は廊下を行き来した。

しかし、メイドに何度も会うのが恥ずかしく、部屋の中を歩くことにした。

飽きてしまうので、魔導具の本を読みながら歩いたら壁に頭から派手にぶつかり、ドナテラにすっ飛んでこられた。とても恥ずかしかった。

「オズ坊ちゃん、そういうときは家具のない部屋で、右手で壁を、左手で本を持つのです」

そう教えられたので、空き部屋で実行した。本が面白くてつい夢中になり、気がつけば思いきり酔っていた。

目を回しつつ、ドナテラに手を引かれて自室に戻った。さらに恥ずかしかった。

毎日朝晩体重計に乗り、数値をメモする。

減るのはうれしかったが、一気に減りすぎると食事を増やされた。せっかく減ったのにという思いは顔に出ていたらしい。医師に一定以上の減量は健康を損なうからダメだと言われた。

空腹になればレモンを搾った水を飲み、本の食事シーンは飛ばした。どうにも辛いときは食堂ではなく、部屋で食事をとった。

だが、ある日を境に、体重はなかなか減らなくなった。

顔が少しだけ細くなり、手足も動きやすくなったところだったのに――そう思っていたら、外で医師と共に走ることになった。

屋敷の周りを一周するだけで、息が切れた。医師は汗もかいていなかった。

それでも意地で三周したら、ご褒美にと小さなチーズケーキを出された。それを十六分割して食べたチーズケーキは、今までで一番おいしかった。

兄姉《きょうだい》も減量に協力してくれた。

上の兄は小魚の干物を持ってきてくれた。かじると空腹がまぎれるのだという。

雑談をしつつ、小魚の干物で砂糖なしの紅茶を飲んだ。二人揃って生臭さにのたうった。

姉がトリートメントを七種類持ってきて、一つずつ使った後、髪を乾かしてチェックされた。

髪は大変艶々《つやつや》になったが、今度こそ本当に風邪をひきそうだった。

しかし、姉は嫁ぎ先から実家に帰りすぎている気がするので、ちょっと心配である。

下の兄が王都の女性の間で流行しているという薬――連用できる下剤を買ってきた。

オズヴァルドが試す前に母が没収、健康によくないと事細かに説明された。あと、これを勧めた女性について兄への追及が始まったので、邪魔にならぬようそっと退室した。

減量のためにできることは、片っ端からやり続けた。

読書と勉強は、椅子に座らず、飾り棚を机代わりに、立ったままでするようになった。

食事は一食から取り分けておいてもらい、空腹の辛いときに食べるようにした。

そうして、一度もできなかった腕立て伏せは二十、三十と数が伸びた。

朝夕、医師と共に走っているうちに、気がつけば息切れはせず、足が軽くなっていた。やがて、何周という回数ではなく、時間を決めて走るようになった。

そんな中、ある夜から両膝がひどく痛みはじめた。

医師の診断は『成長痛』。背が伸びるのはうれしかったが、引かぬ痛みはなかなか辛かった。

痛みで眠れずにいると、ドナテラが熱いお湯で絞った布を膝に置き、何度も替えてくれた。

その夜は、それでようやく眠れた。

だが、翌日からは痛みは治まらなくても、一度布を置いてもらっただけで、もう平気だと嘯《うそぶ》いた。

彼女の指は真っ赤だった。


周囲に助けられての減量、その四ヶ月半、オズヴァルドは一度も家の敷地から出なかった。

「オ、オズヴァルド様？」

ぎりぎりになって高等学院の制服を頼んだところ、採寸に来た服飾師に驚きで固まられた。

ちょっとうれしくなった。

オズヴァルドの体重は三分の二以下となり、今まで着ていた服はすべてぶかぶかになっていた。

丸い顔から無駄な肉が消えると、顔の輪郭があらわになる。それは意外なほど父に似ていた。

いつも眠たげだった目は切れ長の二重となり、少し細い吊《つ》り目がはっきり見えるようになった。

視界がすうと開けたように感じた日、自分の目は灰色ではなく、銀色だったのだと初めて知った。

「オズヴァルド、こちらの紺はどうだ？」

「私はこちらの青も似合うと思いますが、どうでしょう？」

自分に尋ねている口調だが、服に袖を通す度、父母が次々と注文していた。

背が伸びている途中なのだから最小限の枚数でいいと伝えたが、オズヴァルドの意見はまったく通らなかった。

濃紺のスーツが仕上がると、それを着てすぐ、兄に理容室へ連れていかれた。

「この髪型でお願いします」

「兄上、無茶です！」

咄嗟《とっさ》に叫びに似た声が出た。

兄が布に包んで持ってきていたのは、銀髪銀目の曾祖父《そうそふ》様の肖像画。四人の妻、十六人の子を持ったという御仁である。

氷魔法を持つ美丈夫で、『銀狐《シルバーフォックス》』という二つ名があったそうだ。

王都近くの海に出たクラーケン討伐では、海面を一気に凍らせて騎士の足場を作ったという。

兄は何を思って、ご先祖様の肖像画を執務室から剥《は》がしてきたのだ？

「いや、オズと顔立ちがよく似ていると思う。あと、この髪型がお前の髪質に合うと、母上が」

「なぜ肖像画そのものを持ってくる必要があったのですか……？」

「口頭で説明するより、画《え》で見せた方がわかりやすいですよね？」

理容室の店員に固まった笑顔でうなずかれた。兄への尊敬度が一目盛り減った。

しかし、曾祖父様とお揃いの髪型は、悪くなかった。

理容室から帰ってきたら、母が眼鏡を持ってやってきた。

「ちょうどよかったわ。オズヴァルドに、自信をつけるお守りです」

「眼鏡、ですか？」

眼鏡型のお守りとは何だろう。魔導具だったら遠見があれば便利だが――そう思いつつ、銀枠のそれを素直にかけた。サイズ調整は来ていた職人が行ってくれた。

「オズヴァルドは緊張すると、視線が落ち着かなくなるようですから。眼鏡はそれを守ってくれる効果があります。緊張しているときにちょっとだけ目を伏せれば、考えを巡らせているように見えますよ。実際、目も少しよくないのですし、高等学院一年生のうちはかけておくといいでしょう。笑顔と一緒に、鏡の前で練習しなさい」

「笑顔、ですか？」

「ええ、表情筋は貴族の武器です。高等学院にいるうちから練習しておきなさい」

なんとも面倒な武器があったものである。

だが、母に礼を言い、鏡の前で真面目に自分の表情を確認した。

鏡を見ながら、いい表情《かお》をつくってもだめなのだと知った。

鏡を布で隠して表情を浮かべ、その後に布を取る。そうすると、思っていたものではないことが多かったのだ。

翌日、頰《ほお》の肉は見事に筋肉痛になった。

その痛みもようやく消えた日、母に呼ばれた。

自分の服装を細かく確認し、なぜかポケットチーフを白から水色に換えられる。

「これでいいわね。オズヴァルド、ちょっと磨かれてきなさい」

「はい？」

「オズ！　迎えに来たわ！」

説明もなく、嫁いだ姉に問答無用で連れていかれた先、その友人達——貴族の若き既婚女性、そのお茶会まっただ中にほうり込まれた。

あまりの華やかさと美しさに目眩《めまい》がする。しどろもどろで、失礼にならぬことだけを必死に考えた。

だが、彼女達は全員がとても聞き上手だった。話す側となっても話題は豊富、そして相づちも切り返しもうまい。

こういったときはどう答えればいいのかまで、丁寧に、それこそ弟をさとすように教えてくれた。

彼女達の美しさと厳しさにはくらくらしたが、その会話術と気遣いは心から尊敬した。

続く何度かのお茶会は、オズヴァルドの会話術と表情筋と胃を大変に鍛えてくれた。

父に呼ばれたときは、うちの家族は順番で自分を応援してくれているのだと納得した。

「オズヴァルド、高等学院入学前の祝いだ。正装で歌劇を見てこい。これがチケットだ」

渡されたのはペアチケット、つまりは誰か女性を誘えということで――父は、まさかの丸投げだった。

昼の部なので恋人でなくてもいい。しかし、自分には女友達もいない。

母か姉に頼めば適切な誰かを紹介してくれるだろう。しかし、それは違う気もする。

考えに考えて、一人だけ思い当たった。

オズヴァルドは、こづかいで色とりどりの花をブーケにしてもらい、紅茶を持ってきたドナテラに渡した。

「ドナテラ嬢、明後日、私と一緒に、歌劇を楽しみませんか？」

彼女はトレイを持ったまま十秒ほどそのままで――おそらくは他に誘う相手のいない自分に同情したのだろう、貴族の礼儀通りのお礼を言って受けてくれた。

歌劇の上演当日、ドナテラは灰銀色のドレス姿だった。

髪をすべて黒く染め、華やかな化粧を施した彼女は、いつもよりずっと若くきれいだった。

誘った翌日、母にすべて揃えられ、当日は美容師を呼ばれたそうだ。

母の見立ては本当に間違いなかった。

中央区の歌劇場、歌劇の題目は『恋とはどんなものかしら』だった。

歌はとてもすごくて、歌手はきれいでかっこよくて、舞台は華々しくて、ただただ見入った。

終幕はちょっとだけ刺激が強かったが、拍手の音にまぎれてほっとした。

帰りの馬車、ドナテラから花はドライフラワーに、ドレスは棺《ひつぎ》に入るときに着るからとっておくと言われた。縁起でもないのでやめてほしい。

次は恋人と行けばいいと言ったら、初恋の人がすばらしすぎて、もう誰も比較にならないからいないのだと微笑まれた。

「その初恋の方がどんな方だったのか、伺ってもいいですか？」

「強く、優しく、家族にとても愛情深い方でした」

そう言いながら、彼女は目尻を下げて笑った。

なぜか、祖母を思い出した。


高等学院の入学式の前日、嫁いだ姉を除き、家族揃って夕食をとった。

今日のメニューは自分に合わせてくれたらしい。メインの皿は、鶏の蒸し物にオレンジのソースをかけたもので、温野菜がたっぷりと添えられてあった。

国境沿いにワイバーンが出て、魔物討伐部隊が隣国の騎士団と共同で仕留めた、新型の小型魔導ランタンは光が一段明るくなった——そういった世間話の後、父母から嘘の告白に巻き込んだ者達のその後を教えられた。

嘘の告白をしてきた彼女については、子爵家からの詫《わ》びが来たものの受けず、『クラスが同じだっただけで、交際の事実はなかった』で終わらせた。

初等学院生とはいえ男女であり、お互い悪い話にしないためだそうだ。

彼女は高等学院の文官科に入り、卒業後は出身地の領地で、領主である父の手伝いをするという。

貴族であればごく当たり前の進路だ。なんとなくほっとした。

なお、学院入学後は付き合わぬこと、接点は持つなと念を押された。言われなくてもそのつもりだったが。

侯爵家の長男は、こちらも家から詫びが来たが、『交流はなかったので謝罪されることはない』と返したという。これは家同士の争いにせぬようにだろう。

しかし、他からの声が聞こえたのかもしれない。

前侯爵当主が孫である彼を大層心配し、『自分と領地にいるときは、こんなことをする子ではなかった。王都が向いていないのではないか。一度休ませ、私が再教育する』と、自ら迎えに来て連れ帰ったそうだ。二年はあちらにいるという。

もしかすると、彼は初等学院の成績競争などで疲れ果てていたのかもしれない。それなら、牛が多いという領地でしばらくのんびりした方がいいだろう。

男爵家の少女は、こちらも家から詫びが来たが、『当方はその者を知らない』と返したという。

侯爵家、子爵家にも交際について否定する形になる上、彼女は見ていただけの傍観者だ。当然かもしれない。

少女は高等学院ではなく、隣国の商業学校に入った。自分のせいではないかと心配したが、男爵家の商会は、隣国の支店を増強中で、そちらで働くためだという。

『そもそも、お前より侯爵家の長男を血迷わせたと思われることの方が問題だろう。こちらの国にいるよりは安全だ』、そう視線を合わせず言った兄に納得した。

その後は、彼らのことについて考える間もなく、高等学院で部活はするのか、魔導具師の師匠は誰にするか、入学祝いに欲しいものはないかと、次々に質問された。

兄達からは魔導具店巡りに誘われた。喜んで受けた。

初等学院に入った弟とは菓子を買いに行く約束をした。

かわいい弟と出かけられるのはうれしいが、自分用の菓子はほどほどで自制しなければと思う。

姉からは次の茶会の伝言が来ていた。できれば遠慮したいが、選択権はなさそうな気がする。

この日、オズヴァルドは心から家族との食事を楽しんだ。


前日深夜までの雨はどこへやら、高等学院の入学式は見事な快晴だった。

オズヴァルドは馬場で馬車を降りる前、少し震える手で銀枠の眼鏡を上げ直した。一度だけ深呼吸して馬車を出ると、背筋を正して歩き出す。

あちこちから視線を感じたが、誰も自分に声をかけることはない。鼓動が一段、速くなった。

少し進んだ先、初等学院で隣のクラスにいた、顔見知りのご令嬢を見つけた。

オズヴァルドは背筋を正し、繰り返し練習した笑顔を向ける。

「おはようございます。また一段とお美しくなられましたね、キエザ様」

選択授業でよく一緒だったご令嬢は、少しだけ目を見開いた。

「え？　……『あなたのような素敵な方』にお声がけいただけるなんて」

驚かれたようだが、すぐ整った笑みと共に挨拶が返ってきた。名前を知らぬ、あるいは覚えていないときに使う貴族言葉である。

「オズヴァルド・ゾーラです。半年ぶりですから、お忘れになられても当然です」

「――眼鏡をおかけになったので、すぐにはわかりませんでしたわ、ゾーラ様。高等学院の制服がお似合いで、とても素敵ですね」

さすが、伯爵家のご令嬢である。眼鏡のせいにした見事な切り返しだった。

「こちらでもどうぞよろしくお願いします。キエザ様を遠目に眺められるだけでも、高等学院の魔導具科に入った甲斐《かい》がありました」

「まあ……」

彼女が笑み、その紫の目をすうと細めた。

子爵家子息、魔力は少ないが同じ魔導具科、入試は二位、マシになった見た目。

このオズヴァルド・ゾーラは彼女の『ご学友』に値するだろうか――そう思いつつ、整えた笑みを向ける。

「遠目とは言わず、『隣席の学友』となってくださいませ。どうぞ『コンチェッタ』とお呼びになって。オズヴァルド君」

「喜んで、コンチェッタ君」

あっさりと親しい学友を名乗る許可が出た。

とりあえず、初等学院よりは楽しい学生生活をおくれそうだ。

「コンチェッタ！　こちらにいたのね」

「お久しぶりです、グッドウィン君。髪を長くされたのですね、よくお似合いです」

「え……もしかして、ゾーラ君!?　ごめんなさい、すぐわからなくて……」

「少し肉が落ちましたので、存在感も軽くなってしまいましたか？」

「うふふ！　いいえ、すごくかっこよくなったわ！」

コンチェッタの友人で、半年前は短髪だったクラスメイト、その赤い髪が伸びていた。それにしみじみと時間の流れを感じる。

もっとも、変身ぶりなら自分の方が上かもしれないが。

ここから次々と声をかけられるようになり、オズヴァルドはその度、丁寧に挨拶を返していった。

初等学院のように自分から挨拶をする必要がないとは、なんとも便利なものだ。

「あの！　オズヴァルド君！」

不意の呼びかけ――声だけで誰かわかった。

だが、わざとゆっくりとそちらに顔を向ける。

予想の通り、赤茶の目の少女がいた。だが、オズヴァルドはその名も姓も呼ばない。

「いえ、ゾーラ君、この前は本当に――」

詫びの言葉は受け取れない。

入ってからは接点を持たぬように念を押された。それは彼女も同じはずだ。

赤茶の目を潤ませて言う彼女は、自分の恋人であったことなどない。

恋を夢見ていた自分に、己を振り返るきっかけをくれた、ただ、それだけの人。

「おや、『こんなかわいらしいお嬢さん』にお声がけいただけるとは」

覚えていないという貴族言葉と共に、繰り返し練習した貴族の笑みを向ける。

初対面のような返しに、赤茶の目が見開かれ――その薄紅の唇から続けられる言葉はない。

「オズヴァルド君、そろそろ参りませんこと？　入学式に遅れてしまうといけませんもの」

いろいろと察してくれたらしいコンチェッタが自分の袖を引き、少し甘く声をかけてくれた。

それに周囲の少女達が声を続ける。

「混雑しますし、少し早めに入った方がいいですわ、ゾーラ様」

「魔導具科で、ゾーラ君と一緒のクラスだったらいいのに！」

「私もそう思いますわ」

「そうですね――では皆さん、参りましょうか」

少女達に囲まれながら、オズヴァルドは足を踏み出す。

以前のように、彼女に袖をつかんで止められることはなかった。

一瞬だけ振り返りそうになったが、視線はそのまままっすぐ前へ固定する。

自分は偽りの恋と、女友達と共にいる楽しさに目がくらんだだけ。

本物の恋愛は、きっと違う。恋とはもっときれいなもので、愛とはもっとすばらしいもので――

いつかこの手に、間違いなく確かな、それが欲しい。

陽光の下、ゆるやかな風が吹く中を、高等学院の入学生達が歩いていく。

一際《ひときわ》目立つのは、銀髪銀目の美しい少年。すらりとしているのにひ弱さはまるでなく、まるでこが舞台かのように優雅に進む。

「あれって、もしかして、ゾーラ様!?」

「本当に？　すごくかっこよくなったわね。前は『灰色子豚』って呼ばれてたのに……」

灰色の髪と目は艶めく銀に、丸々とした顔はすっきりとした輪郭へ。引き締まった体躯《たいく》はまるで昔からそうであったかのよう。

何より、その微笑みは貴族らしい優雅さで――初等学院で何年も知っていたはずが、まるで別人である。

「あれが『灰色子豚』なら、俺らなんか『茶ネズミ』とか『赤モグラ』だろ。あれじゃ魔導具科にゾーラ君を見に行くのが絶対いるぞ」

「うん、まず私が行くわ。文官科から魔導具科は遠いけど」

「本気か？　でも、画《え》に描いたら売れそうだな……」

さえずりに似た声音をあげながら、同級生達は彼を見つめる。

銀髪の少年は、周囲の者達に次々と話しかけられても、その都度、優しげな笑みで応え――見ていた少女がまた一人、その輪に加わった。

オズヴァルド・ゾーラを『灰色子豚』と呼ぶ者は、この日よりいなくなった。

視線と話題をさらう彼は、華やかな少女達や個性的すぎる研究会仲間と、にぎやかな高等学院生活をおくることになる。

初恋のハンカチを収集する、『銀狐《シルバーフォックス》』――

彼が羨望《せんぼう》と嫉妬を込めてそう呼ばれるようになるのは、間もなくのことである。

学院生ラウルと白い刺繍ハンカチ

「あの、ゾーラ様、受け取ってください！」

顔だけは見たことのある金髪の少女が、ラウルに白いハンカチを両手で差し出した。

おそらく初等学院の後輩――それしか記憶がない。

「ありがとうございます。ですが、私はまだ若輩故、お気持ちにお応えはできません」

「かまいません、受け取っていただけるだけで……」

頬《ほお》を赤く染め、緊張で指先を震わす少女を、かわいいとは思う。

だが、それは幼子や小動物がかわいいとか、そういった感覚と似ている。恋愛のそれではない。

「わかりました。ありがたくお受け取り致します」

笑顔を作って受け取ると、ハンカチの下に小さなカードがあるのに気づいた。

少女は無言で、急ぎ足で遠ざかる。

その先には、面差しの似た金髪のご夫人がおり、そちらには会釈された。どうやら、店の顧客らしい。

ここは王都の魔導具店、『女神の右目』。ラウルの父、父オズヴァルドが商会長を務めるゾーラ商会、その貴族向けの魔導具を置いた店である。

実際の魔導具の見学と共に、父から魔導具について説明を受けるため、ここのところよく来るようになっていた。

少女とその母を見送ると、ラウルはようやく足を踏み出した。

「ラウルエーレ様、商談が終わりましたので、オズヴァルド様がご一緒にお茶をと——あら、『刺《し》繍《しゅう》入りハンカチ』ですか？」

やってきたのは黒髪の美しい女性——父の第三夫人であるエルメリンダだ。

彼女の笑顔に、ラウルは気負いなくうなずいた。

「そうだと思います」

こういったものをもらうのは初めてではない。初等学院でも三枚ほどはもらっているから、これが四枚目になる。

だが、心はまったく浮き立たなかった。

白いハンカチに刺繍を刺したものは、貴族では『あなたは私の初恋の人です』という意味がある。なかなかに価値が重いとされ、恋人や婚約者がいない場合、一応は受け取るのが礼儀だ。受け取ったからといって付き合わなければならないものでもない。

恋人や婚約者がいる、結婚そのものを考えていない、もしくはあなたとの可能性が一切ないという場合は受け取らなくてもよい。

だが、『勇気を出して想いを告げてきた相手を、むやみに傷つけるものではありません』という母の教え通り、とりあえず受け取ることにしている。

ただ、受け取っただけで勘違いされかけた――二枚目のときに、相手の家から婚約の打診が父に来たことがあるので、『まだ若輩故、お気持ちにお応えはできません』という言葉を付け加えることにした。

このあたりは父の教えである。父は若い頃はそれなりにもらったそうなので、慣れているらしい。

「革ケースか、ガラスケースを準備しますか？」

「いえ、紙封筒で結構です」

紙封筒に入れて、他のハンカチと一緒に箱の中に入れておこう。

そういえば、父から、『先々を考えて、誰からもらったかはメモしておくように。礼儀として多色の花束を家に送るように』、そう勧められてはいるが――さっきの少女の名前がわからない。

ラウルはハンカチに付いていたカードを確認することにした。

カードの表は、型押しされた薔薇《ばら》の花。カードの裏には、一文と名が書かれていた。

『我が愛《いと》しの人へ　ダリア・グッドウィン』

「……っ！」

ラウルは膝から崩れ落ちそうになり、一歩よろめいた。

頭の中に浮かんだのは、赤髪の先輩魔導具師、その美しい笑顔。

名前が一文字と姓が違っていれば――いや、そうではない。

名前の問題ではなくて、差出人の問題で、いや、そんなことを考えるのはどちらにも失礼で――

脳の回路が一瞬で混線した。

いろいろと言いたいことはあるが、ここまで偶然に対し悪意を感じたのは初めてだ。

「大丈夫ですか、ラウルエーレ様!? 貧血ですか？」

傾いた肩を腕で支えてきたエルメリンダの前、ぱらりとカードが落ちた。

白地に大きめの黒文字は、とても視認性がいい。

互いに数秒固まり、ラウルは黙って床のカードを拾い上げ、ハンカチごとポケットにしまった。

エルメリンダは眉間に思いきりシワを寄せ、目を伏せている。

自分はもうどんな表情《かお》をしていいのか、どんな表情《かお》をしているのかわからない。

「……ラウルエーレ様……その、この先がありますから、きっと……」

必死の表情《かお》でようやく続けられた声は、迷いに満ちあふれすぎである。いろいろと理解されてしまったのもわかって恥ずかしすぎる。

それでも、本当に心配してくれているのはわかった。

エルメリンダはラウルにとっては父の妻。貴族の考え方で言えば、母達の一人ということになる。

だが、父より自分に近い年齢の彼女を、どうしてもそうは受け取れなかった。

父についても、つい最近まで避けていた。

独身時代は派手に浮き名を流し、その冷酷さに最初の妻は逃げ、母と実家の爵位を利用して仕事をしている、魔力の少ない魔導具師――父母と話し合うこともなく、周囲の子供の噂《うわさ》を鵜《う》呑《の》みにし、勝手で愚かな思い込みをしていたのだ。

父が本当に実力のある魔導具師なのだと教えてくれたのは、ダリヤ先輩だった。

世辞だろうと思った自分に、『魔導具師オズヴァルド』のすごさを懸命に伝えてくれた。

その姿につい勘違いをし、父との婚姻を尋ねるなど、思い返すだに失礼なことをしてしまった。

いや、それ以前に最初の出会いが最低である。

なぜ自分はあのとき、庭でサルビアの蜜など吸っていたのか？　まるで幼子ではないか。

ダリヤ先輩が一緒になって吸ってくれるという優しさを見せてくれたから救われたが、思い出すだけでも恥ずかしい。

だが、あれがなかったらダリヤ先輩とは出会えていないわけで――それでもあの偶然に関して、やはり納得がいかない。

「ええと……蠍酒《スコルピオ》では強すぎますから、蜂蜜梨酒《なしざけ》でもお持ちしますか……？」

エルメリンダの萌葱《もえぎ》色の目が、迷いに揺れて自分を見る。

心配してくれるのはありがたい。しかし、十六歳にいまだ届かず、未成年である自分に酒は勧めないでほしい。少しだけ、飲みたい心境になっているのは本当だけれど。

「では、蠍酒《スコルピオ》をください。まだ成人していないので匂いだけ嗅ぎます、『エル母様』」

「……え……？」

ぎぎぎ、首に油を差した方がよさそうな不自然さで、彼女が首を斜めに傾ける。

「い、今、何と、ラウルエーレ様？」

以前、第一夫人である母に言われた。『いつか、あなたが呼べるようになったら、「フィオレ母様」「エル母様」と呼びなさい』と。

そんな日は来ないと思っていたのだが、どうやら自分は――みっともないところを見せまくっているし、避けたこともあるのに思いきり心配されているらしいし、確かに家族ではあるのだし。

いろいろと思うところがないわけではないけれど、それでも本日このときから、ラウルはエルメリンダを母と呼ぶことにした。

「『ラウル』と呼び捨てでいいです、エル母様。家族で取り繕うのも疲れるでしょう」

「……ラ、ラウル……」

名を小さく呼ばれ、両手を取られた。

ぽろぽろとその萌葱から涙がこぼれ、口を開きかけ、次の言葉が出ぬままに自分を見る。

ラウルもまた、何と返していいかわからなくなった。

「エル、ラウル、紅茶が冷めてしまいますよ」

不意に名を呼ばれて振り返る。

紅茶の時間には遅れてしまったらしい。二階からオズヴァルドが下りてこようとしていた。

「二人とも、何かありましたか!?」

ひどく心配そうな表情《かお》となった父が階段を駆け下り、あと一段のところで踏み外す。

「オズ！」

「父上！」

転倒した父への説明は、困難を極めた。

高等学院魔導具科の学友

オルディネ王立高等学院に入学した――そう言うと、貴族であればやはり、という感じになる。

しかし、『魔導具科だ』と続けると微妙な表情《かお》になり、『就職にはいい』とか、『先々を見据えての選択だな』などと濁される。

高等学院の魔導具科は、魔導科より難易度が低いと言われる。

魔導師や錬金術師になれぬほど、あるいはなってもそう使い物にならぬほど、魔力の少ない者か、主たる火風水土・治癒の魔法が使えぬ者が入ることが多いからだ。

もっとも、魔石と魔導具の使用が多いオルディネ王国では、食いっぱぐれのない職業でもある。

オルディネ王国アルディーニ子爵家長男のダヴィデは、本日、進路選択をその魔導具科に定めた。

父の執務室へ行き、『高等学院は魔導科ではなく、魔導具科に参ります』と言ったら、五秒黙られた。

理由を問われたので、『弟は魔導科に入れます。彼が当主になるべきです。自分は生涯の生業《なりわい》として魔導具師を選びたいのです。家を出ることをお許しください』、そう続けた。

さらに十秒黙った後、了承された。

当主として当然の決定だ。むしろ自分がこの年になるまで、父が言い出さなかったのがおかしいぐらいだ。もしかすると、自分が言うのを待っていてくれたのかもしれないが。

一つ下の弟は、自分よりはるかに魔力が多い。成績も少しいい。同じ母を持つ間柄で、それなりに仲はいいが、子爵家の跡目となれば周囲がもめることもある。

もしものことがあっても、その下の弟も、ダヴィデより魔力が高い。

長男の自分が家を出ると早めに表明した方がいいだろう、そう思って決めた。

次に母のところへ報告に行くと、魔力を多く産んであげられなかったと詫《わ》びられた。

『いいえ、魔力のせいではありません。自分は魔導具を作るのが好きなのです！　これで身を立てていきたいのです！』と拳《こぶし》を握って力説してみたが、『ダヴィデに演技の才能はないわね』と苦笑された。

まったく騙《だま》せなかった。

その後、弟の部屋に行って伝えたら、思いきり殴られた。

『殴り返せ、兄上！』と言われたので、殴るふりで思いきり抱擁してみた。大泣きされた。

家族の誰も悪くない。自分にちょっと運がなかっただけなのだ。

そうこうしつつも、試験を受けて魔導具科へ無事入り、高等学院の寄宿舎が空いたその日に引っ越した。

狭い部屋だったが、一人きりで過ごせることに安堵《あんど》した。


魔導具科の授業での席は、教師の指定で男女関係なしの名前順になった。

自分の隣に座ったのは、ダリヤ・ロセッティという赤髪の少女。

彼女は自分より一つ下、それでいて少し背は高い。給湯器で有名な魔導具師、ロセッティ男爵の娘だった。

計算は速く、筆記はきれいだったが、隣国の言語では発音に迷って舌を噛《か》み、体育の中距離走では女子の一番後ろを走っていた。

大人しそうな見た目の、ちょっとだけとろい女の子――そんな認識でいたのは、きっと自分だけではないだろう。挨拶をし、ちょっと雑談もする学友だった。

季節は移り、基礎教科や魔導具関連教科と並行し、魔導具づくりの実習が始まった。

最初の課題は丸く小さな鏡に、銀蛍《ぎんぼたる》という虫型魔物の翅《はね》の粉を塗るものだ。

鏡の上、銀蛍《ぎんぼたる》の粉を薬液に溶いたものを塗り、弱い魔力を流す、その魔法付与の実習である。仕上がったものは、暗いところでも少しだけ明るく見える手鏡になる。

初心者が作る魔導具であり、魔力もさほど要らない簡単なもの――教科書にはそうあった。

だが、小さな鏡の中心から外側へ銀蛍《ぎんぼたる》の粉を塗っていくのは、想像より面倒だった。

他の生徒も、二度塗りができないので隙間ができたり、表面がでこぼこになったり、真ん中と外側で厚さが違ってしまっていたりする。魔法付与が一定にできないので、暗いところでは見えなかったり、真ん中しか明るくならない者もいた。

そんな中、隣のダリヤは、渡された鏡を三枚、すべて均一に塗っていた。

仕上げに鏡の周囲に黒い塗装を一回りすると、細い指にわずかについたそれをハンカチで丁寧に拭《ぬぐ》う。まだ授業時間の半分が余っていた。

教師が持ち上げたその鏡に濁りは一切なく、机の下でもほのかに白く全体が見えた。

「ロセッティ君、どれもきれいにできていますね。このままお店にも出せるぐらいです」

褒めた若い教師に、彼女はありがとうございます、と笑顔で答えた。

一番早いできあがり、たった一人の三枚すべての成功者。塗りも魔力制御も完璧で――初めての実習なのに、だ。

多くの生徒は、初めての実習でちょっと緊張し、興奮し、うまくいかなさに苦悩していた。

魔導師になれぬから、魔導具師として生きるしかない、これで生計を立てねばと意気込んでいる者もいた。家の魔導具工房で少し作業を経験していても、彼女ほどにはできぬと苛立《いらだ》っている者もいた。

「ロセッティ君は、やはり魔導具師の父上から教えを？」

「はい、父から教わっています」

「道理で上手なわけです。始めたばかりの私達とは違いますね」

きょとんとした彼女は、青髪の学友の言葉にひそむ棘《とげ》に気づいていなかった。

若い教師も気づいていなかったのかもしれない。何も言わなかった。

自分は一枚目を失敗し、二枚目をようやく塗って授業が終わった。その波紋のような模様に、頭を抱えるしかなかった。

「魔導具師の父と祖父がいるなら、できて当たり前だよな」

「先に何度もやってれば簡単だよね」

休み時間になると、彼女への嫉妬《しっと》が伝染していた。

勝手なことを言う学友達に、自分は何も言えなかった。

彼女は口を閉じたまま、言い返すことも嘆くこともなかった。

その日から、ダリヤはちょっと浮くようになった。

挨拶も授業も変わらない、誰かが彼女を避けるといったこともない。

だが、魔導具実習で彼女が成功すれば——他にもできる者はいたが、彼女が一番うまかったので目立たぬわけもなく——魔導具師の父親に教えてもらっているから当然だと、一部の男子生徒がわざわざ声に出していた。

いい加減にしろと言いたかった。

付与魔法は難しいものだ。教えてもらっても、本人の努力なしにできるわけがないのだ。

それでも、勇気が足らず声は出ず、自分は彼女の隣の席で、拳を握りしめるだけだった。

続く日々、ダリヤは、少しずつ無口になっていった。

今までもそう多く話す方ではなかったが、どうにも気がかりで——少し青い顔をしていた日は、昼食すらも食べられなくなっていた。

声をかけるべきか、かけざるべきか、葛藤して授業が終わった。

彼女が帰宅のため、校門へ向かうとき、自分は少し離れてついていった。人が少なくなったら声をかけるつもりだった。

だが、校門近くまで来ると、ダリヤと同じ緑の目を持つ男がいた。彼女の父である、カルロ・ロセッティ男爵だろう。

「大丈夫か、ダリヤ？　無理をしすぎだ」

「ダメみたい、すぐ帰る……」

「だから今日はやめろと言ったんだ。なんなら明日は学校を休め。ほら、鞄《かばん》を。馬車を待たせてあるから」

「ありがとう、父さん……」

ふらつく彼女から鞄を受け取った彼女の父と、不意に目が合った。

「そちらは？」

「え？」

ダリヤが振り返り、初めて自分に気づいた表情《かお》をした。

ダヴィデは慌ててカルロに挨拶をする。

「同じクラスのダヴィデ・アルディーニと申します。お目にかかれて光栄です、ロセッティ男爵」

「丁寧な名乗りをありがとうございます。ダリヤが父、カルロ・ロセッティと申します、アルディーニ様」

少し目を細め、口角を上げて挨拶をされた。

しかし、それが笑みではなく、完全警戒なのははっきりわかる。

自分はダリヤに失礼なことは言わなかった。

だが貴族男子たるもの、隣席女子《ダリヤ》を悪意ある言葉から守らなかった、何もしなかった責《せき》はある。

父として、許せるものではないだろう。

「アルディーニ君も帰るところ？」

緊迫した空気の中、不思議そうにダリヤに尋ねられた。

その澄んだ緑の目に、ちょっと迷ったが正直に返す。

「いや、ロセッティ君が大丈夫かと……心配になったんだ」

そこまで追いつめられているとは思わなかった。力になれなくてすまないと言うべきか、教師に相談するよう勧めるべきか――そう考えていると、彼女がにっこり笑った。

「心配してくれてありがとう。でも、大丈夫」

「だが、無理はしない方が――相談した方がいいと思う」

「お医者さんに行くほどじゃないの。昨日、お料理したお魚が生焼けで……いけると思ったんだけど……」

「あ、ああ……それは、大変だったな……」

心配して損をした。徹底的に損をした。

頭痛を含めていろいろと堪《こら》えていると、カルロが軽い咳《せき》をした。

「付き添ってくれてありがとうございます、アルディーニ様。さて、行こうか、ダリヤ。あまり待たせては御者に悪い」

「ええ。じゃあ、また明日、アルディーニ君」

「また明日、ロセッティ君。その、くれぐれもお大事に……」

かなり微妙な挨拶をして、親子の後ろ姿を見送った。

一度だけ振り返ったカルロが自分を見る目が、ちょっと怖かった。

きっと娘であるダリヤにも、かなり厳しい教えを課しているのだろう。

だから、彼女の魔法付与はあれほどすごいのかもしれない、そう納得した。


「おはよう、アルディーニ君」

翌日、ダリヤはいつものように登校してきた。挨拶を交わしつつ、顔色が戻っていたのにほっとする。

その日の実習は、角兎《ホーンラビット》の毛皮の粉を小さな布に付与するものだった。布の手触りをよくするための魔法付与だそうだ。

角兎《ホーンラビット》の毛皮の粉は細かすぎ、簡単に空中に舞う。教師に何度も注意されていたのに咳《せ》き込む者もいた。

ダヴィデの隣、ダリヤは粉の移動は最小限、巻き上げることもない。そうしてやはり一番手早く、きれいに付与をしていた。

クラスメイトに合わせてわざと失敗することも、動作を遅くすることもなく、ただ淡々と仕上げ——そのとき、ふと気づいた。

彼女はすでに、魔導具師なのだ。

自分達とダリヤがガラスを一枚隔てたように思えるのは、自分達が子供すぎるからだ。

子供じみた嫉妬、やっかみで騒ぐ学友達に、彼女が合わせることはない。

人に左右されることはなく、自分のするべきことをきちんと行っている、一人前の魔導具師——そう思えば、すべてが腑《ふ》に落ちた。

ああ、そうだ、周囲にどう言われてもかまわない。自分も一人前の魔導具師を目指しているのだから——ダヴィデは、意を決して彼女に声をかけた。

「ロセッティ君、どうしても手触りのいいところと悪いところがまだらにできるんだ。よかったら、おかしいところを教えてもらえないだろうか？」

彼女は目を丸くした後、こくりとうなずいた。そして、すぐ真剣な顔になり、自分の付与を見てくれた。

「ええと、アルディーニ君は私より魔力があるから、粉の量を少なめに分けるんじゃなく、分量ちょうどで最初から全部かけて付与しちゃった方がいいと思う。あと、布は四つ折りにするよりぐるぐる筒みたいに巻いて、その端から付与する方が……」

人に教えるときは、少しだけ早口になる彼女。

言われた通りにやっていったら、あっさりうまくいった。というか、教師の教えより的確でわかりやすいとはどういうことなのか。このままだと、教師の嫉妬までがダリヤに向かう可能性が――

はたと気づいたとき、教師が笑顔で歩み寄ってきた。

「とてもわかりやすいですね！　ロセッティ君、アルディーニ君への教えが終わったら他の方へも教えてもらえませんか？　アルディーニ君も、それが終わったら他の方へ、ぜひ！」

この教師は、生徒の技術向上を一番に考えてくれているようだ。

一瞬でも疑った自分を深く恥じた。

「教本通りでも、うまくいかないこともあるんだな……」

「皆、魔力量も流れも違うから。一度、教本通りにしてから、いろいろ試して、自分に向いたやり方を探せばいいと思う」

皆、最初は恐る恐る、あるいは少し斜めに構えつつ、ダリヤや自分に聞いていた。

自分で説明できぬ場合は、遠慮なくダリヤに代わってもらった。

真横で作業ごとに注意を聞いて行えば、あっさりできたり、己の足りぬところがわかったりする。

粉の量を変えてすぐできた者、一気に魔法を付与してできたという者もいた。

「あ、できた！　粉の量が違ってた！」

「たぶんだけど、コツがわかった！」

理解した者が次々と教える側に回るので、気がつけば全員ができるようになっていた。

教師はとても上機嫌で、生徒は少しぎこちなさを残しつつ、その日の実習が終わった。


この日以降、ダリヤをどうこう言う者はクラスに一人もいなくなった。

けれど、彼女は得意ぶることも一切なく、今までと変わらなかった。

学友達は変わったというべきか、戻ったというべきか。

ダリヤと話す生徒が増えた。こそりと陰で謝っている者も少なくなかった。

教室の移動を共にする者が増えた。苦手の中距離走は、走り終わった女子生徒達が応援の声をかけに行っていた。

彼女に少し笑顔が増えた気がした。

大きく変わったのは、一部男子生徒である。ダリヤに挨拶をしなかった者がするようになり、魔導具の話を含め、度々声をかけるようになった。

隣国言語の発音のあやしさは、前の席の男子が丁寧に教えていた。

一番きついことを言っていた青髪の男子生徒にいたっては、ダリヤに上等な紅茶の茶葉を渡していた。家の魔導具工房で飲んでいるもので、たまたま一缶丸ごと余ったのだと言っていた。

どんな余り方だ、この野郎と、正直思った。

学友の口から彼女の名が出る度に、耳をそばだてている自分がいた。

「ロセッティって、話してみると本当に面白いな。魔導具師同士で恋人というのもいいかもしれない……」

「まずは声をかけてみるところからだろう。けど、お前、嫌われてない？」

「一応、話してはくれているが。紅茶を渡すときに謝罪の手紙は入れたが……ここはやはり、一度デートの誘いを――」

体育の授業後の更衣室、そんなことを話している男子生徒達に、じくりと胸が痛む。

ダヴィデは、気づくのが遅すぎた自分を反省した。

そして、今度こそ遅れぬよう、その二人に近づいた。

「すまないが、ロセッティには先に言わせてくれないか？　一番長いのは、俺だから」

「……いいだろう、隣の席の情けだ」

どんな情けかは理解できないが、青髪の彼に神妙な表情《かお》でうなずかれた。

そう悪い奴ではないと思った。

丸一日必死に考えて、翌日の帰り際、ダヴィデはダリヤに声をかけた。

「ロセッティ君、明日、中央区に新しくできた店に友達と行くんだが、一緒に行かないか？」

勇気を振り絞り、店の名を続ける。

女性に人気の高いその店は、かわいいデザートを出すことで有名だ。王都の新たなるデートスポットとも言われている。

ダリヤは男爵の息女である。自分と一対一で出かけるのを避けるであろうと考え、友人にも同行を頼んだ。

「ごめんなさい、アルディーニ君。そのお店、これから父さんと行くの。でも、声をかけてくれてありがとう」

笑顔で言った彼女は、教室を早足で出ていった。

がっくりと落とした自分の肩を、青髪の学友が叩《たた》く。

「あきらめろ、俺達には塀《へい》が高すぎた」

誘われたデートの場へは父と行く――貴族の言い回しとしては最上である。

ようするに、父の決めた相手としか付き合わぬということだ。

そうなると家、あのロセッティ男爵を通さねばならず――子爵家を出て市井に下る予定、まだ無職の自分が言えることはない。

なお、青髪の彼は男爵の子息で次男。魔導具工房に弟子入りが決まっているが、一人前にはほど遠い。ロセッティ男爵に申し込みに行くには、やはり足りぬ。

そして、声をかけてくれてありがとう――友人としてなら話します、ということで、これまた、嫌われてはいない、完全な拒絶ではないのが余計辛《つら》い。

いや、まだ続く先はあるかもしれない。

自分の方が、まだ指一本分、背が低い。

背を追い越し、就職を決めたら――もう一度だけ誘うことぐらいは、許されるだろうか。

「言う前に終わったな、俺は。この際だ、明日は残念会として食事に行かないか？　ダヴィデ」

「いいとも。とっておきの店を紹介するよ」

なんだかんだで、青髪の彼とは友人になった。

ダヴィデにとって、続く学院生活はそれなりに楽しかった。

ありがたいことに、告白後もまったく態度を変えぬダリヤのおかげで、普通に話せた。

実習では彼女に魔法付与のコツを聞き、覚えた者がさらにサポートに回る。

ダリヤの知らぬ付与は、家が魔導具工房の者が先に調べて教えてくれるようになった。

教師の教え方も数段わかりやすくなった。

気がつけば、有能な指導者、そして優秀な生徒の揃《そろ》ったクラスだと噂《うわさ》になっていた。その話に、皆でちょっと笑ってしまった。

年をまたぐと、履修科目の関係で、それぞれ別の時間を過ごすことが多くなった。

魔導具研究を目指す者、師事する魔導具師や工房が決まって卒業を急ぐ者、魔導具販売店などに就職先を求める者など、目指す未来に向け、それぞれが動き出していく。

基本のクラスは変わらないので、ダリヤとはそれなりに顔を合わせる。

試験となれば情報交換をし、実技となれば指導を頼み、願われて隣国言語の単語帳に赤文字で読み方と注意点を書いた。

そうして、彼女との距離はそのままに、月日は過ぎていった。

最初にクラスが一緒だった者達は、本当に優秀な評価を得たらしい。修学期間目安の一年前、あるいは半年前に卒業する者が多かった。

ダヴィデとダリヤも、目安期間とされる半年前には、すべての履修を終えていた。

卒業式は先だが、もう授業はない。最後の魔法学の授業を終えた本日が、実質、卒業のようなものだ。

席はすでに離れていたが、ダリヤが帰るのに合わせ、教室を出た。

校門の少し手前、ダヴィデは足を速め、彼女に追いついて声をかける。

「ロセッティ君、君は卒業したらリーナ先生の助手だったか？」

知っているのに、わざと尋ねた。

「ええ、声をかけていただいたから。アルディーニ君は、魔導具工房に行くのが決まったのよね」

「ああ。魔導具の開発もしているところだ。いつか自分の手で、新しい魔導具を作れたらと思って」

「私も、いつか作れたらと思ってるわ」

言われずとも、それも知っている。

今まで二度、いつか新しい魔導具が作りたいと、彼女が自分に言ったから。

「お互い、魔導具師としてがんばろう。ああ、そうだ。俺が作った魔導具を見て、その出来に驚いたら、『やるじゃない、ダヴィデ』って褒めてくれ」

普通、魔導具に制作者の名は入れない。入るにしても商会の名だ。自分が作ったとわかることなどないだろう。

どさくさにまぎれて『名呼び』を願っていることに、彼女は気づいてくれるだろうか？

「わかったわ。じゃあ、私の作った魔導具で、出来がいいのを見かけたら、『やるじゃないか、ダリヤ』って褒めておいて」

「……わかった」

彼女が自分に明るく笑い返す。

自分への名呼びも許してくれたが、その顔は無邪気で――やはりダリヤにとって、自分はどこまでも学友でしかないらしい。

この日のために山ほど考えた言葉、この先を言うべきではないのだろう。

ダリヤの背中の向こう、砂色の髪の男が見えた。

本日も、彼女は厳しい父上のお迎え付きらしい。

ダヴィデは精一杯背筋を正し、右手を左肩に、彼女に向き合う。

「これから進む道に幸い多かれとお祈り致します、ダリヤ・ロセッティ嬢」

「え、ええ!?　ええと……進む道に幸い多かれとお祈り申し上げます、ダヴィデ・アルディーニ様」

初めての貴族らしい挨拶に、彼女は慌てつつも合わせてくれた。

ダヴィデは後ろのカルロに一礼した後、ダリヤをもう一度だけ見て――精一杯の笑顔でその横を過ぎる。

そのとき、ようやく気づいた。

自分の背は、ダリヤを追い越していた。


「ダヴィデさん、魔導ランタンの方、明日までに間に合いますか？」

魔導具工房の一角で作業をする自分の元へ、事務員が確認に来た。

今、自分が作っているのは、国外輸出向けの魔導ランタンだ。明日には船へ積み込む予定なので、納期的に心配なのだろう。

「ええ、間に合います。午後のお茶の時間までには仕上げますから」

「助かります！」

この魔導具工房に入ってすぐ、ダヴィデは先代の工房長にオルディネの島々と隣国エリルキアを連れ回された。

早く魔導具づくりをさせてくれと思ったが、素材を見極められるようになるのが先とのことだった。

魔物素材に植物素材、いろいろと見て、触れて、加工方法を覚えるのに必死だった。

ようやく戻ってきたら、望み通りに魔導具制作一色となった。

同じく必死になることとなったが——やっぱり魔導具づくりの方が楽しかった。

それが本日まで続いている。

「あと、これなんですけど、魔物討伐部隊の遠征用コンロの下請け相談が来てまして。魔導回路が細かくて大変だとか。これが関係書類で、包みが現品です。工房長がダヴィデさんへ持っていけと……」

申し訳なさそうに差し出されたのは、仕様書と設計書の束。

手持ちの赤い布包みは、遠征用コンロの現品が入っているらしい。

「あー、なるほど……」

設計書の最初の見開きだけで理解した。

難しい回路ではないが細かい。狭い場所に三線の魔導回路を引かなければいけないので、魔力制御のぬるい者には辛いだろう。

きれいな回路の組み方ではあるのだが、魔法を付与するときの順番や調整も気をつけなければいけない。

この工房でできるのは、工房長と先輩二人、あとは自分――ふと思い出す赤髪の学友、彼女ならきっとできるだろうが。

「ダヴィデさん、できそうです？　最終検品はあちらの商会長がやるそうです。難しいときは外装だけの引き受けでもかまわないと」

記憶をたどっていて、答えるのが遅れた。

工房長が自分を指名してくれたのだ。難しくて引き受けたくないと思われるのは心外である。

慌てて設計書を机に置いて答えた。

「大丈夫です。まず数台組んでみますので、材料をお願いできますか？」

「よかったです！　では、揃《そろ》い次第持ってきますので」

話し終えると同時に名を呼ばれ、事務員は他の工房員の元へ走っていった。

それにしても、なかなか面白い仕事が来た――そう思いつつ、ダヴィデは赤い布包みをほどき、遠征用コンロの現品を手にする。

軽い上に薄い。かといって強度を犠牲にしてもいない。手に馴染《なじ》む角の丸み、ツマミの回しやすさ、安全対策など、なかなか考えられている。

感心しつつ、コンロをそっとひっくり返し、そこに刻まれた文字に気づいた。

はっとして仕様書を開き、一番後ろの署名を確認する。

ダリヤ・ロセッティ――名前を二度見して、思いきり口角が上がってしまった。

赤髪の学友は、どうやら元気にやっているらしい。

「やるじゃないか、ダリヤ」

魔導具師カルロと学院生ダリヤ

「父さん、これ、とてもおいしい」

「こっちもいい味だぞ、ダリヤ」

王都中央区、喫茶店の奥の個室。カルロは娘と向かい合わせで食事をとっていた。

新しくできたこの店は、なかなか評判がいいらしい。商業ギルド職員で仲のいいイヴァーノがおいしかったと教えてくれたので、すぐ予約を入れた。

そうして本日、ちょっと早い夕食になるが、ダリヤの高等学院の帰りにそのままやってきた。

自分が頼んだのは、豚ロースのグリルとチーズ焼き野菜。

ダリヤ向けには、トマトとオリーブオイルによる魚介の煮込み。

そこに焼きたてのクルミパンと、削りチーズがふわふわと盛られたサラダを頼んだ。

どれもイヴァーノお勧めのメニューである。

盛りはちょっと少なめだが、彩りはきれいで味もいい。女性客に人気があるのもわかる気がした。

「このお店、とても人気があるのね。明日、クラスの人もみんなで来るって」

「そうか、その――ダリヤは誘われなかったのか？」

クルミパンを割りながら、つい心配で尋ねてしまった。

このところしばらく、ダリヤが少々暗かった。

考え込んでいて魚を焦がし、中は生焼けでそのまま食べ――見事にあたっていた。

それとなく聞いてみたが、自分には話してくれない。

もしや思春期特有の『父嫌い』という病の発症か。そう思って教育職である友人に相談――いや、高等学院の元魔導具研究会仲間、高等学院の教職に就いている友人の顔を、久しぶりに見に行くことにした。

教師である彼もまったく知らず、ダリヤの担任に聞いてもらった。

担任はダリヤの魔法付与はすばらしい、模範になってくれていると賛美していたが、友人教師にはぴんときたらしい。

同僚の言語教師に、授業後の生徒達の言葉を唇の動きで拾わせた。

その結果は、『ダリヤは魔導具制作がうますぎて浮いている』。

魔導具師の父と祖父がいるのだから、できて当たり前。すでに作ったことのある魔導具なら、成功するに決まっている――そんな言葉に、カルロの後頭部は、じりりと熱を帯びた。

ダリヤのクラスは愚か者揃いなのか？　本気でそう思った。

自分ができぬなら何度も繰り返し、わからぬなら教師に教えを乞え。技量が足らぬなら、嫉妬《しっと》を糧《かて》に己の腕を磨け。少なくとも、学友の足を引っ張るようなさもしい真似はするな。

魔導具師の子に生まれ、先にできる環境があっても、努力しなければその腕にはならないのだ。

ダリヤは幼い頃から魔導具師を目指し、魔法の付与で試行錯誤し、練習で痛い目に遭い、実験で危険な目に遭い、ようやく現在の実力を手にしている。

それを考えもせずに傷つけるなど――ガルガルと鳴く内の獣に拳を握っていると、友人に笑顔で言われた。

「この際だ。カルロ、魔導具科の教師にならないか？　学校でもお前が娘に教え、ついでに他の学生にも教えればいい」

「あ……いや、俺は仕事があるからな」

勢いでうなずくところだった。危ない。

「お前の教え方はわかりやすい上に効果的なんだ！　多少厳しくてもかまわん！　推薦状はすぐ集めてやるから！」

腕をつかんで説得し続ける友人をかわし、なんとか帰宅した。

そして夕食を準備しつつ、心を決めた。

今日こそダリヤときっちり話し、お前は間違っていないと伝えよう。

クラス替えの希望でも、別枠実習の希望でもいい。なんなら高等学院はやめて、魔導具関係は家ですべて自分が教え、商業学校で一般教養を学ぶ形でもいいではないか。

努力は重ねても、無理を重ねる必要はない。

ダリヤらしくいられる場所を探そう、魔導具師になるのにいくらでも方法はある、そう伝えよう。

だが、その日、ダリヤは笑顔で帰ってきた。

カルロが声をかける前に、今日から実習は皆で教え合うようになったと、その経緯を詳しく教えてくれた。

娘に頼られないことがちょっとだけ残念ではあったが、安堵《あんど》した。

「このお店、『明日一緒に行かないか？』って誘われたけど、今日と明日連続ではちょっと……太りそうだもの」

「そうか。誘ってくれたのは友達か？」

「アルディーニ君、前にお魚にあたったとき、校門まで見送ってくれた人」

「ああ、あのときの、彼か……」

あの日、一目見てその佇《たたず》まいに、貴族の子息だとわかった。

だから、帰宅して即行で貴族名簿を確認した。

アルディーニ子爵家は、王城騎士団の各種馬車や馬具の制作を担い、管理する家だ。

貴族の上に王城関係者、できれば娘には近づけたくない。自分が王城魔導具師に誘われたように、ダリヤにも声をかけられる可能性がある。

王城魔導具師は、魔導具師達の憧れの働き口だ。

ダリヤが望み、そこで生活に根ざした魔導具を作れるなら、それもありだろう。

だが、王城魔導具師に望まれるものは他にもある。武器や兵器となる魔導具だ。

自分は人を傷つける魔導具は作らない。娘にも作らせたくはない、カルロはそう願っている。

アルディーニの姓を持つ彼は、ダリヤを校門まで見送ってくれた。

だが、娘に近づくのは家からの命令か、純粋な想いからかがわからない。

どんな者か見極めたい思いで振り返りはしたが、あの日、自分には、ただ心配している少年が見えただけだった。

できればダリヤを王城や貴族界へ踏み込ませたくはない。

けれど、もし娘が彼に想いを持つようなことがあれば、いろいろと貴族的な話をしなければ——

クルミパンを噛《か》みしめる奥歯が、少々強く合わさった。

「ええ。だから、そのお店にこれから父さんと行くって言ってきたの。あ！　アルディーニ君に失礼にならないよう、ちゃんと『声をかけてくれてありがとう』と、お礼は言ったわよ。クラスの皆と仲が悪いわけじゃないの」

懸命に言うダリヤに、納得と鈍い頭痛が同時に来た。

「……そうか」

貴族の言い回しは、思わぬ防御壁になってくれたようである。

『誘われた店にこれから父と行く』、つまり、あなたと行くには父を通し、結婚前提の付き合いを許されてからです。

『声をかけてくれてありがとう』は、今まで通りのお付き合いをしましょう、そんなところだったか。

高等学院生、まだ先の見えぬ彼らにとっては、父であるこの自分は、少しは高い塀《へい》だろう。

我が娘は——まるでおわかりでないが。

そしてもう一つ、どうにも気になることがある。

「クラスの皆で来るなら、父さんとは今度にしてもよかったんだぞ、ダリヤ」

「どうして？」

「いや、その方がいろいろと話ができるし、楽しいだろう？」

娘離れをしなければいけないのは、自分の方かもしれない。

ダリヤとて、若い者同士の方が楽しいだろう。そろそろ異性の友達ができるのもありかもしれぬ。

その先を考えれば、できれば食いっぱぐれのない仕事に就く予定で、魔導具関連ならなおよく、家に爵位はなく、家族親戚に問題なく、身体は丈夫で、性格は温厚で——必要最低限の条件を頭に浮かべていると、ダリヤが口を開いた。

「ううん、父さんと食べた方がおいしいもの」

目を細め、にこりと笑った愛娘《まなむすめ》に、『愛娘』以外の表現はない。

この追いつかぬ語彙《ごい》力、描き得ぬ造形美。

魔導具師としてはこの愛娘の笑顔を、魔導ランタンに妖精結晶で永久固定したい。

あと、音声保存の魔導具についても、今後、本気で研究するべきではなかろうか？

アルディーニ君、本当にすまん！　だが、この誤解は解かん！

カルロは内で謝りつつも、固く誓った。

「だって、父さんなら気は使わなくていいし、お料理も半分こできるし……あ、苺《いちご》のケーキとレモンパイ、どっちにしようかしら……」

「——ん？　ああ、デザートで悩んでいるのか。迷うなら両方頼め」

「じゃあ、父さんと半分こね！」

魔導ランタンへの付与を具体的に本気で考え、うっかりダリヤの言葉を聞き逃すところだった。

デザートなど、食べられるだけ頼めばいい。

隣に愛《いと》しい妻が座ることはもうないが、向かいの愛娘と半分ずつの料理、半分ずつのデザート。

そのなんと贅沢《ぜいたく》で幸せなことか。

家に帰ったら秘蔵の赤ワインを開け、忘れぬうちに本日のことを日記に記そう。

いつか『あちら』に渡ったら、妻にもきっと自慢できるだろう。

「はい、父さん」

「ありがとう、ダリヤ」

カルロは娘に笑み返しつつ、半分には少しだけ大きいレモンパイを受け取った。

epilogue
花の透かし模様の手紙

午後の日差しの中、一台の馬車が緑の塔の前に止まっていた。

「ロセッティ様、お手紙をお届けに参りました。できましたらこちらのご返事をお願い致します」

濃灰のスーツで挨拶をするのは、王城から緑の塔へ手紙を届けてくれた配達人である。

これまで何度も届けてもらっているので、すでに顔見知りだ。

「ありがとうございます。この場で確認させていただきますので、少々お待ちください」

受け取ったのは、青に金の混じった封蝋《ふうろう》がついた封筒、差出人はヴォルフである。

配達人を待たせたくはないので、ダリヤはその場ですぐ中身を確認する。

便箋《びんせん》を開いて、ちょっとだけどきりとした。

いつもの白無地ではなく、繊細な花の透かし模様が入っている。

美しいそれは、薔薇《ばら》か、ラナンキュラスか、それとも他の花だろうか——いや、今は考えている場合ではない。頭を切り替え、綴《つづ》られた手紙を読む。

『魔物討伐部隊の遠征から戻りました。予定が合うようであれば、明日の午後、お伺いしてよろしいですか？』——見慣れたヴォルフの筆跡、いつもと似た内容にほっとした。

「『お受けします』とお伝えください」

配達人にそう願うと、彼は内容を復唱し、笑顔で馬車へ戻っていった。

ダリヤは馬車を見送ると、明日は何の料理とお酒を出そうかと思いを巡らせる。

大変な遠征の後だ。主菜は食べ応えのあるお肉にしよう。旬の野菜をたっぷりと使った野菜炒めを付けてもいいかもしれない。お酒はヴォルフに選んでもらおう――そんなことを考えつつ、塔に戻った。

ドアを閉めると、そのまま階段を上り、自室へまっすぐに向かう。

ヴォルフから手紙をもらったときは、いつもこうだ。

他に見る人はいないけれど、手紙を仕事場や居間に置きっぱなしにし、汚したくはない。

自室で椅子に座ると、鏡台の前、ヴォルフの手紙を再び開く。

「きれいな便箋……」

ついつぶやきをこぼしてしまった。

繊細な花の透かしは、やはり薔薇らしい。窓からの陽光に当てると、その美しさがよりはっきり視《み》えた。

そして、文字を綴る黒いインクには、わずかに金色のラメが入っているのもわかった。

ヴォルフらしいインクの色に、つい笑みがこぼれる。

そして気づく。便箋からふわりと漂う、甘やかな薔薇の香り――それはまるで、大切な想いを伝える恋文のよう。

香りをゆっくり二度吸い込み、ダリヤは笑顔を浮かべた。

「きっと、ヴォルフは気を使ってくれたのね……」

以前、自分の名前にちなんだ『ダリア』より、薔薇やいい香りのする花が好きだと話したことがある。彼はそれを覚えていてくれたのだろう。

このきれいな便箋も素敵だが、ヴォルフが自分のことを考えて選んでくれた、その心遣いが何よりうれしい。

自分も次にヴォルフへ送る手紙には、透かし模様入りのものを探してみよう。

彼にはどんな模様が似合うだろうか――そう考えながら、便箋を丁寧に封筒へ戻した。


「これも、しまっておこう……」

ダリヤのクローゼットの中には、銀色の宝箱がある。

本来、金貨や貴金属を入れるであろうそれに入っているのは、これまでヴォルフから送られた手紙だ。

束になりつつあるそれは、いずれ蓋《ふた》が閉めきれず、この宝箱からあふれるだろう。

けれど、今はまだその時ではなく――

便箋に透けそうな想いは、しっかりと蓋をして守られる。

ダリヤ以外、誰もそれを知らない。

花の透かしがある手紙は、これまでのものと共に、宝箱に大切にしまわれた。

MFブックス

魔導具師《まどうぐし》ダリヤはうつむかない
~今日《きょう》から自由《じゆう》な職人《しょくにん》ライフ~ 番外編《ばんがいへん》

2024年3月25日　初版第一刷発行

著者　甘岸久弥
発行者　山下直久
発行　株式会社KADOKAWA
〒102-8177　東京都千代田区富士見2-13-3
0570-002-301（ナビダイヤル）
印刷・製本　株式会社広済堂ネクスト
ISBN 978-4-04-683144-6 C0093

企画　株式会社フロンティアワークス
担当編集　河口紘美／正木清楓（株式会社フロンティアワークス）
ブックデザイン　鈴木 勉（BELL'S GRAPHICS）
デザインフォーマット　AFTERGLOW
イラスト　縞
キャラクター原案　景、駒田ハチ

本シリーズは「小説家になろう」（https://syosetu.com/）初出の作品を加筆の上書籍化したものです。

ファンレター、作品のご感想をお待ちしています

宛先
〒102-0071　東京都千代田区富士見2-13-12
株式会社 KADOKAWA　MFブックス編集部気付
「甘岸久弥先生」係「縞先生」係
「景先生」係「駒田ハチ先生」係

二次元コードまたはURLをご利用の上
右記のパスワードを入力してアンケートにご協力ください。

https://kdq.jp/mfb
パスワード
yurna

● PC・スマートフォンにも対応しております（一部対応していない機種もございます）。
●アンケートにご協力頂きますと、作者書き下ろしの「こぼれ話」がWEBで読めます。
●サイトにアクセスする際や、登録・メール送信時にかかる通信費はご負担ください。
● 2024年3月時点の情報です。やむを得ない事情により公開を中断・終了する場合があります。

TVアニメ
2024年放送開始!
魔導具師ダリヤはうつむかない
～今日から自由な職人ライフ～
甘岸久弥
イラスト:駒田ハチ　キャラクター原案:景

泥船貴族の
江本マシメサ イラスト：天城望
ご令嬢
～幼い弟を息子と偽装し、隣国でしぶとく生き残る！～

勇者じゃなかった回復魔法使い
～暗殺者《アサシン》もドン引きの蘇生呪文活用法～
はらくろ
illust. 蓮深ふみ
お人好し回復魔法使いの、
自由でのんびりな
異世界交流記。
STORY
『勇者召喚』で異世界に呼び出されたものの、勇者ではなかったタツマ。彼は駄目属性と笑われた回復魔法で生活を確立し、困っている人のために立ち回る。「報酬はね、串焼き5本分。銅貨10枚でどうかな?」
MFブックス新シリーズ発売中!!
MFブックス